说吧，西藏

宁肯 著

北京出版集团公司
北京十月文艺出版社

目　录

自序 我与新散文

一

大约在 1997 年前后，《大家》设置了"新散文"栏目，一批新锐散文家先后在此登场，如张锐锋、于坚、祝勇、周晓枫、庞培、马莉，新散文写作受到关注。1998 年 3 月，我在这一栏目下发表了长篇系列散文《沉默的彼岸》，也被归为"新散文"名下。1999 年《散文选刊》第三期推出"新散文作品选"，入选者为庞培、于坚、张锐锋、宁肯和马莉，同期配发了主持人语："作为一门古老手艺的革新分子，新散文的写作者们一开始就对传统散文的合法性产生了怀疑：它的主要是表意和抒情的功能，它对所谓意义深度的谄媚，它的整个生产过程及文本独立性的丧失，以及生产者全知全能的盲目自信，等等，无不被放置在一种温和而不失严厉的目光的审视之下。之所以说他们的作品是新散文或他们已是新散文作家，无非是：1. 他们的写作确实导致了一个与传统意义上的散文创作不同的结果；2. 他们是分散的，甚至是互不相识的，对散文这一文体有各自独立的理解，但同时又通过作品体现出美学追求方向的基本一致性；3. 他们的作品都主要归结在《大家》'新散文'栏目名下。"

我认为大致说得不错。我要补充的一点是，这些人都是诗人，或者都有过不短时间的写诗经历。作为最早的怀疑者之一，我想我了解一点新散文写作者为什么对传统散文不满。新散文写作是在没有理论先行，没有标举口号的情况下，从写作实践开始的。这一点有点像当年朦胧诗的发轫：从不满流行的艺术表现以及旧的意识形态系统开始。当然，新散文的姿态要比朦胧诗温和得多，但同时也更深入了人的感知系统，表达了更为直接也更为复杂的经验世界，这一点毋庸置疑。

新散文写作者中，我熟悉的张锐锋的探索无疑是最自觉的，也最雄心勃勃。首先，张锐锋改变了传统散文短小的形式，使散文变成了一个庞然大物（张的散文一般有数万字，甚至十几万字）。张锐锋敞开了散文的空间，进而也敞开了散文作者的心灵空间。其次，与长度相关的是，散文表现什么在张锐锋的文本里被提出来：散文不是一事一议，不是咏物抒怀，不是取向明确，题旨鲜明，不是形散而神不散，不是通过什么表达了什么的简单逻辑。散文要面对人类整个经验世界，表达的是一个人或一个生命面对现实与历史的心灵过程，是大体在一个框架内，表现心灵的细节与感知的绵延如缕的精神密度，每个语言细节都是流动的，具有动态的思辨的色彩与追究不舍的意义深度。

与张锐锋看起来完全不同的是，于坚的散文完全取消了散文的深度，让语言最大限度地进入日常生活经验。于坚看起来是表象的、罗列的、平视的，实际上在与张锐锋完全相反的方向上，消解了传统的散文（美文）的构成，从而确立了自己散文的民间独立话语姿态。周晓枫从语言的修辞意义上进入了新散文的表达，她的速度、敏捷、转身、智慧让人惊叹，"语言的狂欢"在周晓枫的文本中几乎近于一种舞蹈，是新散文写作意识体现出的一种最直接也最易看到的结果。这种结果背后的原因是，周晓枫完全不同于传统女性散文的心情文字，没有忧郁、顾影自怜，也决不抒情，甚至反抒情，有着某种黑色解构的味道，带有明显的智性捕捉事物的特征。

祝勇同样是一位有力的探索者，他的特点是把小说的结构、叙述以及文体互动引入了长篇散文的架构，其文本的结构叙事与历史本身的严酷叙事构成了相互对照与指涉，形式本身就具有强烈的当代知识分子面对历史甚至现实的个人姿态。

新散文在《大家》上集中出现仅仅是一个标志性的事件，事实上之前新散文写作一直暗流涌动，只是不像诗歌与小说的先锋姿态那样引人注目。一个重要原因是新散文与生俱来处在一种无所不包的散文"大锅"之中，就像通常所说的，没有什么不能煮的，没有什么不可放入的。散文是精英的形式（学者散文或小说家散文），又是大众的形式（报纸副刊），因此也是观念最顽固、最可各执一词的形式。谁都能写散文，谁都可以插一脚，谁都可以不负责任。有的人立了很大的牌坊，如大散文、文化散文、学者散文，牌坊很大，成为所谓的大散文家，而更多非职业散文作者则像个过客，偶一为之，时有光顾，然后也会居高临下打着哈欠还品评两句：散文嘛，有什么可说的，不就是散文嘛，散文就是哈欠，谁都可以打，无技术可言。这就是散文的真实处境，人们并不把散文当作一种富有创造性的文本来经营。

在众声喧哗的散文"大锅"中，一批具有自觉意识的青年散文家埋头耕耘。事实上早在上世纪80年代，先锋小说发轫之际，一些"怀疑者"就开始了散文文体与散文意识的革命，其中刘烨园是最重要的倡导者与实践者之一，其独立的思考、孤绝的锋芒与"大陆"般的思考密度，至今仍是新散文最重的"精神收藏"之一。到了90年代中期，"新生代"散文家集体登场，向传统散文发难，标志性事件是《上升》与《蔚蓝色的天空》两个重要散文文本的问世。这两个文本并不著名，但十分重要，是不久后鲜明提出的新散文概念的重要依据，事实上没有这两个文本就不可能有新散文概念的提出。苇岸、张锐锋、冯秋子、王开林等无疑是"新生代"散文主要的贡献者。已故的苇岸是"新生代"最早"由诗入散文"的写作者之一，是由诗歌革命引发散文革新的代表人物。苇岸散文的每个句子都受到诗歌的"冶炼"，每一个叙述单元都类似诗歌的单元——与传统的抒情"散文诗"毫无瓜葛。苇岸的散文是"极少主义"的智性与诗性的双重写作，是类似文学结晶的"舍利子"、"光明的豆粒"。《大地上的事情》五十小节被诗人朗诵、谈论、纪念，苇岸因此成为当代唯一受到诗人推崇的散文家。

二

像许多新散文作者一样，我也经历了一个由诗歌到散文的过程。"朦胧诗"以来，诗歌以前所未有的丰富表现给文学极大的冲击，先锋小说无疑受到诗歌的影响，表现十分活跃，倒是与诗歌相邻的散文既热闹又静悄悄，始终似乎没有惹人注目的文本变革。更多的有野心的人投入到诗歌与小说的实验中，散文似乎是一种无法实现野心的文体，甚至根本就不是一门独立的技艺，80 年代，太老的人与太多的过客哄抬着散文，让野心勃勃的人对散文不屑一顾。老实说，在进入散文写作之前，我也是抱着这种心态，但是一个偶然的机会改变了我。

1986 年夏天，在西藏生活了两年的我回到北京，见到了散文家韩少华先生。当时他正主持《散文世界》，约我写一些有关西藏的散文。那时我基本已停止了诗歌写作，正着手小说创作，对散文从未有过像对小说或诗一样的想法，也不知道散文怎么写。韩少华先生的约稿让我陷入了茫然的沉思：散文，什么是散文？怎样写散文？西藏？像印象中游记里那样的西藏？某年某月，什么因由，我到了哪里，见到了什么，有什么感受，表达什么人生哲理，等等。看了一些别人的散文，放下了，读不进去。我在想阅读散文的必要性：读者有什么必要读一个人什么时间何种因由到了哪里？即使你到了天堂，真正的读者有必要看你介绍的天堂吗？散文的关键是什么？诗歌的关键是什么？为什么诗歌能以最大的缺省直接切中语言的要害而散文不能？散文一定先要交代时间、地点、什么事、通过什么表达什么？还有，为什么小说可以不清不楚地从一个细节开始而散文不能？尤其像《喧哗与骚动》那样的小说，开始就是视觉与意识的活动，而散文为何不能？

那时我满脑子诗歌和小说。我有了一些诗歌和小说的准备，完全没有散文（传统）的准备。我难道不能像诗歌或小说那样写散文吗？我决定尝试一下，直接从视觉与意识入手，让自己进入某种非回忆的直接的在场的状态，取消过去时，永远是现在时。我接连写出了《天湖》《藏歌》《西藏的色彩》，洋洋万言，非常自由。我感到了散文从未有过的自由，感到神散而形不散——完全是生命的过程。《天湖》《藏歌》连续发表在《散文世界》上，是我最初的两篇散文。

《天湖》一开始是这样的：

他们蹲在草地上开始用餐，举杯，吵吵嚷嚷……越过他们模糊的头顶，牛羊星罗棋布；还可以看见一两枚牧人的灰白帐篷。骑在马上的人站在荒寂的地平线上，像张幻影，一动不动，朝这边眺望。然后，就看见了那片蔚蓝的水域。很难想象，在西藏宁静到极点的崇山峻岭中，还隐藏着这样一个遥远的童话世界。据说，当西藏高原隆起的远古，海水并没完全退去；在许多人迹罕至的雪山丛中，在高原的深处，还残留着海的身影，并且完整地保留着海的记忆，海的历史，以及海的传说，只是这些传说只能到鸟儿的语言中去寻找了。

《藏歌》的开头也是这样：

寂静的原野是可以聆听的，唯其寂静才可聆听。一条弯曲的河流，同样是一支优美的歌，倘河上有成群的野鸽子，河水就会变成竖琴。牧场和村庄也一样，并不需风的传送，空气中便会波动着某种遥远的类似伴唱的和声。因为遥远，你听到的可能已是回声，你很可能弄错方向，特别当你一个人在旷野上……

你走着，在陌生的旷野上。那些个白天和黑夜，那些个野湖和草坡，灌木丛像你一样荒凉，冰山反射出无数个太阳。你走着，或者在某个只生长石头的村子住下，两天，两年，这都有可能。有些人就是这样，他尽可以非常荒凉，但却永远不会感到孤独，因为他在聆听大自然的同时，他的生命已经无限扩展开去，从原野到原野，从河流到村庄。他看到许多石头，以及石头砌成的小窗——地堡一样的小窗。他住下来，他的心总是一半醒着，另一半睡着，每个夜晚都如此。这并非出于恐惧，仅仅出于习惯……

它们当然没引起任何反响，它们无声无息，就像散文"大锅"里的任何模糊不清的食物。那时散文要靠资历或庸常的大量的出镜才能引起一点注意。它不像小说，是一种和人有距离的文体，80年代，几部有分量的中短篇小说就可以让人刮目相看。小说不看资历，只认作品，所以新人层出不穷。尽管如此，1987年，我还是相当为自己不多的几篇散文写作感到骄傲：我对散文有了自己的认识。但是我不再写散文，种种原因，不久我甚至也离开了文学。

直到十年之后，1998年，我再次从散文起步。在清音悠远、雪山映照的《阿姐鼓》的声乐中开始了《沉默的彼岸》的系列写作。我又回到《天湖》的起点。我自觉地向音乐在内心展开的视觉与意识对位，我与西藏同在。根本没有回忆、交代、说明，完全是在场、是共时、是翱翔。我感到无比的自由，因为我有着无比巨大的时空，我从天空任何一个出口或入口进出，就像出入西藏有着无数窗洞和小门的寺院。显然我没有，也不想走一条传统散文的路子。

三

诗歌有"诗到语言为止"一说，小说有"写什么并不重要，重要的是怎么写"的极言，这些都可以争论。但不可否认的是，当你在寻求一种新的表现形式时，事实上你也在寻求一种新的内容表达。甚至同一内容，不同的表述或换一种表述会产生不同的意义。词语、句子、段落都具有独立的审美意义，它们甚至并不依赖全篇的架构而独立存在。语言不仅是记事与传达思想的工具，也有着自己摇曳的姿态与可能性。我认为的散文应该是这样的：可以从任何一个词语或段落进入阅读，也可以在任何一个地方止步，这是我所理解的散文的语言。我理解的散文的语言不是传统的炼字炼意，字斟句酌，而是进入某种状态，抵达某种形式后内心寻找到的语言。就散文语言的切入与展开而言，我倾向两种方式：1. 由视觉展开或伴随的意识活动；2. 由意识活动引发的视觉推进。前者像一个长镜头，并且一镜到底，有设定好的某种现场的视角，同时不断展开内心活动或高度主观的画面呈现。后者则是散点透视，由意识活动引发的蒙太奇画面的切换，所有的事物，包括景象、事件都根据内心活动调动。《天湖》属于前者，《藏歌》属于后者，十年之后的《沉默的彼岸》《虚构的旅行》《一条河的两岸》，仍是这两种状态的叙述方式，只不过视角更加灵活，心态更趋平静。

　　我一再强调状态（在场）与视角，是因为这两个词在散文叙述中非常重要。先说状态，散文开头呈现出作者何种状态对散文十分重要，它必须首先是精神的、在场的，只有写作者写作之前进入了某种特定的内倾状态，才能把读者带入心灵在场的状态。换句话说，散文是一种现场的沉思与表达。散文应该像诗歌那样是现在时的或共时的，而不是回忆的过去时的。我认为优秀的诗歌和小说都是某种特定精神状态下的产物，创造性散文更应如此。与状态相关，必定有一个散文的视角问题。散文的视角事实上也应该像小说的视角那样受到限定，而不该是一个全能的外在于叙述的叙述者。某种意义，视角叙述即是角色叙述，这已经接近小说，但又不同于小说。两者的着眼点不同，散文的角色叙述的着眼点在于亲历与所思，但同时散文中的"我"又不完全等同作者的我，这一点倒很像诗歌中的"我"——诗歌中的"我"并不等同诗人自己。

散文的角色叙述应该特别提到后来的三位颇具风格的作者，他们是：刘亮程、马叙、安妮宝贝。刘亮程的散文之所以一度让人耳目一新，秘密就在于将乡村陌生化，而陌生化的本质就是角色叙述。也就是说，刘亮程对散文的叙述主体作了限定，那是一个扛着铁锹看上去无意义的盲目的刨地者，也即劳动者的叙述，人们透过这个被限定了的同时也被抽象化了的劳动者的主观叙述，看到了完全不同的村庄：看到了牲口、劳动、土地，展现了一种形而下的被宿命规定的自得其乐与自我矮化，这个劳动者用一种比牲口还弱智的语言与牲口对话，以此解构了牲口的意义，更何况人的意义。刘亮程的散文是超现实的，却达到了前所未有的真实。

马叙的散文写的是小镇，就其视角的限定与观念意味，马叙毫不逊色刘亮程，甚至某种意义上更加自然。马叙含而不露，因而也更接近日常经验，不像刘亮程姿态那样明显。马叙的散文看上去有流水账的"低智"特征，如《从东到西，四个集

镇》《在异地》《1989年的杂货店》《在城镇,在居室》,局部
看完全消解了散文的审美功能,整体看似乎也不具智性的落点。
但马叙又是一个彻底的智性写作者,马叙的智性不来自词语审
美或智性的捕捉、叙述的寓意。马叙完全是平面的、表象的,
甚至罗列的,但描述的一切又都被一种"目光"打量过,这种
目光是低视的,看不远的,无态度的,多少有些像马的目光。
这个"目光"很关键,有了这样的目光,这样的角色叙述,也
就有了马叙的"小镇哲学",正如刘亮程的"乡村哲学",耐人
寻味。有人说马叙是一个"趴着的写作者",说出了马叙的
意义。

安妮宝贝似乎从哪方面说都与刘亮程、马叙不同,前者有
着巨大的商业标志,同时又为时尚的标志遮蔽,使人们难以辨
认她的真正价值。毫无疑问,安妮宝贝的叙述是都市趣味,处
于都市化的旋涡与前沿,有许多时尚的标志,要想陌生一个五
光十色满目赝品的都市生活,其难度可以想象,但安妮宝贝却
以"桀骜不驯的美丽"(吴过语)做到了。一本《蔷薇岛屿》
集中展示了一种极端个性化的角色叙述。叙述者安妮宝贝时而
用近似零距离的"我",时而用远距离的"她",交替叙述了自
己的"漂泊、独处与回忆",意识跳跃、破碎,将一个都市女子
的心灵角色惊人地展现出来,从而触到了都市的最敏感神经:
物质、孤独、拒绝、拥有、疼痛,以及它们的混合体。刘亮程、
马叙、安妮宝贝,三位散文作者梯级呈现了当下乡村、小镇、

都市三个妙不可言、不可多得的文本，是新散文地图极富个性的立体的贡献。

新散文写作者风格各异，创作理念、表现手段、艺术面貌各不相同，甚至相互对立，但新散文仍然有一致性，那就是把散文当作一种创造性的文本来经营，而不仅仅是记事、抒情、传达思想的工具；在艺术表现上呈现出自觉的开放姿态，像诗歌和小说一样不排斥任何可能的表现手段与试验，并试图建立自己的艺术品位、前卫的姿态，使散文写作成为一个不逊色于诗歌和小说的富于挑战性的艺术活动。

在一棵树中回忆

进入一棵树是可能的
进入岩石也是可能的
当我回忆往昔
我觉得就在它们之中

雪在山顶上展示永恒的冬天，但夏季已经来临。融水的日子，溪水明亮，绕村而行，很容易找到溪水的源头，向上走就是了，直到山顶。我不能肯定这是否一条大江的源头，但肯定是某个源头。寻找一条大江的源头不容易，知道一条小溪的归宿同样不容易。小溪要去哪儿呢？它汇入了哪条支流，最终从哪儿入海？事实上，寻找归宿的过程比寻找源头的过程更让人茫然。归宿消失，源头永在。

就这样，一个人散步，望着山顶。

午后，异常寂静，狗睡在墙边，拖拉机像静物，石头房子有短小的阴影，牛粪墙几乎自燃。一切都在产生自己的影子，我也一样。我不动，村子也不动，一切都不动了。我被如画的背景呈现出来，身体布满阳光的颗粒。由于村边的水声，我甚至感到整个村子都有了水的亮度，像是在某个日光海滨。一切都如此明亮，炫目。的确，有时眩晕会产生某种艺术，我不是艺术家，但我知道一点修拉，知道为什么把阳光处理成颗粒，是有道理的。

我在村边已住了两年，关于村子我一直所知很少。村子最早何时出现的？石头房子是最初的吗？午后阳光何以这样宁静？红袍僧人很少从山上下来，隐约听说村子最早出现与山上的寺院有关，村子是寺院的属地，但寺院又是何时出现的？僧人来自哪里？事物总是缠绕在一起，可知部分总是引起更多未知部分。我从不刻意打听村中的事情。我觉得一切都是自在的，连同人们日常的谈话。不必非要知道事物彼此间的联系，所有的存在都有自身的理由。村子与寺院有关，但村子一旦存在就有了自己的理由。怎么能说静物般的拖拉机与寺院有关？还有乡邮电所、食品店，以及远方的柏油路。

有些理由使我来到村边一住就是两年。一旦住下，新的理由也开始慢慢产生，以致我差不多忘记了最初的理由。我觉得某种东西在生长，甚至觉得自己同一棵树长在了一起，我与某种温度已密不可分。早晨、午后或黄昏我与村子同在，并一如既往的陌生。事物因陌生保持着相关的独立，久而久之，我也成了村中不可知的一部分。我认为进入一棵树是可能的，进入岩石也是可能的，当我回忆往昔，我觉得就在它们之中。我穿过村子，每天见到新的水源，我见到的水源鱼还没诞生。

村里一些孩子认识我，有些大人也认识我，他们在院门、墙头或汲水时看见我，通常并不邀我进家里坐坐。他们对我既尊敬，又陌生。有时我主动走进谁家，我得到热情接待，一大家子人围着我，常常我搞不清那么多成年人或老人是什么关系，我的伦理观念在他们面前完全失据。谁是祖父、母亲或者叔伯？

无法从年龄面貌上猜度一大家人。孩子的父母见过一面之后我还是恍惚，记不住他们的面孔，再见也不敢认。通常我没什么话，就是坐坐。我是孩子的先生，和孩子说点什么，或者靠孩子的翻译同大人说点什么。孩子的状况、学习、表现。很简单。大人们（我只能这么说）听明白了，露出诚惶诚恐的表情，说什么我听不懂，但有一句我听懂了：吐乞乞，吐乞乞。非常细的声音，如同流水一般。

我喝茶，类似祖母的拿着壶等着，我喝一口，给我续一次。

这当然是一个比较兴旺的家，有待客的房间，一大排藏柜。但更多时候我的造访造成了麻烦，村子多数人家不富裕，家境简陋，卫生条件不好，上面是住房，下面是畜圈，味道不好。我后来知道他们不主动邀我进去的大致原因。我记得第一次贸然走进一家院子，院子在村子最后面，迎风，对着山谷，屋脊经幡猎猎，院墙破落。主人显然感到意外，有些失措，孩子出来向大人说着什么，我被请到了屋里。上了台阶，我看到半地下的牛圈，牛在昏暗里一动不动。穿过混乱的我无法描绘的房间、过道，我被请到了一个供奉佛龛的小房间。再怎么家里也是要供奉佛龛的，按规矩供佛之地是不应待客的。这间小屋的确不同，有窗，有阳光，简陋但非常干净，佛龛在彩绘藏柜之上。我看见净水、青稞、哈达和嵌入金色暖阁的佛像，一排长明灯。一切都一尘不染，主人日日擦拭。显然，主人因有违了某种规矩，显出既虔敬又惶恐的表情。老人给我新打了酥油茶，洗了木碗，端到我面前，我说不，他们激动地摇头，认为不可。我接了，心说也许不该来，手就有些颤。这是心灵之地，礼佛之地，但还有比这里更体现他们尊严的地方吗？并非我是上宾，但我想他们更多是出于尊严。房间如此朴素，哈达如雪，净水清莹，佛龛光可鉴人。一柱阳光射进来，没有微尘，一点儿也没有。这是个喜欢洁净的民族，有哈达为证，有青稞、净水、长明灯为证，有雪山为证。

我享有陌生与尊敬。我不再轻易到谁家造访。

我散步，有时碰到学生。夏季，妇女们在水边冲洗卡垫、衣物，歌声像水声一样嘹亮。有时因我出现，合唱一下停止了，但仍有人独自唱。我从她们身旁走过听见她们笑，窃窃私语，走远了一点，有时后面忽然爆发出大笑。我想她们是在嘲笑我，其中就有我的学生。我问过她们为什么笑，没有一次她们告诉我，那是她们的秘密。我想我可能的确是可笑的，一个人像一个影子，无所始，无所终。到了山脚，我还能去哪儿呢？我又不信佛。

天　湖

　　他们蹲在草地上开始用餐，举杯，吵吵嚷嚷。风很大，吉普车停在一旁，两侧的车门都敞开着，听得见风穿车而过的呜呜的响声。他们吵吵嚷嚷。而远处，越过他们模糊的头顶，牛羊星罗棋布，还可以看见一两枚牧人的灰白帐篷。骑在马上的人站在荒寂的地平线上，像张幻影，一动不动，朝这边眺望。然后，就看见了那片蔚蓝的水域。很难想象，在西藏宁静到极点的崇山峻岭中，还隐藏着这样一个遥远的童话世界。据说，当西藏高原隆起的远古，海水并没完全退去；在许多人迹罕至的雪山丛中，在高原的深处，还残留着海的身影，并且完整地保留着海的记忆，海的历史，以及海的传说，只是这些传说只能到鸟儿的语言中去寻找了。

　　现在，阳光远离我们落在湖上。湖水明媚，光滑，我们却掉进苍穹巨大而混乱的阴影里，整个湖盆草原都是这样。这里气候多变，天空密布着阴云，呈现出一派莫测高深的景象，弄得草原苍绿、深邃，有如大片夜色，一直伸展到湖边才豁然开

朗，打开一个蓝色透明的世界。这湖光山色，纵非天上，已殊
人间。他们高高举起酒杯，杯影与湖光重合，还有刀叉声——
那么，那湖的光影里就是传说中的岛了？隐隐约约，似隐似现，
有点像大堡礁。不，一点儿也不像。她一峰独秀，脱颖于湖心，
并且还戴着一顶迷人的雪帽，并且还微笑着吗？他们吵吵嚷嚷，
或者千年一笑也未可知。他们乒乒乓乓。最好还是别笑吧，如
果孤独，就永远孤独，就醒着，读着太阳和满天的群星。

地上扔着腊肠，熏肉，酒，打开的罐头，撕剩的面包和留
着齿痕的骨头。一把亮闪闪的藏刀。那个矮墩墩的家伙站起来，
举着一架"尼康"一类的玩意儿给另外几个拍照，嘴里还咬着
一根火红的香肠，他们都快活而且油腻地笑起来。司机却笑得
勉强，他是个军人，酒量很大，表情坚定，不时瞥一眼空荡荡
的吉普车，并且每次都把目光停留在我身上，我靠着吉普车不
停地抽烟。

我决心已定，就是说我要不顾一切独自去湖边。那时候我
可能因触犯众怒而被扔在这儿，不过我断定他们没这个胆量。
倘若他们有的话，也不会放弃去湖边的打算而停在这里大吃大
喝。当然了，也说不定。那也无所谓。不错，一"路"上车颠
簸得太凶——沿着驮盐牦牛踩出的"路"开到这里，再也无法
靠近湖边。下车步行呢？一是时间紧，当日还得返回；二是没
这个必要。对了，没这个必要。这就是他们反对我的全部理由。
如果大家伙儿把各自的满足与怯懦收集在一起，力量当然也貌

似强大，再无动于衷的人也会感到孤单无助。这时候就特别需要酒量。好吧，把给我满上的那杯酒，我始终没过去喝的那一杯抓起来，干了！

扔下杯子，我径直朝湖边走去了。我知道他们都吃惊地盯着我的后背。我的背部感到了他们还没来得及商量的目光。我走得很快，有点儿像跑，后来竟真的跑起来。不管怎样，我应该快去快回，别叫他们过于难堪，尤其是别让司机——那个挺不错的军人太为难了。我多少有点儿紧张，但主要还是兴奋。一坨坨刺猬状的玛札草或者叫别的什么草在我脚下咔咔作响，偶尔还能看见一朵暗红色的达玛花，开得并不鲜艳，但在此地也称得上鲜艳了，真像俗话说的"万绿丛中一点红"。你不用经意看她就会从老远的草丛里跳进你的眼睛，你还以为发现了一颗红宝石。活佛花开得就普遍了，随处都能看见那一顶顶钻出草头儿的黄帽子。至于点地梅、满天星，那已不是我现在的心情能留意到的了。那得细品，平心静气，屏住呼吸，才能联想到诸如星空、银河，或者童年摇篮曲什么的。总之那属于沉思默想，或半睡眠状态，我这状态不行。我心潮澎湃。我在奔跑。我心里只有一池湖水，只想着快一点儿，再快一点儿，直扑湖边。

我已深入草原腹地，视野越发寥廓，荒远，陌生。现在，当我头顶混乱的苍天，当我如此渺小地置身在如此浩瀚的大草原上，我才猛地感到地球确实是圆的，圆得使山脉都显得矮了下去，群山仿佛悄悄后退着，在地平线边缘下面不时地探头探脑，露出几许牙齿一样的银峰，就连海拔七千多米的念青唐古拉主峰在此地也不过才露出半个雪白的脑袋。当然，这里海拔也已近5000公尺。我猛然想起一件事，并且暗吃一惊：据说人在高原切忌奔跑，特别是在4500公尺以上，倘若奔跑或剧烈运动，就极容易突然昏厥，乃至暴死。多可怕的说法！事实证明这不过是吓唬人玩儿的。

当然了，我还是放慢了速度。

我小心谨慎但我无法使自己停下来。时间不多了。一条不宽的河拦住去路。尽管不宽也是条河。这该诅咒的同一条河已经是第三次出来和我作对，它那种流法成心跟你过不去，你不知道下一回它会打哪儿溜出来。河水清浅，冰凉刺骨，全是遥远冰川的雪水。岸边杂草丛生，有蜥蜴隐匿其间，要十分当心。不过躲开了蜥蜴，尾随的鱼群是无法摆脱的，你赶都赶不走，有些胆子大的还会在你的小腿肚上亲亲热热地咬上几口，那才叫你开心呢！

总算过了河。此时满目的湖水真叫人激动。这是最后的冲刺了，我又抑制不住地跑起来，隐隐欲裂的头痛又一次向我发出危险的信号。但我此时就像穿上了"红舞鞋"，想停也停不住。至今回想起来，那仍是我生命历程中的一个老大的谜。平时我很珍惜自己，注意饮食起居，冷暖适度，甚至留心自己的肤色、脉搏，哪怕有一点儿小小的不适就疑神疑鬼——当然那通常是在我比较无聊的时候。现在我完全推翻了平时的我，甚而置美妙的生命于不顾。不过话说回来，人的一生能有几次把自己径直交给上帝？什么也别想了……天湖在望，天湖伸手可及！

最初看到的湖岸上那顶灰白帐篷已立在眼前。一群面目不清、衣袍褴褛的孩子叉着两腿站在帐篷前，仿佛训练有素，整整齐齐站成一排，都用乌黑雪亮的眼睛看我。接着帐篷里面又钻出几个高大男人，动作迟缓而坚定，后面还跟着两个蓬着头、露着白白牙齿的女人；其中一个袍襟里还伸出一颗婴儿油亮的小脑袋，很像一只警觉的小松鼠。最后出来的是一个黝黑但面容干净的少女，忽闪着一双深邃的充满黑色梦幻的大眼睛，一副无所谓的表情。我想除了老人，倘若有老人的话，这个部落的人都出来了。他们所有人都目不转睛地看着我这个不速之客，这个奔跑的疯子，不知发生了什么事，好像就要采取一致行动。其实我同他们一样，又何尝不感到某种威胁！我尽量不看他们。当他们发现我并没什么恶意，并不对他们构成威胁，而且是朝湖边去的时候，他们开始窃窃私语，指指点点，后来竟嘻嘻哈哈嘲弄似的笑起来。自然我也随之轻松下来。我朝他们友好地挥挥手，那里爆发出一片兴高采烈的欢呼狂叫。

有趣的是一个男孩子居然反复模仿我挥手的姿势，其他孩子也竞相效仿，许多条手臂戏剧性地挥舞着，一时间草原洋溢着土风舞的味道，就差一点音乐了。不，音乐在天上！此时，太阳西垂，阳光正从湖上辉煌地赶来，草原沉浸在红色热情的气氛里。大群的水鸟从我和那些欢乐的孩子头顶上掠过，无数双翅膀让湖光山霭托浮着滑翔。没有声响。此刻才体会出地球也是无言的。但滑翔的鸟群里唱出了第一声欢叫，霎时间，天空布满鸟的语言，无色的却又多彩的传说漫天飞舞——终于，我一脚踏到了浩瀚的湖边！

飞翔着的传说变成了宇宙的歌咏，像《欢乐颂》，像贝多芬的交响乐戛然而止——我真想一头扎进湖水，扎得深深的，今朝今世再不回头——那里应是沉寂的又是喧哗的，冰冷的又是炽热的，无色的又是极度绚烂辉煌的——而只要超越那瞬间的迟疑，就会在那属于永恒的一瞬获得欢乐的永生！然而，就在这时候，泪水蒙住了眼睛……

也许……生命之泪也许谁都有过。

谁都有过的生命达到顶峰时潜然泪下的片刻。这时所觉出的疲劳也许是最感人至深的。那就默默地让泪水横流。老天在上，没人打搅你。那就回味你刚刚开始不久却已创痕斑斑的平生。而现在不过是一部宏伟交响的序曲，它结束了，在你二十六岁的时候……

此时，阳光已经熄逝，水色苍苍茫茫。湖水无言，我亦无言。那么，面对即刻降临的下一轮黑暗，我们再见了。

再见，纳木错。

我转身，朝着大面积的阴影，朝着艰辛的却责无旁贷的人生走回去。暮色浓重，我带来了夜，他们仍在等我。随后吉普车载着叫骂在草原上飞快地奔驰，仿佛为了拼命摆脱夜的追赶。我拿出备用的氧气袋子把导管插入鼻孔，在他们的声讨中昏然入睡。仿佛听到他们还在抱怨司机，好像要不是司机固执己见，他们非把我扔在纳木错湖不可。自然是气话。好了，回到拉萨我请客。

藏　歌

寂静的原野是可以聆听的，唯其寂静才可聆听。一条弯曲的河流，同样是一支优美的歌，倘河上有成群的野鸽子，河水就会变成竖琴。牧场和村庄也一样，并不需风的传送，空气中便会波动着某种遥远的、类似伴唱的和声。因为遥远，你听到的可能已是回声，你很可能弄错方向，特别当你一个人在旷野上。

即便荒野的石头，只要你愿意感觉，石头也会发出某种细致的铿锵声响，甚至如某个久远时代的歌唱。石器时代我们粗糙的手掌自然过于遥远，但歌声不从来就是遥远的吗？尤其在某些时刻，譬如黄昏，夜深人静。

某些时刻……你凝神谛听。

你走着，在陌生的旷野上。那些个白天和黑夜，那些个野湖和草坡，灌木丛像你一样荒凉，冰山反射出无数个太阳。你走着，或者在某个只生长石头的村子住下，两天，两年，这都有可能。有些人就是这样，他尽可以非常荒凉，但却永远不会感到孤独，因为他在聆听大自然的同时，他的生命已经无限扩展开去，从原野到原野，从河流到村庄。他看到许多石头，以及石头砌成的小窗——地堡一样的小窗。他住下来，他的心总是一半醒着，另一半睡着，每个夜晚都如此。这并非出于恐惧，仅仅出于习惯。当有一天歌声不是从山坡上，而是从一孔突然打开的、并且近在咫尺的小窗里飘出，刹那间石破天惊，上苍也为之动容：

> 说说我吧
>
> 我的爱情是一重石头山
>
> 石头不动也不摇
>
>
> 说说你吧
>
> 你的爱情是山上雪
>
> 太阳一出就化了
>
>
> 说说我吧
>
> 我的爱情是河底石
>
> 磐石永远冲不走
>
>
> 说说你吧
>
> 你的爱情是河里鱼

　　河水一冲就溜走

　　说说我吧……

　　哀怨，也轻松，但是怎样的轻松……藏歌从苦难极深处升华而起，竟从不过分沉重；然而聆听者却一任发呆，魂系天外。爱情，欢乐，死亡，生命的诞生，往复升腾，万古不落的主题，平静如同草木的诉说。这里从不因为死亡或遗弃，新的婴儿就不呱呱坠地，就不啼破异常寒冷的早晨。只有藏歌才能将苦难和苦难的记忆化为抒情，少女一旦成为母亲，歌声就不再是呜咽着，不再酿成出神的泪水；歌声就会化为饱满的乳汁，化为石头底下涌动而出的叮咚的泉水；歌声就是圣母、月光、摇篮曲。如果天上真有音乐，那一定是藏歌。只要隐秘的山村拥有那么一小片天空，天空就会在某些非常宁静的时刻突然颤动起来，因为夜色升起，只好秘而不宣，有时候还会划过一两颗雪亮的流星。

　　即便山上的寺院，也常常使天空失去平静。那音乐似乎本属于昏暗的阳光难以窥入的神祇殿堂，而殿堂自然就是非人世的空间。但那些红袍加身的孩子是关不住的，特别是他们的心灵关不住，一有机会或不由自主，歌声就会脱出喉咙。因而他站在倾斜扶摇的顶台上。他的下面是浩瀚而白色的寺院群，寺院群顺着山势铺陈开去，白森森错落纷繁，犹如自山体开凿出的巨型浮雕，又像白垩纪留下的冰川残片，有着无数的小而深邃的窗洞，像蜂房一样。他只要伸一下手就可裁一片云，摘一颗星。当他超离一切之上的童声划破沉寂的夜空，不似天籁，胜似天籁。

于是，有一天忽然就到了燃灯节，一个属于那个圣者的节日。山村的每一孔石头小窗都燃起了长明灯。天与地在这一天密不可分，融为一体。点点的灯光，点点的星。那个圣者许多年前死去了，他留下了不可动摇的信仰和传说。他又如期而至了。长明灯就是他的眸子，他的星。家家都期待着什么，都静得出奇，而你也似乎感到某种东西就要降临。

那么，走出谜一样的村子，再穿过一大片无人问津的黑暗，那时你看到了什么？山上，寺院灯火辉煌。后面夜色由浅入深，深的是山体，是比夜色还浓重的巨幅黑影。正是在这高深莫测的黑影里，寺院燃起了数千盏长明灯。灯火流畅而宁静，分明呈现出一幅玄奥的几何图形，极空灵，极神秘，莫非是那位先圣的心灵已经显现？这岂止让人震撼而已！图案上空，但见桑烟——一种为敬神而燃起的桑烟，缕缕轻扬，像一条条飘带，又像一只只手臂，并且在不停地摆动，冉冉上升，以致整个寺院群也要超拔而去了。那么，你是个无神论者吗？在这庄严的图案前你会望而却步吗？

你站在积雪很厚的山顶上，夜风瞬间使你汗湿的脊背变得冰凉。你骄傲，为了终于超越于寺院之上。静观默立良久，你顶着一钩弯月从山顶下来，一个人，你从来就是一个人，当你渐渐步入迷宫似的寺院，那些寄养在寺里的狗从无数个角落奔出，朝你狂吠，你没有丝毫畏惧。你见得多了，在八尔廓，在扎什伦布，在雍布拉康和昌珠你都遇到过这情景。在帕里也是这样。可今天这日子怎么了？听不见一声狗叫。你反而毛骨悚然。你来探寻什么？你像异教徒一样，或者压根你就不知道什么是信仰，你闯入这神秘的禁地干什么？你怀着鬼神也难以理解的原始冲动吗？你睁着一双困兽般的眼睛，既蛮横又惶恐——这就是你，一个在圣殿之下想入非非的人吗？你试探着深一脚浅一脚地向前摸索着，灯光闪烁，已经闻到桑烟潮湿的发苦的香味。

高墙。深巷。你摸索前行。像液体一样的黑暗从你脚下汹涌上来，刚好把你严严实实地淹没。没顶之灾！你哐的一声跌倒在柔软的石阶上，你的手触到一个毛茸茸的家伙，那家伙好像早有准备，只是轻轻蠕动了一下，居然一声不响地轻轻靠在你身上，就像兄弟那样。你觉得简直太荒谬了，可你分明感到了一丝温暖，并且甚至差不多想要流点眼泪什么的。你们一同向上仰望。上面，天光熹微，寺顶人影憧憧，似乎不时还可以看见从天上伸下一条条手臂，动作很慢，像玩一种叠手操，时散时聚。好像还可以看到一张张俯视的面影，映着微光，轮廓十分清晰。但是看不出表情，连五官也没有。或者整个看去是在微笑？是的，不错，这是一掬没有五官的微笑，甚至想象中的笑。如果上面是人间，那么你是什么？你和一个毛茸茸的家

伙靠在一起。如果上面是天堂，你是什么？人间？不，仅仅是
生命，或者根本从来就没有人间？或者正因为天堂的存在你才
长期被视为非人？在神的史册里没有中间状态。你进不了天堂，
又不可教化，这才糟透了。所以你只能和你的兄弟——尽管你
不承认它是你的兄弟——蹲在潮湿的深渊里，那么，或许你只
能形同困兽才多少有一点力量？你的兄弟从不指望进天堂，因
此也就没有地狱可言，甚至也没有反抗。

　　潮湿，像大雾一样的潮湿，但你差不多已是石头，绝不会
发霉，这一点倒是你最不必担心的，那就来支烟抽抽。然而就
在我划火点烟的当口，我的兄弟倏然消失了，它一声不吱悄悄
离开了我。我们不是兄弟，我们是兄弟，谁知道呢？这世上真
的有所谓兄弟？

　　这当然……或许只是个……梦魇。

　　不过，无论如何，你该感谢那个孩子。你最终能走出这场
"梦魇"或"黑森森"，多半有赖于那个孩子好像呼喊似的歌
声。你吸着烟，一支接一支，那时桑烟已落，代之而起的是你
抽的烟。你的兄弟不喜欢你抽烟，但是谁要它喜欢！一支烟让
你感觉回到人类，你不再有恐惧，一切都如幻觉般地正在消失。
当那些手臂、面影、微笑纷纷退去，寺上寺下都只剩下一个人，
一个抽烟的人和一个孩子。

　　孩子是守夜人，我觉得我也是。

　　孩子走走停停，影子晃来晃去，哪一盏长明灯给风吹灭了，

他就把它重新点燃。跳荡的火苗的光亮舔着他的红袍子，也舔着他光光的脑袋和像小姑娘一样的面庞。他不过十四五岁，在刚才众多的面影中显现不出来，但是现在不一样了。现在天已有点发亮了，你再没有了恐惧，你甚至觉得男孩像某个童话，像《卖火柴的小女孩》，他没有表情，平静而安详。他有着多大的舞台呀，怎么可能那么平静？事实上很快我就看到他调皮起来。他蹦蹦跳跳，竟忽然哼唱起来了，一点儿不错，他还是童声！真的，就连他的歌声也像小姑娘的歌声，甚至冬天的歌声！开始是低声的，后来禁不住放开了喉咙。他望着灯火，手里扬着火把跳着，点燃着并不需要点燃的灯，几乎像一种舞蹈。那歌就那么两三句，头两句像山谷的号子，扬起，然后是休止，一声轻叹：

咿呀——

咿哟——哟——

岂止悠扬！那轻叹的拖腔以黎明为背景，拖得你浑身释然，仿佛飘飘离地，冉冉升起，身飞九重，更难说灵魂寄往何方。不过别担心，灵魂马上还你，当绵长拖腔的尾音行将消失，一个短暂的休止，一个片刻的静默之后第一句重复性的主题早已喷薄欲出，划破黎明的天空，霎时间你觉得天开地裂，以致整个风烛残年的寺院都像是在松动、崩裂、坍塌，发出"咔嚓咔嚓"的响声，只怕要落你身灰尘了，快走⋯⋯

天已完全放亮，孩子像天幕上的剪影，灯还亮着。

你转身离去，像解脱之后得到某种启示。"某种启示"，你这样想着，站在村边上。早晨格外宁静，村子升起缕缕炊烟。你想你要走了，你要到冈底斯去，而你的目的地是喜马拉雅。你要再次拜谒那条世界上最年轻的山脉，最年轻的牧场，你要找到那支歌的源头。走吧，你说，不要怕渺茫和寂寞，即使没有驼铃你也是骆驼。

雪或太阳风

有三场雪突如其来，让我顿生美感。那是恐怖的美，恍惚的美和幻觉的美。特别是后者，令我至今对它的直觉意识仍保持得清新，完整，每一根毛孔都张开着。

圣丕乌孜雪山巍峨，高峻，以致我们的石头房子一天中要有很长一段时间落入它的阴影中。就是在那所简易昏暗的石头房子里，那天我大睡了一夜，直至第二天上午十点仍然未醒。"宁，还睡呢!"又是他在喊我，不用睁眼就知是他。那个三十六岁人的嗓音我熟悉得不能再熟悉了，甚至于他如此粗野、兴奋的喊声非但不能使我略有惊吓，还常常不能把我唤醒。他比我大十岁，倘若抛开云南那十年，我们应是同龄人。他喜欢早起，我喜欢晚睡，他喜欢上两节课而我通常总是三四节，有时我还要把课排到下午。我们住一个宿舍，可谓同室操教。

"宁，下雪了嘿!"

我并非没有感觉，只是这感觉并非来自于雪，而是来自于大敞亮开的门。通常只要他下课回来，不管我是否还在酣睡，他总要把门大开着，放一放浊气，同时把我们共养的一只西藏独有的卷毛狗放出去飞跑。他知道我不在乎敞开门。

"胡子，胡子。"

他在叫我们的狗。我已无法再睡，这才把睡了十二个钟头的眼睁开，这一刹那，上帝，我看到了什么？

房间昏暗。石门洞开，像一画框。外面一孔银白的世界。骄阳斜射，大雪纷飞，雪与光弥漫飞舞、铺天盖地，像白云发生了雪崩。呼啦啦，雪光倒卷入门，像飘舞的绸带一直铺陈到我的床前！我只穿了一件薄薄的秋衣，呆呆地坐在床上，两条腿还在被子中。我一动没动，一任雪光铺陈到我的脸颊和胸前。雪把阳光带进了屋内，带到了我的眉梢上。梦里正下着雪，醒来依然是梦，莫非我坐在一个童话的世界里？我惊奇，专注，眼一眨不眨，仿佛一个醒后的婴儿，没有思想，没有欲望，只有惊奇、惊奇、惊奇……

另一场雪。

无人区。西藏腹地。遥远的牙齿般的地平线是点点银亮的雪峰，旷野坦荡无边，寂寥，同样也是地球的腹地，停止了奔跑的野驴群，此刻正在五月的夕阳里产崽，远远望去，那一泡泡粉红色的生命像初雪陈于天边，柔软、晶莹、闪闪发光、纤毫毕现。谁这时放上一枪，如果地球不顷刻爆炸，整个宇宙也会有一场末日的混战，幸好人类还尚未染指于此。

幸好个把人来此也不过如出洞的鼠类，巴望一下就得赶快回洞，譬如我们这一群不速之客。我们的嘎斯六九吉普在湖盆草原上颠簸、摇晃，至少有三次险些翻盘，以致我们不得不弃车步行，却还是到不了湖边，这似乎已说明问题。天象难测，后来终于出现了我们所担心的那种局面。事实上，在远远的湖对岸，在对岸那一线矮矮的雪峰后面早已有小股云团冉冉升起，而现在已是伏兵四起。这还是我们所能看到的正前方，实际上同样的情形在我们背后也出现了，而且更险恶！

"宁，这天象可够恶的。"

"你还没瞧后头呢！"我说。

后面乱云飞渡，天网恢恢，原野一派肃杀之气。我们都有些慌，不停地朝天上张望，那样子就像几只小动物，而且是那种最常见的小动物，干脆说就是鼠。这时候天越来越低，大块大块的黑云像岛屿一样飘浮着，游动着，不住地碰撞，开而复合，而高原的日光由于受阻，以更强烈的张力从无数蛇形的云块缝隙中透射而下，形成万道光柱，直落地面。我们几乎是在浩瀚的光层中行走，在幽黑的光影中跋涉。天幕不住地晃动，草原便随着光怪陆离。明与暗瞬息万变，恍恍惚惚，惚惚恍恍，人这时已像鬼，忽明忽暗，忽蓝忽绿，眼球突出，面孔丑陋，互相看着都害怕。

跑，往哪里跑？逃，向何处逃？雪，劈头盖脸就砸了下来！

"宁，这下的是什么呀！"

我惊魂未定，伸出手来立刻就接了一捧。是雪，但就像冰

雹，有黄豆大小，原来是雪粒子。雪粒下得急雨似的，难道要
埋了我们不成？幸好还没打雷，若再打雷不活埋了也得给吓死。
我们不是没有过这方面的体验，在哲蚌寺，在圣丕乌孜雪山上
那类似古希腊的白色建筑群中，在它那高墙深巷只见一线天的
石阶上，曾经一个晴天霹雳，雪粒子就砸下来。那时就像天罚，
我一个跟头栽倒在石阶上。我想我肯定是触怒了什么，否则晴
天霹雳，六月下雪又为了什么？这事至今还没闹明白。幸亏佛
深似海，我听到了嘤嘤嗡嗡的诵经声，声音就在我的头顶上，
在那高墙之上打开的窗洞里。我佛如来，宛若天籁——那又是
另一场雪。

眼前虽然场景恢宏，却必须感谢我佛没有霹雳。

跑吧，跑出这块有雪的云，总不能坐以待毙。自然是往有
阳光的地方跑，谁在此刻都会直觉地意识到这点。然而阳光越
跑越暗，雪粒子倒越下越猛，以致我们最后竟把远处的阳光跑
没了。原来我们只顾朝有阳光的地方跑，却不曾意识到这同时
也是云跑的方向，云比人快，当然越跑越绝望，于是幡然醒悟，
掉头朝相反的方向跑。果然不久就见到了一丝光亮，虽然朦胧
如潜在水底，却也十分令人激动，因为毕竟看到了希望之光。

光线越亮，雪粒子仿佛下得越急，鼻子和脸被砸得生疼，
脚下咔咔作响，齐脚背的浅草已完全为大雪覆盖，一派银白的
世界。我们气喘吁吁，浑身焕发着热气。希望已确凿无疑地即
将成为现实，我们干脆停住了脚步，四下张望。蓦地，一道骄

阳斜刺里切入幽深的雪雾，仿佛把大雪腰斩了，我们的身体一半在雪中，一半在银灿刺眼的阳光中！这简直是一个奇观！

很快，一切都复归宁静。无论是暴雪，还是太阳风，都已追逐着离我们远去。我们呆呆地定在了大草原的腹地，一动不动。从此，我生命中再也无雪。即便有，也视而不见。

一条河的两岸

分水岭

一滴水融入大海，很像一个人出门远行。

一只岩羊或山顶上的豹子可以独自面对世界，一个人面对世界也是可能的。每一次对河流、草原、陌生山峰的超越，实际上也是对内心空间的超越。许多雪水，湖泊，小的分水岭已是过眼烟云。在高处，在喜马拉雅大的分水岭上，远眺两个方向的流域，寒烟高挂，雪水分流。人不能两次踏进同一条河，但这里人可以一次踏进两条河。用不着费力地选择，河流的任何一个方向都可能成为我的方向。

我漫无目的，非常年轻，二十六岁，在河岸上步履匆匆。因为一只鸟的虚无的弧线，我停住脚步，直到它一头扎进河里，弧线消失。一只鸟可以吸引我，一块云也同样如此。落日时分，我看见河上升起铅云，从山后升起的。我看到铅云翻卷出漂亮四射的金光，我弯曲的剪影被投在金色河上。波光粼粼，晚霞夕照，我逆光而行。逆光中的河流使我想到人与河的关系是一种古老的关系，是生生不息、生者与生者的关系，不是逝者与逝者的关系。

子在川上，想已是暮年。同样，我也不相信希腊人。

蓝色

想拥有一条河的两岸，就得经常渡河。一整天了，老人的牛皮舟像是专为等我。他没有什么乘客，笑着把我迎上船。这是冬天的河流，蓝，清，湍急，牛皮舟一到水上就横过来。老人撑舟，顺流而下，很准地在预定位置把我送上岸。我没任何事情，多次到过对岸，对岸总能吸引我。我不过就是走走，面对大山伫立，像没父亲的孩子，或压根就没父亲的概念。望着最初缓升的浅山和谷地，我想，那里一定藏着什么秘密，只是没有一次我能揭示这秘密。

蓝色河水冲击着白卵石，夏季这些卵石是河底的一部分，冬天它们构成岸。阳光似火，卵石光芒万丈，每一颗卵石都像一个太阳。成堆的太阳在河滩上，你就能想象河是多么的蓝。深蓝，冰冷的蓝，完全不为太阳所动。河之冰蓝令每颗卵石更加耀眼，连鸟的飞翔都让你感到晃眼，你真想遁入水中，在那深蓝的玻璃体中，永远不再出世，就像抱着一个蓝色女人。可我只能在太阳中行走，我生为太阳照耀，我是旅人。

我来到沙地上，沿低缓的浅山上升，仰望屏壁般的大山。山顶终年积雪。我于是想，山是凭空而来的吗？我是凭空出现的吗？是山走到了水边，还是水到了山前？山是大地的旅人，永远绵延。山很累，又要出发。事实上，水又何尝不是如此？

牧人走向大海

一次我在拉萨河曲水大桥渡过雅江。曲水有点特殊，拉萨河在此汇入雅鲁藏布江。河口扇面打开，滩涂盛大，气象恢宏，流域内无数马蹄形的沙洲像无数马蹄的梦。这里同时还是青藏高原三大山系交汇处，它们是冈底斯山脉、喜马拉雅山脉（分列于雅鲁藏布江两岸），以及北部赶来的念青唐古拉山余脉。这里江河相遇，群峰苍翠，湖泊逼近天际，因此，据说这里埋藏着解开神秘高原隆起之谜的金钥匙。岗巴拉山危入云端，是群山主峰，它被三大山系簇拥，向上抬升，举杯，那杯中酒是高山之湖——羊卓雍。羊湖一鉴到底，与天相接，酒已经不能举得再高。

我旋山，进入雾海，又透出云层，到了岗巴拉山顶。我与山峰一同立于云层之上，一种遗世独立之感，使我看到西藏更加广阔的天空。羊湖碧蓝，像海，伴有潮汐，据说是当年高原对古海神奇的挽留。高原依然有海，牧人骑在马上，走向大海。黑牦牛白羊群在岸上星罗棋布，像永恒的棋局，而牧人如旷世隐逸的高手，终日行云流水。某一时刻，与牧人的目光相遇，你会突然感到被仿佛浩瀚的水面收去，感到一种提升，飘荡，体轻如燕，几乎可以健步如飞。

空船

我进入冬天的山谷，我在风中行走，我看到了荒草，牛粪墙，浑黄的村落，屋宇上飘扬的经幡。如果不是经幡，以及那些风马旗，浑黄的村落就无法分辨，正如无法辨认沙漠中的巨蜥。经幡在自然界表明了人的存在，同时也是神的存在。人在这儿是一种多么可怜的存在。我不可能再翻越另一道山，进入另一重谷，那要需要很多时间。那里仍可能有村落，但不是我所能理解的村落。而且，老人还在等我。

老人本可以先回对岸，也许他还有别的乘客，但他固执地等。他挣五毛钱，来回一块，戴着旧毡帽，皱纹和笑容给我留下阳光如刀的印象。阳光在山脉刻下了什么，也在他脸上刻下了。五毛钱，空船回来，一个人横舟，是他的一生。这一次他不会空船，我们说好了。老人憨笑，如岩石的笑，使我心里布满裂纹，纹底充满阳光。

冬天

冬天，依然温暖，阳光强烈，但植物还是回到了土地。冬天漫长，天空简明，自然界安静。一场雪降临，两三天融化。河岸上残雪点点。残雪聚集着阳光，燃烧自己，也点燃了阳光。

我在远处或水上看到这些白色的火焰，但当我走近时，它们已变成水汽，一缕缕青烟，被天空吸尽。

音乐悬崖

布达拉宫波动在水上更像一种幻觉。从环形街望过去，水和音乐是这座白色城市的主题，城市每天从水中升起，就像太阳一样。在一种梦想的高度上，水面是倾斜的，因此无论从哪个角度看去，布达拉宫都最先从水面升起，渐渐露出它的尖顶，然后才是寺院众多的红色的钟声。排窗是布达拉宫最富迷幻的音乐部分，而白墙像雪，非常净，看上去无比辽阔，构成了像高原的背景色。这时整个看去，布达拉宫像一架管风琴被置放于世界屋脊的水中，风穿过红色和白色窗洞时发出高原向世界的奏鸣。布达拉宫是世界建筑的悬崖，就其对天空的想象力而言，她绝无仅有。哥特建筑无法与其争锋，希腊神庙看上去像一些简单的布局。或许只有金字塔像钟声敲响时，仿佛可以想见布达拉宫的身影。

那时太阳也正在布达拉宫金顶奏鸣。

那时高原上升，万道金光从河上，从布达拉宫金顶直抵我睡眠的石头房子，与此同时微尘与圣音也同时抵达。那时天空透亮如蝉翼，并像蝉翼一样灵敏。而谁在蝉翼上颤动？谁在颤动中醒来？

我的生活

拉萨河流经郊外时展现出平沙、沼泽与田园的景致。学校依山傍水，毗邻白色的寺院。我在学校拥有一份教职，我的石头房子是岸上不多的建筑之一。学校后面的山坡上，我还拥有一小片冬天的树林。

我说拥有，是因为每天我从操场穿过时，都要看到墙外那片山坡上的树林，想不看都不行。操场是倾斜的，是山坡向下的延伸。我喜欢那片冬天的树林，喜欢它闪光的落叶、道路，这使我的生活带有明快色彩和冬天的静谧。学校建筑与寺院建筑具有同样神圣的性质，经声与读书声相闻，一点儿也不相扰。

十一月的燃灯节，四月的沙噶达瓦节，我的学生布满转经路上。我也会去，他们叫我去。他们带着酥油、香草、酸奶、甜食，穿上漂亮的衣服，嘻嘻哈哈，有说有笑。我被他们簇拥，像外来的传教士，被另一种宗教场景和热情鼓舞。德清卓嘎拿着一条经文向我大声朗读，先用藏文念了一遍，然后翻译过来：人要学习才有希望，才能过上好日子。我真假难辨，他们大笑。他们是善意的。

春天让人生动，发笑。

春天

穿过早晨还在睡眠的山村，进入树林，我有一种强烈的感觉，我的体内也有一片树林。我感到体内叶脉的呼吸，飞鸟的欢叫，大地的催促。春天阳光猛烈，当融雪之水从山体跌落，构成哈达一样的季节性瀑布，我对沉默了一冬的山脉有了一种生动的把握。我记录声音，倾听鸟鸣，描写雪水以及雪水漫过树林的寂静和光亮，表达这个季节的声音、光线和色彩。当我觉得还不可能的时候，树林一夜之间披上绿装。

自然界充满了节奏、悬念和突变，再没有比积蓄了一冬的春天更让人感到自然界和我们身体的速度了。

春天短暂，迷幻，花朵开放。我甚至见过山洞里的花朵，那些花阴湿，奇静，叶片很薄，红色花萼，阳光只有极短时间的照耀，甚至达不到花朵的位置，但它们开放。花期很长，一动不动，手碰一碰，就会有水从根部浸出，像泪水。非常细小的水源拖着流沙从洞口细细地流出，汇入谷中溪水。银沙培育了草坪，一种真正上好的草坪。任何地方都不会有如此细密的草坪，草坪、溪水成为人们转经之后的乐园，人，自然，宗教，交织并融为一体。

大边巴

大边巴脸上有块疤，据说生下来就有。疤痕的图案十分奇特，很像耳朵错位后印在了颧骨上，并且扯动了她的下眼皮，顾盼时眼白闪烁。此外大边巴脸很长，是个比别人都高瘦的女孩儿，说笑时神气活现，一点儿也不觉得自己有什么不同。有一阵子大边巴好几天没来。她母亲死了。人们满面神秘，毫无恐惧，窃窃私语，把有关情况告诉了我。

我觉得难以置信。他们说大边巴母亲死后第二天给家里来了通知，说她要在第五天黄昏回家，走什么路线，从谁家门前经过，说得一清二楚。她要人们回避，别冲撞了她，否则她难以生还。规矩人们都懂，当然还要强调一下。那天街上十分安静，大边巴母亲如期而至，借助阴影，一帆风顺回到家中。她从绘有莲花和白象的柜子里取出一只手镯，擦拭干净，交给大边巴；与家人共进了晚餐，还说了会儿话，喝了新打的酥油茶，然后，披上一条哈达，笑着从原路返回。中间没出什么岔子，一切都在安静气氛中进行，不许大声说话，不能碰掉杯子、碗、筷子，邻居被告知收起夜晚饮酒的喧哗。

这不可能，我说。

格吉同我大声争辩，说她亲眼看见大边巴母亲回来的身影，黑衣，包着平时的绿头巾。德清和阿努也说看到了同样的情景。都说看到了，就是我没看到。大边巴又上学来了，看上去没什么变化，手上真的多了一只手镯。她们举着她的手腕让我看，大边巴不住点头，证实她们所说一点儿不假。有一刻，我认为我在大边巴眼里看到了那个黑衣的女人。我见过那女人，去过她家家访，我能想象出她一身黑衣的笑容。

一条河的两岸

我想得到大边巴母亲这件事的解释。但是很难解释，很多事物一解释就奇异地消失了。问题也许在于使用什么样的语言解释，不同的语言有不同的世界，世界存在于语言当中。事情发生了，或者没发生，两种语言无法争论，而我身陷两种语言之中。

什么是真实的发生？真实的边缘或界限在哪儿？比如我相信一张桌子存在，是因为它不仅可视还可触摸，在三度空间内我们证明它存在的手段可以很多，甚至可以多到无限，但我们是否从心灵的角度证实过桌子的存在？这可笑吗？我们从来也不使用这种看似可笑的方法，因为我们生活的空间是有限的。

高原民族的心灵空间是无限的，他们从不相信死亡这件事，生命对他们而言，是一条河的两岸，有舟楫相送，就像河边老人所做的，人们可以过来过去。生死没有明显的界线，中间只是一条河。他们相信并能看见（内视）灵魂的存在。他们说，人要穿衣，灵魂也有衣服，肉体就是灵魂的外衣；灵魂并不总在肉体中，就像晚上人要脱衣睡觉，灵魂也常要离体而去——梦就是灵魂对肉体的暂时游离。假如肉体不堪使用，像穿破的衣服一样，灵魂也会将它丢弃。如果肉体突然不堪使用，比如得了暴病，灵魂就会变成游魂，要四处游荡一段时间。

如果有什么事未了，灵魂还会借助原来的肉体返回家中，将事办妥，与家人告别。我常常被告诫，在旷野、山谷、废墟或无人居住的建筑物中，切不可大声喧哗，因为那里通常是游魂的栖息地。

游魂最怕惊吓，一旦被惊吓，就会变成水中的饿鬼，再无法上岸，那才是真正的死亡。这是一种解释，或者一种语言，他们世代生活在这种语言当中。除此之外，他们与我没有什么不同，他们像我们一样生活，开玩笑，饮酒，热爱生命，为前程打算，只是他们认为没有死亡。他们多了一维空间，而我们认为那是不存在的空间，或者一种心理空间。但手镯是怎么回事呢？我不知道。

德拉

那件事过去了，一切如常，没有什么不同，手镯戴在大边巴手上，永远不会丢失。我教育他们，传授知识，也常被他们取笑。没有绝对的谁改变谁，只是一种双向的丰富。世界美好。

我在门前开有一小片菜地，自己种菜吃。当我的油菜刚有了点儿模样，一夜之间它少了近一半。德拉偷了我的菜，该死的德拉，她拿去招待她那些不知哪来的胡乱朋友。德拉主动告诉我是她偷的，要我不要瞎怀疑别人，不会有别人，她说。我们没什么交道，甚至依然是陌生的。我来到这所学校并没引起她的注意。她拿出钱。我说钱就算了，你怎么能对那些还未长成的菜苗儿下手呢？德拉说，老了还怎么吃？就是嫩着才吃呀。我说，德拉，你不是藏族，你就是汉族，什么都吃。德拉说，汉族就汉族，你不也是汉族嘛，别没事老装我们藏族。德拉说不上是汉族还是藏族，她的汉族名字叫沈军，藏族名字叫德吉拉姆，简称德拉。她的父亲是藏族，母亲是汉族，这在拉萨十分少见。她母亲是英语教师，毕业于北京外国语学院。她认为我是个有点儿可笑的人，管我叫陶渊明，很不尊重陶渊明。她闯进我的文字完全是出于我对她的气愤，我写到那片菜地不能不提到她。我的菜地被她毁了，还搭上一个古代的诗人。

纪念币

我来到渡口，老人看出我有一段时间没来了。他的皱纹没什么变化，笑的时候还是那样深刻。上帝的刻刀已不可能再给他增减什么，他已经完成或接近完成，而我还差得远，太远了，我年轻外露，在德拉看来我还是个可笑的模仿诗人生活的人，想起她来我就切齿。下船时我给了老人一枚银元大小的硬币，那是一枚纪念西藏自治区成立二十周年的纪念币，上面刻有布达拉宫的银色图案。老人握着硬币一直在岸上等我，我返回时他仍攥着硬币。老人张开手要把硬币还给我，我摆手，示意那是他应得的。老人可能真把它当银元了，他觉得承受不起。我无法形容老人当时对我还是对上帝的那种神情，那是用皱纹和不畏阳光的眼睛表达出的并非简单感恩的复杂神情。我认为也应该为老人铸一枚纪念币，或者，在布达拉宫图案背面刻上老人的头像，作为一种古老人类的象征。

我要继续我的旅程。至于德拉，我将专文写到我们之间纠缠不清的故事。在那个文本中，我会毫不掩饰对她的厌恶或喜欢。

喜马拉雅随笔

天堂主要是由鸟构成

　　我看到他的时候，他的红氆氇已大部分为雪覆盖，雪挂在他的眉梢上，从不同角度看他是雕塑，雪，或沉思者。他的背后是倾斜的浩瀚如瀑的白色寺院，雪仿佛从那里源源涌出。他深居简出，每年的雪，是他走出的日子。他已走出寺院多时。寺院年代久远，曾盛极一时，它坍塌的历史像它的存在一样长久。现在，它存在于远胜过它的盛大的废墟之中，并与废墟一同退居为一种色调单纯的背景。不是历史背景，甚至不是时间背景。只是背景，正如山峰随时成为鸟的背景。寺院的语言曾昙花一现，湮没至今，无人破译。他在沉思那些语言吗？不，他与那些语言无关，与那些传说也无关。

　　他沉思的东西不涉及过去，或者也不指向未来。他因静止甚至使时间的钟摆停下来。他从不拥有时间，因此也获得了无限的时间。他坐在我曾经坐过的飞来石上。那本就是他一年一度的岩石。他面对山下面的雪，谷地，沉降的河流，草，沙洲，对岸应有的群山，山后或更远处的阳光——他在那所有的地方。我远远地注视着他。我的学生在更远一点的地方。他们在山脚戏雪，追逐，堆雪人，嬉闹声到我这里还稍有嘈杂，但我想，到他那里可能已变成天堂的鸟叫。别打扰他吧，让他听到鸟叫，这样的距离正是鸟的距离，据说天国主要是由鸟构成的。

雪已不能触及他

雪远没有止的意思，但我看见他身上的雪开始融化。他的红氆氇从大雪中渐渐脱离出来，雪同他保持着几乎是椭圆形的距离，我认为我看到了大雪纷飞的午夜中窗口与灯光的效果，我是说在整个雪中，他真实得近于梦幻。他像一团火焰，雪已经不能触及他。还有什么能触及他呢？

那一刻稍纵即逝

是，有时是挺无聊的，哪儿都一样，重复的日子无论在天堂还是地狱都不受欢迎。为什么人们喜欢雪？日子不再重复，一场雪是一次对世界和生命的更新。有人意识到，有人没有，而无论你意识还是没意识到，事实上你身体内部，特别是那些脆弱或不洁的部分，都在因雪而更新。智者在更新什么呢？我无法获得他那样大的境界，那样的空明，那样不在"场"的飞升，想雪就看到雪，想阳光就看到阳光，或同时看到阳光和雪。一场雪是不能覆盖整个高原的，就像阳光也不能做到这点。我们相遇过两次。我认为是两次，但也许就是一次，这一次。我曾与他并肩（请允许我这么说）站在寺院顶部延伸出的露台上，背后是广阔的废墟，我们将拉萨河谷尽收眼底。我们甚至眺望到了江水与长河在崇山峻岭中相遇的情景，毫无疑问，这是落日时分。我们目光深远，脸被夕阳映红。那时我们曾有过交谈，藏语与汉语的交谈，一种几乎不可能的交谈，但我们交谈着。他告诉我，我认为如此：他非本地人，他是蒙古人，早年从青海来到拉萨，哲蚌寺；他无法确定自己的年龄，因而也说不出入寺已多少年，时间对他从未存在过，时间有意义吗？他不需要时间。如果时间都没有意义，的确是一种伟大的境界，我从未想到这层。我们不可能谈论更多的东西，但我认为我们还是谈到了夕阳与河流，因为它正照耀着我们，充满了我们，让我们闪闪发亮，以致在某一刻我们看上去身体内燃，开始发光，浑身透明，我看到的他是这样，他看到的我也是这样，我们彼此映照。然后，我们倏忽暗下来。那一刻真是稍纵即逝。

自由的阅读

1984 年 8 月，一个阳光透射的日子，我站在这所学校的大门口。我的目的地到了，这是一次比梦还遥远的行程，我很累，一脸时间和阳光的风尘。学校几乎是按寺院的传统，接纳了我，为我提供了讲台、简单的教具和一间石头房子。我站在讲台上，或是在孩子们中间，我是被围绕的人，就像大树下的释迦，语调舒缓，富于启迪，我讲述语言、人类和诗歌。我渴望的生活开始了，并且理解了一种长途跋涉后的喜悦。我喜欢我的石头房子，喜欢它花岗岩拼贴的外表，喜欢阳光下它富含云母和石英的光亮。那时我很年轻，心胸开阔，喜欢阳光、蓝色河流，喜欢超现实时间和一切神秘事物，喜欢凝视天空、山脉、星云和暗物质，喜欢对内心长时间的关注。我阅读。除了讲述之外我大部分时间都是用来阅读的。我读鱼王，读灰色马，灰色的骑手，读有交叉小径的花园，读王维和米拉日巴，读四个四重奏、萨迦格言和雪莱，这时我的阅读是一种真正的阅读，一种没有时间概念、如入无人之境、与现实无关、自由的、梦幻般的阅读。阅读中的幻觉和幻觉中的阅读，使我仿佛生活在空中。事实上，多少年来我就没有一天接触过地面，我永远是那种离地三尺生活的人。

时间之箭

而且，我喜欢冬天。喜欢冬天的漫长，沉静，雪，潜在的生长。喜欢阳光直落树林的底部，这时树林灰白，明净，路径清晰，铅华已尽，像哲人晚年的随笔，只透露大地的山路和天空的远景。整个冬天，我的石头房子常常门户洞开，饱含阳光，这时我崇尚古典，听海顿、巴哈或天方夜谭，读博尔赫斯或加缪，与书中的时间交谈，写一些笔记，片段，不断地追问，使自己简洁，略去一切的多余。我相信，我所做的一切与雪中的智者本质上没有什么不同。我们不过是以不同的方式接近和抵达，我们同样感到了事物的核心，钟的秘密心脏。我们的分歧在于，他是时间的箭头，而我却常常需要返回。

旅行

这时候，唯有旅行。我渡河，一个人上路，越过夏季的雅鲁藏布江，翻越岗巴拉雪山，我看见了美丽的羊卓雍湖，看见湖盆草原上广阔的黑牦牛和白羊群，它们星罗棋布，没人牧放它们，只有黑白子的棋局，没有对局者。或者，这是一场天局？对局者在天上。谁是裁判？不，这里没有末日，因此从来也不存在末日的审判。我的旅行漫长，不计时间，没有目的，没人牧放我。

我见到了著名的卡日拉冰川，看见印度板块与欧亚板块相撞错起的恢宏壮观的断面，一睹年楚河在太阳下明晃的烟波，看见英山的雄姿，白居寺十万佛塔的盛大。我到了帕里。我在喜马拉雅山脊上旅行，被数座八千米的雪峰照耀。帕里被称作

高原上的高原，喜马拉雅南北分水岭。我看到卓姆河从头顶上
飞流直下，以一天四季的速度，跃下葱岭，冲向低地，冲向异
国绿色的平原和蓝色的海岸，而风从海上来，我看到孟加拉湾
暖流沿卓姆河溯流而上，一路夹风带雨，跃上葱岭，到了帕里，
但再也无法翻越帕里。帕里是西藏的极限，喜马拉雅的悬崖。
我在悬崖上，我的脚下，云烟如梦，雪水分流，水从我白皙的
脚面和俯下身的双手向两个方向流去。分水岭在上帝和我的手
上。我感到江山在手，苍天在握，我甚至可以飞翔，如果我愿
意的话。

飞流直下

我真的飞起来。沿河旋山而下，一天四季，呼呼而过。雪
山草甸，灌丛花朵，针叶树，阔叶林，四季垂直分布，我感到
海风拂拂。帕里之下空气潮湿，水源丰沛，满目青翠，风景如
画。这里真称得上天堂，甚至天堂的后花园。我看见了农妇与
河边成熟的稻田，看见了雪山森林下面的村舍，亚东小城在卓
姆河稍稍迟疑的地方静静地展开。这是一个被梦幻包裹着的小
城，她在亚热带森林中，如果不是奔腾的河水，古木桥，河上
的远景，小城几乎要密不透风了。

小城古色古香，除了有限的几处砖石建筑，小城仍旧沉浸
在色彩斑斓的木质建筑的记忆中。作为城市的要素，商店，酒

楼，茶坊，卖手工艺和古董的摊点，街景，民居，车站，旅店，招待所，这里都存在，但又是那么的不同。因为这里的一切都是木结构的，饱含着时间和宁静，我觉得我好像走在宋朝的街上，走在另一种文化的《清明上河图》里。小城色彩浓郁热烈，讲究窗饰，门的雕花和图案，但主要是对色彩，特别是对红色调子的酷爱。家家都摆放着鲜花，人们守着大自然丰富的色彩和花朵，已经在大自然的怀抱，但还不够，还要把鲜艳欲滴的植物和花朵搬到房前、走廊、楼宇的阳台和窗上，因此小城是花的世界。

小城下着雨，细雨霏霏，所有的建筑都湿透了。树，楼宇，店铺，街景全湿透了。我走进一家邮电所，向柜台里的姑娘要了两张明信片，稍稍迟疑了一下，写下了阿来的名字，落款是亚东下司马镇。在另一张上我写下了自己的名字。我认为明信片是现代信鸽，我预先把自己寄回了高原。也许我还应该寄给另外一些人，一些更远的人们，但他们是谁呢？我站在桥上，望着流水和远方，那已是另一国度。水流湍急，翻着岩石和白浪，据说这里有一种极为珍贵的鱼，叫鲴鱼。往事如斯如水，故乡如雨如烟。他们是谁？谁？

鸟群

小城还没醒来的时候，我渡过卓姆河。早雾还未散尽，我沿着卓姆河的一条溪流，进入山谷茂密的森林。差不多整整一天，我徜徉在岚雾缭绕的林中。我翻过了一道又一道浅山，每隔不远就要在生满苔藓的树上留下必要的标记。也许我已经越过国界，也许没有，谁知道呢，管它呢。森林之溪比比皆是，四个方向的瀑布垂落，鱼还没诞生，各种鸟的鸣啭像不同乐器发出的声音，很容易听出那些大鸟的声音，而小鸟细碎众多的叫声往往与潺潺的水声构成背景上的音乐。有时，背景上的音乐也会突然喧哗起来，是因我的到来？我听不出是抗议，还是迎接，总之，像是发生了什么事情。但不管发生了什么事情，相对于人类的良知、命运，这里的一切都是美好的，让我们珍惜吧，我们已经所剩不多了。我采集了植物标本，拍了很多照片。我的想法是，开学的第一天，孩子们会意外地发现，教室成了展室或陈列室，而他们就像亚热带鸟群，开始大声喧哗。

沉默的彼岸

湿地

从无雨之河开始的漂泊与沉思，到了雪线之上突然中止了，鼓声从那儿传来。正午时分，火山灰还在纷扬，鼓声已穿透阳光，布满天空，沿着所有可能的河流进入牧场，村庄。所有的阴影都消失了，鹰从不在这时候出现，一群野鸽子正沿着河流飞翔。闭上眼，静静地躺在湿地和沼泽之中，面对天空，鼓声，阳光的羽毛。大片的鸥群从你身体上掠过，你摆着手，示意它们不要离你太近。但你的周围还是站满了鸟群，它们看着你，看着湖水，看着湖水流线型从草丛和你的身体上滑过。

一个人，躺在隆起的天地之间，有时也在刺破青天的山峰上，就像雪豹那样。那时积雪在你的体温下融化，阳光普照，原野的亮草弥漫了雪水。这些浅浅的像无数面小镜子的雪水汇成了网状的溪流，它们打着旋儿，流向不同，不断重复，随便指认一条，都可能是某条大江的源头。

不，不是所有的源头都荒凉，没有人烟。

在我的行迹中，生长着岩石，冰川，汩汩的泉水，同样，也生长出了帐篷，村庄，正午的炊烟。村庄或石头房子几乎是从岩石上发育出来的，经幡在屋脊上飘扬，风尘久远，昭示着时间之外的生命与神话，存在与昂扬。村子太旷远了，以致溪水择地而出，从许多方向穿过村庄，流向远方。桑尼的弟弟，一个三岁的男孩，站在时间之外，在没有姐姐的牵引下，那时候正走在正午的阳光里。

这是个没有方向的孩子，只是走着，时而注视一会儿太阳。

毫无疑问，男孩不是第一次单独出来，或许他想念一条小溪？一只飞鸟？但无论他向哪个方向走去，他都会走到上一次的那条小溪。他不可能走得太远，小溪不允许，小溪拦住了去路。

正是融雪季节，圣丕乌孜雪峰不动声色，却有涓涓细流渗流下来，到了村中也不过尺宽，村子几乎成了网状的湿地。三岁男孩上次就到过这里，但他曾涉过这条小水流吗？或许，这一次他要试试？

他一眨不眨地凝视着欢畅清冽的流水，他没有鱼的概念，但他在看什么呢？看一颗琥珀色卵石的滚动？看沙金的跳闪？他试着用一双小手去拦截水流，结果水流一下涌到身上，他一屁股坐在沙地上。

他没有任何玩具，除了自身一无所有。

他的小鞋湿了，脱下来，结果他发现了鞋，鞋成了他的玩具。他拿起鞋，端详了一会儿，慢慢放在水里，立刻就灌满了水，然后提起来，倒下去。如是反复动作。这是姐姐桑尼汲水时的情景。他开心极了。这时阳光已不再颤动，鼓声远去，午后的山村空灵，寂静，一如笛声里的空谷回音。男孩玩得兴起，已浑身湿透，不小心小鞋落在水上，立刻漂起来。小鞋顺流而下，像船一样航行。

男孩呆住了，异常兴奋，直到小鞋从视野中消失。他拿起剩下的另一只鞋，又端详了一会儿，然后，轻轻地再次放在水流上。小鞋再次航行起来，顺着水流，像一片树叶，漂向远方。他失去了一只鞋，却拥有了一只自己的船。

他彻底的一无所有，脸上出现了茫然。

你走吧，你对自己说。黄昏前你还有一段路程，你还要渡过那条不远的大河。

到了河边，牛皮舟靠过来。过了河，老人问你，要不要等，你说不用了。这时候，整个河两岸没有一人。你向山里走去，老人没马上离开。你想目送老人到对岸，但老人似乎也想看着你离去。事实上，整个一天，你是老人唯一的乘客。

你几次回首，发现牛皮舟仍在这边岸上，老人背对着你，固执地等你，却望着对岸。你决定不再回头。你站在山顶上时，正是一天中两个惊人相似的时刻：黎明与黄昏。这时候你再次朝下望去，暮霭中，老人已到了缥缈的对岸。

寺院

有时候，像一种召唤，当你走进鼓声的时候，同时也就走进了那传说中浩瀚的白色的寺院。你何时穿越了那片冬天的树林，那谜一样的村落，那些狗叫，卵石，沟壑，水声，你都浑然不觉。白色的寺院群依山而建，像一艘白轮船泊在山坳里，远远看去寺院有着无数蜂窝一样的窗洞，窗洞仿佛自山体开凿而出。无法断定寺院建筑的年代，也无法知道那里有着多少双苍老、智慧、永恒的眼睛。时间在这里无迹可寻，视觉上更是应接不暇，扑朔迷离，无论从哪个角度把握都是不可能的。没有出口，但似乎又到处都是出口，而每个出口又都是事实上的入口。阳光打开或关闭，随时都可能出现一座宏伟的经堂，一个隐秘的院落，一个重檐和回廊之下幽深的天井。阳光一束或几束打在天井的深处的廊檐下，就有水从岩石里渗出，但淙淙的水声并非来自于此，可能是上面。上面，一线水槽在阴影和阳光中贴檐而走，但水声是因更上一层的垂落而产生的。不，那又是另一种声音，另一种时间了。

那就撤出身体吧，撤到无数条高墙曲巷中的一条。

站在石阶上，站在蜂房一样窗洞里传出的嗡嗡的诵经声中，终于感觉到了风。如果感觉不到，很可能你突然面对的是一处岩壁般的高墙，一扇紧闭的大门。这不是出口，但很可能是真正的出口，你进不去。如果你进去了，时间将会顷刻流入，永恒将不复存在。但我还是进入了，虽然我看起来仍站在门外。
门是虚掩着的，里面的世界辉煌，隐秘，香火盛大，桑烟轻扬，
三千长明灯跳动闪烁，照得红袍身影们在金色佛像前飘逸舞动。
鼓声咚咚，这是一面深藏的人皮鼓，它源于某种酷刑，但据说
唯有洁净美丽的女人皮才配制作此鼓。这是高原神秘的鼓声之
源，任何一处空气和水的颤动都始源于此。身着红氆氇的苍茫
老僧们面对面成行端坐，经幢一条条从顶部垂下，上面遥遥有
小的回廊和倾斜的天窗，阳光落不到地面，只能斜射到经幢并
透过经幢，落在高处的雕梁和壁画上。大殿两侧壁画幡影重重，
神殿中部，一张黄缎卧榻上，一个看上去已非人间的老者仰卧
着，已奄奄一息，某种东西正在脱离他的肉体，至少有三百名
喇嘛正口诵经声伴他在中阴得度的路上。

　　这里是最后的出口，与天界仅一念之遥。一位神明般的主
事老僧此时抓住了老人的手，轻握并以悠长的丹田之音念念有
声：老人啊，注意我的话，好使你能选择易走的路，你的脚愈
来愈冷了，生命已离开你的双腿，冷气正在向上蔓延，你要镇
定沉着，抛开生命进入实相之境，毫无可怖之处。老人啊，你
要沉着，长夜的黑影已侵入了你的视线，你的生命正在接近，
愈来愈接近最后的解脱了。主事老僧一面指引，一面敲打着弥
留之际的老人，从锁骨敲到头顶，这样似是让灵魂无痛苦地解
脱出来。老僧手舞足蹈的指引似在指点着灵魂沿途的陷阱和避
开陷阱的道路：老人啊，山岳朝向苍天，默不作声，清风拨弄

流水，花自盛开，你走近时鸟不振翅，它们对你不闻不见；老人啊，你的视力已经丧失，气息已经衰尽，你与人间已无瓜葛，你走你的路，我们走我们的，依照我们指的路线继续你的前程吧……

卧榻上的老人身体内部不断传出有节奏的声响，这种节奏随着神秘而盛大的仪式继续，那时鼓声激越，寺顶高处吹响了低沉的法号，把被度者脱身而去的体滑声传向四野和天空。鼓声催促，并召唤着远方的人们，寺院高耸入云的大殿上，每一条幽静的石阶上朝圣者每日都络绎不绝。人们带着酥油来，带着糌粑来，带着哈达、银器、宝石来。那些个日日夜夜，白山碧水，天高野阔，没有故乡，倾其所有，不问归程，用每一次身体的长度，把河流、山脉、草原与圣地连接起来。在天堂的路上，没有死亡，只有灵魂的飞翔。

黄昏

许多次，我试图穿越浩瀚迷离的寺院，我成功了，但只有一次。许多次的迷途而返之后，那一次缘着细小的水源，寻着微弱的水声，逾墙而过，穿过从未来过的颓圮的院落，到了寺院的底部。我气喘吁吁。这里并不平静，事实上每天仍在发生着事情——每天都在坍塌着。放眼望去，这是一个每天都在微量增加的庞大的废墟。我不知道这里已坍塌了多少年代，繁衍了多少传说。我走着，一个人，在阒无人迹的瓦砾、残垣和断壁中，我是废墟中唯一有形的生命。甚至很可能许多年来许多世纪来，我是第一个涉足此地的人，按照有关说法我已走进可怕的传说之中。是的，不错，这里的一切迹象都表明这儿是亡灵的集结地，许多等待出发的亡灵有的据说已等了几个世纪，永远不可能再转生，最终据说会风干，变成墙上斑驳的痕迹。诸如此类吧，总之，这是非人之地。某种细微的坍塌声像水滴尘落，有时一小块石片悠然坠地如一片树叶。如果这时突然狂风大作（据说经常这样），雷雨交加，我不知道还会是什么样的情景，还会发生怎样惊人恐怖的亡灵飞舞的景象。够了，赶快离开，一刻也不能再耽搁了，一次涉足，足矣。

然而，这儿其实是必由之路，想超越迷宫的寺院这儿亦是秘径。是的，我穿越了呼啸的亡灵，语言的亡灵，建筑的亡灵，最终逾墙而过，上了一条秘密山路，啊，风，终于够着风了，是大自然的风，不是废墟的风。高处的风很亮，满目夕照，一派火红！我来到了半山腰上，快接近山顶了，我坐在一块飞来石上，坐看黄昏云起。远方的河流，我的来路，下面寺院的顶部、背部尽收眼底，一览无余，而其正面的庞大、威严与神秘全失，所有正面的伟大的布局在背面都失去了应有的联系，各局部堆砌在一起又孤立无援，再加上那正面无法看到的偌大的废墟，我认为我看到了事物虚弱的一面。唉，谁像我总是喜欢探究事物的背部呢？特别是那些威严事物的背部。现在，整个寺院只不过是我辽阔视野中的一部分，而且是很小的一部分，只要我稍稍抬起一点点目光，庞大的寺院立刻就会被我忽略。我并非坐禅，在信仰之地我却是一个怀疑论者，当然，我是温和的怀疑论者，温和到不会向别人说的程度。我不喜欢猛烈的事物，不喜欢强烈、激情，然而眼前的猛烈又让我惊异，我是说黄昏，大面积的阴影。由于地理形貌的原因，高原的黄昏盛大，猛烈，刚刚寺院零乱庞大的背部还在阳光中，转瞬间就掉进从山顶俯冲下来的巨大的阴影中。

是的，高原的黄昏是猛烈的！大面积的阴影还在快速地移动，树木、村庄、田野、鸟群、云、水面，纷纷陷落，这会儿它的前沿差不多已抵达一条火红的大河的边缘。火红的河流自东向西，追着落日，源远流长，阴影在巨大的火红面前似乎难以渡河，一时停住了。但周围在变暗，在用更大的维度吞噬流动的火红。然而源远流长的河流几乎有着无限的流域，它快要与另一条更大的河流汇合了，虽为浅浅的远山所阻，河流仿佛一下子黯然消遁，不知所终；然而隔过那一线黛色的岛屿般的山脊，火红的光影再度出现，而且越发辽阔，高远，盛大，水光粼粼，浩渺无边——那是拉萨河与雅鲁藏布江的交汇处，那里像扇面一样，打开了一泓天水相接无限寥远的金色滩涂；滩涂上无数面椭圆的小水泊，像无数面漂浮的马蹄形的梦；这些梦让晚景一照，璀璨无比，闪烁跳动，简直像女娲以五彩之石刚刚补过的还在微微颤动的一角橘色的天……这就是我的黄昏，我每天的黄昏。

　　只是今天，我在高处，在冈底斯-念青唐古拉山系的一块巨大的飞来石上，对岸就是火红的喜马拉雅，我的视域我的黄昏无限广大。我曾见过许多黄昏，见过海上黄昏，见过平原黄昏，见过沙漠和蒙古人的黄昏，那都是超静的伟大的黄昏，是诗歌长河中旷古不变的黄昏，只有这里，这伟岸高原的黄昏才是震古烁今、独步天下的黄昏。它宏大，剧烈，被大团的铅云崩射，被河流分解，被佛光普照，被蜂拥的百万大山纵横切割，以致整个高原几乎要通体透明……

　　古往今来，哪一个伟大的诗人、作曲家、帝王，能接得住这里的黄昏？也许只有贝多芬、海顿、巴赫、李商隐、李白、秦皇汉武，向晚驱车，登临古原，他们的共同出席共同演奏，或可能接住这每天都横空出世、大道无形、立体倾斜的黄昏。是的，这是音乐的黄昏，甚至音乐的悬崖，所有恢宏、细微的节奏、旋律、跳跃、休止、奏鸣、交响都在这地形的皱，倾泻的光影，地球的黄昏中……

　　这里，高原的黄昏何曾像古老中原诗歌那样静？从来没有，事实上，从一开始，从高原浮出海面之日起，高原的黄昏从来就没平静过。我无法想象这纵横的高原曾是地中海，不能想象它辽阔的海面曾迎过多少美丽的海上黄昏？那时据说这片海域近东向西，其蔚蓝的波涛差不多波及了整个阿尔卑斯、喜马拉雅、冈底斯地区。后来据说印度板块从南面，也就是从差不多相当于现在澳洲的位置上漂移过来，最终与欧亚大陆相撞，于是海底抬升，高原隆起，伟大的喜马拉雅与伟大的冈底斯并行浮出水面，雅鲁藏布江开始慢慢地流淌在两山之间。

那么，那片古海退哪儿去了呢？据说一直向东向西，退到了现今的北非与南欧之间，阿尔卑斯山脉一侧，也就是现今的地中海。这是板块学说理论，同时也是诗的理论，因为这几乎已经接近于童话。但如果西藏不产生童话，还有哪个地方能够产生童话呢？学者说，雅鲁藏布江是印度板块与欧亚板块相撞的缝合线，就是说喜马拉雅属印度板块，冈底斯属欧亚板块，雅鲁藏布江一川携两大板块两大山系，这是一种说法，也是童话。海水退去，但据说并未完全消失，高原深处还残留着海的身影，海的记忆，以及鸟的语言，比如那些人迹罕至、海一样颜色的高原湖泊，它们不仅蓝得像海，而且味道相同：咸的。有人甚至称拾到过变异的活的海螺，我肯定是见不到了，但我相信，我相信会有一种现实性的神话，而且我也在其中。我无法不展开种种遐想，我满目黄昏，我是温和的，但有时内心也异常猛烈。

磨房

七点钟，太阳还高高的，阳光照在田野上，青稞麦长得不好，到了收获季节还没人来收获。就这样度过整个季节吗？也许就是这样，一直到冬季，到来年春天。那时候再深翻一遍土地。前面有了树，一线矮树。一线矮树构成了简单的风景，谁知道矮树下会不会掩映着一条小溪呢？或者一条大河的小支流也未可知，结果就是。还没走到那线矮树，就隐约看到了它的光，它弯曲素静的身影。多朴素的小河呀，它的源头不会很远，但你是不会找到它的。隐约中居然还有一座小桥。小桥埋在了土里，就几块石板，几乎不能算是座桥，就称它是座桥吧。

踏上石板桥就进入了树丛。河水流过小桥分成了两股，左边一股稍宽，右边一股已近水渠。事实上也是如此，这股水流是专为前面的磨房而开出来的。两股水流或靠近，或分开，到前面大约一公里的地方又合为一处。葱葱草木差不多把整个水域都覆盖了，特别是两水的中部，树木比河两岸的灌木高出了许多，因此也茂盛得多。一条小径在林木中似有还无，因为走得人少，绿茵茵的草坪总是不断漫过小径，小径由不得就有些荒芜。一个人，午后，或黄昏，走在两水间微微隆起的林荫小径上，除了河上的水鸟，偶尔的鸭鸣，再不会有什么能打扰你的心了。说真的，也许是你打扰了它们呢。许多次发生过这样有趣的情形，一只突然蹿进林中的银鸥箭一般把我的视线带到另一侧的水上，一线浮游的像雪一样的鸭鹅便晃动着脑袋，煞有介事地大叫几声，仿佛我的视线侵犯了它们的领地，我绝无此意。

我不过是随便走走，可能的话再看看那水上的磨房。天还很亮，我已经听到水轮转动的声音了，我还闻到了炊烟的草香。渐渐的磨房的轮廓在林中和水上显露出来，水车巨大的轮子缓缓地转动着，扬起了好看的永恒的水花。磨房骑在水上，它是我所能见到的所有石头建筑中唯一的全木质建筑，长方形，没有屋檐，像是一座廊桥。我无法想象，以石头建筑著称的民族早年是怎样建起这座全木质磨房的，尽管它丰富的色彩已经褪尽，线条、雕花、形式已被久远的风雨剥蚀得面目不清，但当年透红的底色，独特的风格仍依稀可辨，也因此更有了一种时间感和沧桑感。事实上没一个民族不是古老的，都有着自己独特的历史沧桑，并且今天仍在延续着。如果说每个孩子都是未来，那么每个老人就是历史。

　　我不会轻易打扰磨房的主人。那是个生着灰眼睛的老人。其实她并不老，只是看上去已是个老人。可能是因为阳光和别的关系，她的中年看上去比青春似乎还要短暂，就像这里的草原似乎没有夏季，还没完全变绿就已开始泛黄。而且，她那双眼睛，雾蒙蒙的。她叫卓姆，头发已经花白，但还梳着辫子，含着胸，许多次闪现在学校房前屋后的黄昏里。我们远远的打过照面，但她总是怯生生的，没有勇气走到我跟前。她停了磨房的活来找我，却怕遭到最后的拒绝，迟迟没敢张口。她是为孩子的事，她的儿子永毕因上学期动手袭击前任班主任而被逐出校园，我是继任者。但是永毕一如既往每天早晨随着固定的上学读书的人流来到学校，仍然在教室外与同学打闹，说笑，嘻嘻哈哈，只是不再进教室。随着每次课间之后的铃声，校园奇迹般地安静下来。永毕一个人留在教室外，不走远了，斜背着书包在教室四周徘徊，游荡，累了就坐在教室窗根下晒晒太阳，偶尔也拿出卷了的书，在炫目的阳光下翻两下，然后又放回书包。一旦教室内有什么动静，永毕就会迅速地站起来，把生着雀斑的脸贴在窗子的护网上，一动不动地朝里看。

通常教室的歌声让永毕最为激动，这时候他会像猴子那样上到护窗网上，把整个瘦削的身体印在明亮的窗上，同时也印在窗外绵延的蓝色山脉上。那阵子，通常是下午，卓姆黑色的身影也开始怯生生闪现在校园。开始我完全不知那是永毕的母亲，因为那完全是一个老人的极缓慢的身影。直到有一天，我转过墙角听到永毕叫了我一声，我回过身，却没看到永毕——他已及时闪到墙后，出来的是花白头发的卓姆。

那一天我一下就明白了，这些天这个徘徊的影子大概是为我而来。显然，那一天老人鼓起了勇气，但是因为紧张两肩不住地颤抖，仍含着胸，低着头，双手合十，连续不断地说："咕叽咕叽（求求您求求您）。"起初她还对着我说，但慢慢的她的头抬起来，最后已是面向上天，就在那一刹那，我看清了卓姆的眼睛，那原不是一双银灰色的眼睛，而是一双患着白内障的眼睛，并且已为水雾笼罩。尽管那时只是黄昏，天光尚亮，我认为月亮已经升起，只是月华为浮云笼罩，像白内障的月光，但同时也是一个苦难母亲的月光。

永毕又来上学了，仍然淘气，管不住自己，但是每每想到卓姆的目光我都原谅了他，我批评他，提到他的母亲，他也不觉得什么。

桑尼

桑尼，下来，快下来，你要摔着了。下来，桑尼，大家都在等你。现在该你了。你准备一下，大家都唱过了，就差你了。格吉，格吉，先进行下一个节目。

桑尼从旋柳上下来，险些摔倒，拉珍和仓曲扶住了她。

林中之舞。她们出来了，几乎是飞翔着，从蓝白色的帷幔后出现在草坪上，展翅飞翔。仙女也不过就是这样了。雪顿节还差几天呢，她们就穿上了仙女般的夏装，花枝招展。她们边唱边跳，银鸥掠过水面不时地冲向小岛，冲进歌声，甚至把晶莹的水滴洒在她们头上。她们歌唱，整齐地甩着长袖，像林中之妖，都脱胎于飞鸟。桑尼没有上场，和拉珍靠着同一棵树，面对的却是两条不同的河。她们是乡村的女儿，水泥厂的孩子现在都像白度母或绿度母，像唐卡一样欢乐。

两条不同的河一条是拉萨河主河，一条是它在密林中的支流。拉萨河是很大的水，有雪山映照，小支流上有廊桥和磨房。是的，我们在一个小岛上，小岛有个好听的名字，叫尼雪林卡。小岛是孩子们夏季的乐园。今天我要让所有的孩子都快乐，歌唱，我差不多做到了，他们一踏上小岛立刻就消失在丛林里，他们多快活呀，飞奔着，扯着蓝白相间的消夏帷幔，把小岛几乎装扮成了夏日别墅。

拉珍穿得一点也不比城里孩子逊色，头上盘了漂亮的红发绳，特别是银饰和绿松石使她成为一个盛装少女。只有桑尼，桑尼依然故我，两只短辫垂在瘦削的肩上，看不出与平时有什么变化，甚至没穿藏装，还是平时的胶鞋，已经小了的棕色条绒上衣。上衣刚刚洗过，带着白霜，看得出洗得很用心，实际上桑尼还是作了准备。坐在地上的人都吃着，喝着，嚼着，桑尼也不例外。桑尼带来了一小瓶自制酸奶，一小袋红糖糌粑。我说，桑尼，给我一点你的红糖糌粑吧。我说，她们的我都吃过了，现在我想尝尝你的。桑尼张开手，不知所措，脸红了。我拿了一小块，放到嘴里。我还喝了她的酸奶。我说，桑尼，我听到过你的歌声。桑尼低着头，脸红得像火。我说，桑尼，有一次我从山上下来，进入村子，很远就听到了你的歌声，我看见你背着柴，一蹦一跳，一见我你就不唱了，还记得吗？桑尼摇头。我说，你就唱那支歌吧。

桑尼不语，脸越发红，甚至连旁边的拉珍脸都红了。我喜欢她们的脸红，就像喜欢朴素的土地。可是桑尼的神情里除了羞涩还有别的东西，我说不上是什么东西，也许那支歌透露了她不愿让人知道的东西？她只愿在没人的时候对自己唱歌？那支歌多动听呀，她一溜烟跑回家，理也不理我，可是她的脸多红呀。

> 高山的流水哟向东流
> 我的家呀在南头
> 请你请你拐个弯哟
> 把我带回家门口

> 高山的流水哟向东流
> 我的家呀在南头
> 太阳就要落山了
> 羊群还在山外头

　　桑尼家养了一大群羊，有四五十只，一大早桑尼要把羊赶到山沟里去，让两条狗看着，然后来上学。桑尼还要背柴，劳动，有时候课堂上桑尼的座位空着，她一天不来，或者两天。但有一次一连空了三天。我问拉珍，桑尼呢？拉珍摇头，问桑尼的邻居仓曲，仓曲也摇头。我叫上丹巴尼玛、拉珍以及仓曲，我们去了坦巴。坦巴坐落在圣山脚下，是一个倾斜的村庄，再往上就是圣山上的哲蚌寺了。桑尼家住山根儿，几乎是村子的底部，溪水绕屋而行，山谷的风最先从她家屋顶掠过，经幡总在哗哗响。那天阳光直射，午后，我们走在去坦巴的坡路上，过一处高地，前面有两个小小的人影，仓曲遥遥一指说，那就

是桑尼。我们紧走，在转弯处看得更清楚了，两个背柴人弯腰
走着，拉珍说，左边一个便是桑尼。我仍看不出那个就是桑尼，
因为两人背上的麻袋都太大了点，而且样子差不多，全遮住了
她们的身子，只能看见麻袋下面两只脚在地上移动。拉珍喊，
桑尼，桑尼！两条麻袋停住，缓缓转过来。两个都是女孩，她
们只停了一刻，简单回头看了一眼我们，又继续走路。我问仓
曲到底是不是桑尼，仓曲说是，拉珍和丹巴尼玛都说是，我们
一同大喊起来。

桑尼终于停下，她的同伴迟疑地继续向前走，不时地回头
张望一下。桑尼停下却没有动，也没有转过身来，我看到的仍
是麻袋的背影。如果没有下面两只脚，如果仅仅是麻袋稍稍脱
离于地面的那种倾斜在乡间路上的姿态，那很像是飘浮或遗落
在路上的一个梦。麻袋生出了脚，独自走在午后乡村路上？

到了桑尼跟前，我说，桑尼，为何好几天不来上学？桑尼
深埋着头，不语，身后柴火为她挡住了骄阳，阴影里桑尼一张
汗水浸透的火红的面庞，头发散着热气，洗过一样。我说，把
柴火放下，桑尼。桑尼挪动了几步，把柴火倚在墙上，借着墙
的一点支撑，腾出手，解开肩胛和胸前的绳索，慢慢蹲踞下来，
一点一点放下了柴，可以想见，再背起来是多么的难，也因此
她不是背也不是挎，而是让同伴把麻袋捆在了自己身上，不到
家就不解下，途中歇歇脚也要背着柴火歇。不知道她已走了多
少路，柴火从哪里捡来，仓曲说，是从拉萨河畔一个部队锯木

厂那儿背来的。我回过身，朝下望去，我差不多看见了那条河，先看到了公路，然后是树丛，透过树丛能看见一点亮水。那是一条不算短的下坡路，而现在是上坡，可能走了一上午了，现在已是午后。

是因为背柴不能上学吗？我问。

桑尼擦汗，完全不想回答我的问题，看了我一眼，毫无羞涩，可能太累了，太累的人通常都是淡漠的，无论大人还是孩子。她看我一眼差不多也相当看一眼阳光，这是她不乐意的，但那一刻我看到她的瞳孔呈现出一种让我吃惊的琥珀色，好像有什么熔化了。无疑这双眼睛与高原的太阳有关，与对太阳的复杂感情有关，她无法恨太阳，只是无奈，甚至无视。

我说，丹巴尼玛，星期天我们一起去锯木厂；桑尼，明天来上学吧。

我不能批评桑尼什么，几乎是恳求。桑尼不说话，眼睛望着别处，一声不吭。我想，我得见见她的父母了，不是批评桑尼，我想可能是父母的原因。我听说桑尼的父亲在城里工作，我很想同她父亲谈谈。我问桑尼，父亲什么时候回家？桑尼一愣，仿佛没听懂我的话。我说，我想同你父亲谈谈。说完，我注意到桑尼表情的变化，通常桑尼的沉默是难以把握的，但这次不同，随着嘴角让我吃惊地抽动，泪水突然流出来。我不知道发生了什么，而且，她那被太阳反复灼伤、熔炼成琥珀色的眼睛一旦盈满泪水，似乎说明了什么。我没见过盲人流泪，但我认为我见到了。

我忘记了某种忠告：小心提到父亲。

原来她没有父亲。她的生父只在坦巴住了三天，之后她出生了。她的继父时间长一点，二十个月吧，那年她九岁。这个男人现在在城里，她去看过他。他离开后再没回来过。

我说，阿妈在哪儿？

桑尼揩着泪，指了指前面。

走，我说，丹巴尼玛，你来背柴。

桑尼抓住柴包，丹巴尼玛抢了半天也没抢下。我说，丹，算了，你就帮她托着点吧。桑尼重新把柴包捆在自己身上，丹帮她系上绳子。我不知为什么要系上绳子，这是一种习惯？我不认为是农奴时期留下的习惯。仅仅是一种习惯。

我们来到麦场上。尽管我已预感到桑尼母亲的个性，但见了面还是让我有些吃惊。这是个与桑尼完全不同的女人，一个强壮的女人，一身厚重的黑袍子，一条灰色包头巾勾勒出一张白而线条强硬的脸，大而凸的眼睛由于脸上褶皱的扯动有点变形，几乎敌意地看着我。我说明来意，询问桑尼这几天为什么不能来上学。女人的回答非常严厉，几乎疯狂：她说有人打她，骂她，我叫她上学，她不去！说得简洁，生硬，咬牙切齿。这是个总是处于愤怒也总打不败的女人，由于愤怒，脸上的皱纹很像高原的褶皱。

有这事？我不相信这是可能的。

桑尼，告诉我，是谁？我问。

桑尼不语，她漠然的表情告诉我，她什么也不想说。显然她不认为这有什么可大惊小怪的，所有人都知晓只是我不知道。

你们知道吗？我说。

我的样子把仓曲和拉珍吓坏了，丹巴尼玛告诉我是旺金和尼玛次仁，他们常骂她，说她臭，骂她脏，还打她。我一拳打在丹结实的胸上，问：丹，为什么你从没对我讲过！你还班长呢！

旺金，我在心中咀嚼着这个名字。

我去过旺金的家，他家有着我所见过的最豪华的经堂，他的父亲不是用青稞酒而是用啤酒招待我。

我说，尽量压着怒火，如果是因为这件事，桑尼，明天来上学吧。桑尼摇头。我说如果不上学，不读书，什么都不会改变。桑尼看了一眼母亲。甫看我，母亲说，明天你把达娃送到拉萨去，放他那儿你就走！桑尼的眼泪立刻又流出来。达娃是她的弟弟，她可不想那么做。我说，桑尼，这样吧，明天你先不要去拉萨，先到学校来，上学的事我们明天再谈，好吗？

这一次我的话起了作用，桑尼揩着泪点头了。

事情总算过去了，桑尼没去拉萨。

我去了旺金的家，他父亲仍用啤酒招待我。我说，我还是喝青稞酒吧，旺金父亲吃惊地看着我。谈到旺金打人的情况我尽量和风细雨，但还是怒不可遏。

我和丹还有桑尼一同去了锯木厂。

我喜欢桑尼，由衷地喜欢。我说，桑尼，有些东西并不重要，比如新衣服，以后总会有的，但你有的别人可能永远不会有。我说，要不让拉珍和仓曲跟你一起唱？你看行不？拉珍，仓曲，来，你们，桑尼，你们一块唱一支歌。

拉珍邀请桑尼。

桑尼终于站起来，脸红红的，掌声响起来。

她们唱的不是桑尼的歌，是祝酒歌，很普通的歌，她们面对河流，阳光，飞翔的水鸟，声音有点不同，只是我发现桑尼基本上没怎么张口，脸一直通红。拉珍和仓曲径自唱着，我不由得叹气，让桑尼开口太难了。一曲终了，拉珍和仓曲退下，就在这时桑尼开口了，正是我要听的歌：

> 高山的流水哟向东流
> 我的家呀在南头
> 请你请你拐个弯哟
> 把我带回家门口
>
> 高山的流水哟向东流
> 我的家呀在南头
> 太阳就要落山了
> 羊群还在山外头

丹

有三种时间，同时存在于一个空间：老人，孩子和树。树立于村头，孩子站在树洞里，老人坐在树下吮吸夕阳。但那溪边黑袍裹身的汲水女人回眸的一瞥又意味着什么？那是惊人的一瞥。老人，孩子和树，瞬间，被收入这飞逝的一瞥之中。

这已是另一种时间。我不在其中。

我站在时间之外，在学校早晨的围墙里面，因此可以十分清晰地看到老人飘然而逝以及丹巴尼玛掠过天空的身影。我起得很早。睡在岩石上的鹰起得更早一点，在东方刚刚泛白的时候，它们就已用完了早餐，带着神圣的职责飞向天空。

它们是使者。我来到的时候，天空已无迹可寻，下面只空留下一个油腻的圆台。

圆台四周，芳草疯长，达玛花盛开，活佛花汇成了宁静如幻的光感，据说这幻缈的光感即使到了夜晚也不会完全消失，不仅如此，还会更加恍惚，更加迷离，仿佛月华幽放的花朵。圆台就在这花丛中，浅浅地高出地表。人已去，但神职人员的工具犹在。刀具。横七竖八。已残破，但刃部雪亮。一把板斧。一枚指甲。牙。一件红色的薄衣被抛置于台外，但绯红的袖管仍弯曲地搭在椭圆形的台沿上，弯曲，仿佛生命犹存，仍有话要说，仿佛仍在够着生命的世界。

我的目光再次投向天空。天上有什么呢？我看不到天空后面的东西，完全无迹可寻。我的眼睛一亮，我还是发现了什么，不是在天上，而是在地上一小片静静的花丛中，那是一双乌黑的发辫，梳得很整齐，摆得也整齐，周围是鲜花。

一个少女，在这里，在花丛中的天葬台上，与早晨一同冉冉升起。但那可怜的老人为什么就不行？风烛残年，在这里解脱，升入伟大的天穹，是老人一生的向往和夙愿。他被肢解了，很安详，那些使者也来了，但它们就是不肯下来。它们下来了，但立刻又飞走了，无论身着红氆氇的大师怎样召唤，它们还是飞走了。这是极罕见的情况，甚至只是传说中发生的事情。这是让死者和生者都不能也无法接受的。

可怜的老人。

可怜的丹巴尼玛一下子飞翔起来。

强烈的高原阳光下，丹住的石头房子黑洞洞的，与阳光形成强烈的对比，以致我刚一走进去什么也看不见，只感到了潮湿和阴凉，实际上并不潮湿，完全是一种错觉，因为太黑了。渐渐地适应了黑暗中呈现的事物，我从混乱和黑暗中看到一个模糊不清的老人，确切地说是一张脸。老人躺在角落里，显然太老了，以致无法断定老人的年龄，我认为有八十岁或一个世纪了。老人已经显形，两腮凹陷，半张着嘴，眼珠或不如说是眼眶直勾勾地望着房顶，吃力地向我这边转动。他还可以支配眼珠，但已不能支配自己的萎缩的脑袋。头部有稀疏的但并不特别白的头发，仅从花白头发看应该不到一个世纪。

丹巴尼玛的父亲从里屋走出来，同样是个小老头。我说明来意，小老头完全听不懂我的话。我跟丹说，找个懂汉语的人来。丹跟父亲说了，小老头点着头出去了。这是一次临时决定的家访，丹近来反常，旷课，完不成作业，打人，他是一班之长，如此表现，我还能管谁呢？但我还是给了丹很多机会，丹却视而不见，依然故我，毫不体谅我的苦心。我无法理解丹，丹已变得不可理喻，我数落他，他还向我瞪眼。终于，我不能再心平气和，我骂丹，我说我当初瞎了眼怎么让你当班长，我说丹，你惭愧不惭愧呀，惭愧不惭愧呀！我揪住丹的衣领，仿佛要他醒来，丹怒目之后像要打我的样子，但是突然捂着脸，蹲在地上号啕大哭。一边哭丹一边道委屈，丹说，他再也受不了了，爸爸整天骂他，打他，嫌他吃得多，不让他吃饱饭，常常早晨饿着肚子来上学，中午放学回家没有饭吃。他管教淘气的弟弟，爸爸却揍他。丹说不想上学了，想回当雄老家去放牛，找舅舅，可他又舍不下爷爷，爷爷病重，爷爷快要死了。丹哭着说不下去了，捧着脸跑了。

我喜欢丹，丹是我的影子，健壮，憨直，我们一起度过了无数的星期天。一起去逛街，爬山，涉水，朝圣，进香。丹饭量大得惊人，每次我都让丹放开肚量吃，他吃五个馒头或三大碗米饭，我认为他吃饱了，后来我才发现他只吃了半饱，因为有一次请友人吃饭，我下了三斤面，结果朋友没能如约，我说丹这回看你的了，丹全吃了。丹抹抹嘴，说这一次真的吃饱了。

四月的沙噶达瓦节，释迦诞生和涅槃的日子，也是全民朝圣的日子，丹是全班唯一在七天之内围绕寺院磕完七圈长头的学生。那个星期丹像个土人似的，额头、手、膝盖骨全磨破了，六字真言何止念了千遍万遍。桑尼磕了两圈就累倒了，那些日子她为丹提供了至少十二瓶酸奶，桑尼的母亲在最后一天为丹做了一副护膝，让桑尼送给了丹。丹的虔诚是出了名的。丹是爷爷在寺院带大的，一直长到了九岁丹上学为止。爷爷一辈子在寺院里烧柴做饭，我曾问丹，爷爷算是喇嘛吗？丹说当然算。

丹从没对我讲过他家中的情况，直到那天号啕大哭。现在丹坐在了老人身边，说着知心话，我听不懂。我看到老人的手颤抖着伸出来，丹就接过爷爷的手，轻轻握着，老人喉咙里发出一种奇怪的声音，表情非常激动。我问丹爷爷怎么了，丹说爷爷就是这样，老了，爱哭。是的，我看出来了，老人是在哭。老人的声音又大了一些，丹搂住老人的脸，对着爷爷耳朵，喃喃地说着什么。老人也说话了，我听不清。丹回过头来对我说：爷爷说，包包里有钱，不要饿肚子；爷爷说，他死了，要我背他。说罢，爷孙俩抱头而哭。

丹的父亲带来一个人，是丹的小学老师，叫罗布，我们认识。我跟罗布谈了丹最近的情况，我说丹从小跟爷爷长大，可能同父母有隔阂，父母也可能有些偏向，这对孩子成长很不好，我说丹是个非常好的孩子，将来会很有出息的。罗布一句一句地说给了丹的父亲，并且我听得出还有所发挥。我们谈话的时候，丹洗了脸，拿起墙角处的酥油桶打起酥油茶来。不一会儿，茶打好了，丹给我和罗布倒了一碗，也给父亲倒了一碗，最后端了一碗到爷爷跟前，俯下身，把茶送到爷爷嘴边，一口一口地向爷爷嘴里送，我看见老人的泪再次流出来。

我告辞的时候，再次向丹的父亲强调，不要随意打骂孩子，更不要让孩子饿肚子。我走到老人跟前，老人颤颤地伸出手，我抓住了。老人瞪大眼睛看着我，好像要把我看穿看透似的，无法解读老人此刻的目光，但我知道，这是一个陌生的激动的行将谢世的老人的目光，我将成为他近一个世纪的最后的复杂记忆与期待。我要走了，但老人却抓住我的手不放，丹使了很大劲才把老人的手扒开，然而就在这瞬间，我看到老人的眼底悠然升起了一层淡淡的白雾。

一个星期之后老人谢世。没有葬礼，只有家人默默祈祷和送行。那天晚上，就是出事前一天的晚上，丹忽然跑到我的住所，告诉我今夜将为爷爷超度，凌晨他要背爷爷去天葬场。丹说我可以去看。我知道他们的习俗，一般天葬是不让人看的。丹知道我一直很想但从未一睹天葬的神秘过程，当然可能还有别的原因。我告诉丹，好好送老人去天堂，我会在这里为老人烧一炷香的。丹悲伤而又欣慰，因为爷爷终于能去他想去的地方了，生前他的爷爷已无数次在天葬台躺过，祈祷过，早已把自己献身于此，进而预先就交给了天堂，这是顺理成章的。

那夜很静，我从未焚过香，我的窗前青烟冉冉。我不知佛事在何处进行着，但我却觉得那超度者嘤嘤嗡嗡的低吟声就在我的窗棂上，就像这晚的月。但是那个黎明鹰没有下来，下来了一下又飞走了，没有将分割好的老人送上天空。

丹是和黎明，和那些鹰一起失踪的。

秋天

我知道，这不是一个短暂的情绪，秋天带来的喜悦不是歌唱，而是皱纹深处的安宁。新学年伊始，没有了丹和桑尼，但所有的孩子像果实那样摆在我的面前。他们长了一岁，我没有理由不爱他们。我答应过，要带他们去那条山谷。我们穿过坦巴，穿过桑尼家的后墙山，进入了风和圣丕乌孜山谷。

圣丕乌孜山从外表看光秃秃的，山顶云雾缭绕，常年积雪，下面一直到山脚都是球状风化的岩石，没有一丝植被，那些松散的卵石看上去彼此关系不错，实际上每一个都是孤立无援的，随时都可能一哄而散。但山谷就不同了，因为水源的关系，因为避开了昼夜的温差和风蚀，因为阳光充足的驻留，山谷溪水长流，植物丛生，草坪终年不衰。有一年冬，雪后，阳光明媚，我进入谷中，沿着冬天清冽的溪水，我发现了多处冰川。通常，这样的山溪进入冬季就会变成整条冰川，但这里不然，冰川是偶然出现的。我注意观察了一下，我发现，偶然出现的冰川是被阴影留住的。阴影留住一小段岩石上的溪水，溪水就变成了冰瀑、冰屋和冰帽，而阳光驻留的地方，溪水明快，哗哗作响，岸上的草坪隆冬之际竟茵绿如春。

我喜欢这条山谷，我把它称作内秀谷。今天我要带他们认识岩石和植物。我多少知道一点沉积岩、玄武岩、花岗岩、页岩和片麻岩之类的知识。我认为石头是大地最悠久的语言，如果不知道岩石的种类、划分、由来，我们怎能和山脉相处或交流呢？你心中没有它们的语言，它们的历史，就算你想沉思点什么也是不可能的。植物同样也每天都诉说着什么，虽然孤独的野山榆寡言少语，像沉默的老人，但花朵纷放的野蔷薇和山枝子就十分喧哗了，至于满天星和点地梅简直一天到晚，不停地喊喊喳喳谈论着它们的邻居。植物的语言是大地最丰富的语言，山间一朵很普通的花，你很可能叫不出它的名字。叫不出花朵的名字会使孤独的人感到郁闷，茫然。我注意了一种花很久，就是叫不上它的名字，后来才知道叫活佛花，心一下子就豁亮了，以后再见到这种花就像见到了老友，我会蹲下来，和它说会儿话，是呀，人这时怎么可能孤独呢？

因此，对于我，光阴从未流逝过。我待在时间中，就像待在羊卓雍、纳木错或斑戈湖的湖心。湖水不会流失，反而会有许多的时间注入。有那么多赶来的时间、河流、鸟，我活得寂静而充实，还有这么多成长的孩子。他们围着我，我也并不老，我们在山谷中。他们问这问那，好像我是先知，我什么都知道，我说，其实我们知道得都很少，我们不可能都知道它们，我们只是它们中的一部分，而且是很小的那一部分。

午餐和歌唱是同时进行的，在谷中一块盈满阳光的草坪上，他们自由组合边舞边唱，不像在尼雪林卡那样经过精心准备，这一次完全是即兴的。事实上任何一次出行都伴着即兴舞蹈和歌唱，除非下令禁止，我又怎么可能禁止呢？我甚至不能禁止每一次的青稞酒。

每一次的酒都使我陷入寂静和回忆。我看着他们野餐，歌唱，舞蹈，我也在其中，但好像又超然物外，我常常看见我自己。我看见我拿着一片叶子，向他们讲述这一片叶脉与另一片叶脉有什么不同。我还看见我站起来，招呼一个攀在岩壁上的男孩。下来，我说，下来，你要摔着了，桑尼，下来，快下来。桑尼从旋柳上下来，我说，桑尼，该你了。桑尼和仓曲靠着同一棵树，面对着两条不同的河。拉珍呢？拉珍，我听见我在大声喊，然后我看见了仓曲。仓曲说，拉珍在那儿，就在那儿呢！我的意识掠过河岸丛林回到了山谷。这时候我听到了一声尖锐的呼哨。呼哨来自山谷一侧的山峰上，那是一堆寂静的浑圆的卵石。不错，卵石有时也会寂静地发出呼哨。我认可这里一切可能和不可能的事物。但这次我错了，卵石动了起来，并且有着模糊的五官，天哪，那是五六个男孩满是尘土的脸！他们是长年住在山上的放牛娃，我曾见过半山腰上缓慢蠕动的牦牛，但还从没见过它们的主人，今天终于见到他们了。他们的颜色与大自然浑然一体，就像卵石之于山峰。我不认为他们一定要走下山来，也不一定非要在山上建所学校，只要一间教室，一间草棚或石屋，挡挡风雨，足矣。事实上越是接近自然的人越能接受接近本质的教育，我想，在山上的讲台上，面对溪水长流和太阳鸟的鸣啭，这些孩子会比山下或城里的孩子，更加聚精会神地倾听我的讲解和有关历史的陈述。

我不是圣徒，但我确已洗尽铅华。

盛会

向北，向北，深入大草原，深入藏北辽阔的腹地，深入生命的极限。黄昏的某个时刻，我以为我看见了海市，后来才知道那是草原一年一度的潮汐，一年一度的盛会。所有天各一方的帐篷，所有的老人，孩子，马，酒，风干肉，少量的羊都在路上，都在向一个传说中的地方云集。彼时人迹就像原野上的涓涓细流，从所有的方向汇向藏北，汇成川流，汇成湖泊，汇成万头攒动的人与马牛和羊的海洋。那不是几天或几个星期就能形成的，有的已经到了，有的还在路上，但对于我，一个同样地平线上的人，我的前方，我所突然看到的情景就成了瞬间发生的奇境：人们骑在马上，欢呼着，雀跃着，摇着手臂，哈达，毡帽。

狂潮———一年一度生命的狂潮———以突然的横空出世的方式显示了人面对自然、马背民族面对天空的力量。草原不再空旷一色，不再寥远荒寒，数万顶白色彩绘的消夏帐篷像迷宫，像海底打开的贝壳，像不明飞行物胀满了藏北草原。劲风吹拂，帐篷城整体地波涛起伏，波澜壮阔，万头攒动。

这是草原最盛大的节日，是展示纯粹生命、英勇、爱情、胜利和欢乐的节日。这里没有朝佛，没有经轮，没有五体投地，所有人都是站着的，在马上的。我认为我到了古战场，到了格萨尔王战后狂欢的人民和队伍里。最英武的是男人，最美丽的是女人，这个古老的事实以一年一季生命潮汐的形式在这里完整地保存下来。男人们各个都是好汉，他们头缠火红的英雄绳，身挎腰刀，袒露着臂膀，昂首挺胸，高视阔步。女人各个是花朵，是盛开，是一身鲜艳夺目五彩缤纷的盛装，头戴或棕，或绿，或黑的藏式阔檐礼帽，耳畔坠着松耳石，身上挂满了铜镜、银元、红玛瑙、绿松石、银宝盒，走起路来叮当作响，仿佛带了一个小小的乐队。现在，即便我见到了丹和桑尼恐怕也难认出他们了。

人山人海，在一块略略微隆起的平坦高地上，我看见了骑手们，他们正整装待发，都是历年负有盛名的骑手。自古英雄出少年，我还看见了非常年轻的骑手，说不定那其中就有丹，我这样想。我想我失踪的学生丹在草原上驰骋上几年，一定是一名疯狂的最出色的骑手。但不要再寻找了，我想所有的人都是丹，都是桑尼——我的另一个学生。我似乎找到他们，但现在我觉得所有人都是他们。

枪声响了。我背过身去。我是温和的，须以温和感知这一切。我听见马踏草原的声音。我觉得草原在颤抖，马群在呼啸，天空在狂欢，我有点受不了，我只能背过身去，我需要一个相对远一点的地方，最好是一座无人的草山，远远地感受这一切。一个人在大海上会觉得孤单，恐惧，被巨大的自然力量所震慑，但站在岸边就会觉得拥有大海。我希望我回到岸上，我的心力弱得不行，我需要岩石、天空、远处的山峰和雪。我必须积蓄一下力量，以准备很快就要到来的更大规模的夜晚。

我希望先给我力量，然后再给我夜。

夜，黄昏之后，大幕拉开，银河初渡，星汉灿烂。草原盛大的夜晚开始了，古老的全体人民的土风舞开始了。所有的帐篷都点燃了白炽灯，巨大的夜幕下，万顷晶莹透明的帐篷，远远看像热气球那样飘浮着，荡漾着，此伏彼起，此起彼伏，而一切又为更广大的夜所笼罩，如果大海底部也有神秘辉煌不为世人所知的夜晚和舞会，那这里就是。而舞蹈的牧人此刻就像鱼群的盛会，数以万计的人手挽着手，肩并着肩，划腿，跺脚，旋转，狂欢，摇撼了夜，颠覆了夜，草原人旋起来了，旋起了星空，旋起了草原。没有音乐，也无须音乐，全凭着丹田之气，全凭着金属般的喉咙，全凭着人类原始的心跳：

号号号号号号号号号号号号号号号号号号
号号号号号号号号号号号号号号号
号号号号号号号号号号号号号号号号号号

这是生命的直觉，活的史诗，古特提斯海的波涛，人类初创时的第一次盛会，是团聚，是庆典，是欢乐颂，是一个伟大诗人的梦想：

如果世界上的姑娘都愿手拉着手，她们可以连成一个大圆圈，围绕着海洋。

如果世界上的小伙子都愿当水手，他们可以用他们的小船，在波涛上架起一座美丽的桥。

这样，我们就可以连成一个围绕全世界的大圆圈，如果世界上的人都来唱歌。

《围绕世界的圆圈舞》

——保尔弗

大师的慈悲

大师的慈悲有时体现为一种月光——太阳普照，月光慈悲。清冷的天空，月光渡海而来，大师注视我们，环状的峦影恰似大师低垂的目光，这时天空就像含意深远的镜子。

我说的当然是十世班禅大师。

1986 年 3 月，中断了二十六年之久的"祈祷大法会"在拉萨大昭寺首次恢复举行，由十世班禅额尔德尼·确吉坚赞大师主持。那一天，大昭寺前人山人海，僧俗足有十万之众。大昭寺顶是法会中心，班禅大师已经莅临，但尚未出现在寺顶，人们翘首，仰望，期待。我和林跃（我的同事）置身在手臂和目光的海洋中，我们像恒河之沙那样细小，微不足道。彼时阳光普照，人类盛大，无数目光陌生而激动，无数的遥远的面孔似乎把各地的阳光带到了广场，不用细看就能从他们的脸上辨认出不同地区的阳光。

如果恒河之沙也有妄念的话，大约就是我和林跃了，因为在万头攒动中，在人海之中我居然向林跃提出能否跻身大昭寺顶看看。这绝对是妄念，这怎么可能呢？林跃认为完全不可能。大昭寺当然戒备森严，一个个红衣喇嘛和保安人员已将寺院团团围住。但是根据以往的经验，我们可以不必进大昭寺也仍然可登上大昭寺顶，因为就在前几天，我和林跃被一个藏族同事引领从毗邻大昭寺的宗教局小院登上过大昭寺顶。宗教局与大昭寺顶有一条通道，我执意试试。

我们沿广场一侧溜到宗教局小院。正好宗教局是当时法会布施的地方，院子里挤满了人，老人、孩子、妇女、青年人，舍钱的，送米的，供酥油的，送宝物的。一个明显是八角街职业乞丐的老人把一小口袋青稞倒进了大的青稞口袋，场景十分感人。我们看到了院子里的回廊的楼梯口，这里就通往大昭寺，竟然无人把守！我们紧张地侧身而入，上了楼梯，楼梯又窄又陡，到了屋上面，豁然开朗，一条木质回廊与大昭寺连通。我们看到了寺顶，又听到了隆重的辩经之声，心里的喜悦无以复加。这时候，除了错落的寺院顶部，我们还没看到一个人，回廊上也没人。

我们穿过了长长的回廊，到了大昭寺顶的边缘，这里有个入口，最后的入口，过了此口就是大昭寺顶，这儿有人把守。拦住我们的是两个高大的喇嘛，我们不能再前进一步。如果是保安人员我们会自觉地退后，甚至连头也不敢露，但面对喇嘛我们决定一试。我们既紧张又厚脸皮地恳求喇嘛放我们进去，说了许多好话，说我们是北京教师队的，前几天市长还专程慰问了我们。但是都没用，要有通行证，没通行证绝不放行。我们能溜到这儿已很幸运了，其实就在这儿看也比在下面广场上强一百倍。我们看见寺顶回廊上坐了一圈整整齐齐的喇嘛，有两个对吹海螺的喇嘛一动不动，看上去像壁画一样，不远处就是大昭寺著名的天井，我们的取景框收进了对吹海螺的喇嘛，感觉就像壁画一样。

我们像某种常见动物一样围着入口转来转去，这时，忽然看见一个穿军大衣的中年人从寺顶走出来。穿军大衣的中年人手提步话机，戴着茶镜、胸卡、礼帽，很有风度，我一看，这不是丹巴坚作市长吗？前几天他还接见过我们！丹巴坚作市长是这次大法会的领导小组组长。他也看见了我们，但是，当然不认识我们。我决定试试市长，林跃拉了我一下，没拉住，在西藏我不知哪来的那么大胆。

我走到丹巴市长跟前，老远就同市长打招呼，您好，您是丹巴坚作市长吧，看见您太好了！丹巴市长审视地看着我，显然因为被叫出名字表情一下缓和了，甚至觉得有点奇怪我们怎么知道他的名字。市长向我点点头，我也不管什么礼数了，一下握住了丹巴市长的手，赶快自我介绍，说到几天前的北京教师队见面会，请求市长带我们进去。丹巴坚作市长看了看把守的喇嘛，说，他们不认识我呀。我说，您是市长，他们还不认识您？我说，您不用说什么，前头走我们后面跟着就行，准能进去。丹巴市长笑笑，幽默地说，那就试试？

　　我们刚才跟喇嘛软磨硬泡时提到丹巴坚作市长，现在我们就跟在市长后面，到了喇嘛跟前，我说：瞧，丹巴市长接我们来了。丹巴市长回头看了一眼，似是默认，虽没说什么，但也不用说什么——我们顺利地通过！

　　我们追着市长，向市长道谢，同市长谈笑风生，我们的意思是想让这里游动的便衣和保安人员多看看我们和市长大人在一起！因为我们虽然进来了，可没有胸卡，也没有任何证件，怕一盘问被赶出来。赶出来算好的，说不定关几天也未可知。我们这一招还真见效，竟然没一个保安或便衣问我们。彼时，中央来的人与自治区党委书记伍精华等各界政要已坐在寺顶的遮阳伞下，另一侧显然也是各类贵宾显要，此刻他们正在观礼大昭寺天井红衣喇嘛发愿诵经。大昭寺顶最高一层，是一个正黄色佛阁，里面班禅大师的身影隐约可见，似乎在与一些大德高僧谈经论法。

　　发愿诵经一完，正方形天井中，格西辩经开始了。但见黄绸铺地，一位苍老喇嘛端坐在法台上，身后一字坐了六个喇嘛，四周至少有两百名红袍僧人。此时一个年轻喇嘛正同法台上的老者及身后六人辩经，又拍手又跺脚，不时发出哄堂笑声，有时甚至相互还抓头发，拽领子，像打闹似的。人们笑，大笑，历史回到二十六年前，一切都没有忘记，但一切又是新的开始。

　　正看得有趣，忽听寺顶贵宾席上欢声雷动，原来班禅大师步出寺顶佛阁。大师身裹黄绸，颈戴哈达，身材高大，满面祥光，后面跟着一行含胸的大德高僧。伍精华等政要起立迎上去，藏族同志也一拥而上，保卫根本无法拦阻。众人簇拥着大师走向寺顶，面向广场十万僧俗。全场欢声雷动，五体投地，大师挥手，移步，声如洪钟。我和林跃也随着人流慢慢挤到前面，面向广场。我的右边是自治区党委书记伍精华，过去就是班禅大师。我举着照相机一通按着快门，甚至一条腿骑在了寺沿上，由于探身过度险些掉下去。我当然非常非常激动，与大师咫尺之间，刚刚我们还是淹没于广场的恒河之沙，现在居然奇迹般地出现在寺顶班禅大师的身旁，简直是不敢想象的神奇。

如果事情到此为止，大约也仅仅是神奇，如果没有后面发生的事情，我们甚至只是大法会的一个无人知晓的插曲。但是事情并没结束，班禅大师与一行显要接见完广场十万僧众后，要在寺顶合影，差不多有二十人的样子。新闻记者纷纷举起相机，长焦变焦快门暴响。我们不是记者，不敢太靠前，躲在人后，只能从人缝中拍照。我不甘于此，这样怎么能照出好照片呢？我的身后是一道女墙，我决定登上女墙俯拍。女墙有一些支柱，我蹬着支柱向上爬，刚爬到半截只听支柱"咔嚓"一声响，我摔下来，粉尘四起。我摔了个四脚朝天，相机摔了出去。支柱早已干朽，我相信也就是我，百年来没人想要蹬着支柱爬上女墙。所有人都回过头来，我注意到包括班禅大师似都是一怔，我当时吓坏了，心说这下完了，我是谁呀，怎么混进来的？弄出这么大响动，要是有人盘问，还不给抓起来?!

　　但是居然没事！没人抓我，合影继续进行。我们闯了祸，再不敢抛头露面，就猫在最后面。拍照完毕，刚刚散开，奇迹发生了，班禅大师拦住了伍精华等一行要员，竟然抬起手来，越过众记者的头顶招呼我和林跃，当时所有人都愣了，不知道发生了什么。班禅大师非常高大，有越过人们头顶的身材。原来大师要我们到前边来，让我们专门拍一次！我们简直不相信是真的，但又的确是事实，我们愣住了，不知如何是好，直到有人催我们过去！我想在我摔倒之时，班禅大师就显然记住了我们，知道我们个子小，一直在后面，因此刚一拍摄完毕就拦住了别人。显然班禅大师那时就已动了慈念。我们是什么人呀，没有专业相机，没有证件，没有任何标识，但是我们让大师动了念。大师心细如发，感念众生，感念最微小的生命的颤动。众目之下，我们走到近前，两架可笑的傻瓜相机咔咔胡乱响了数下。我们示意拍好了，这时藏族同胞，都是有身份的人，一拥而上，让大师摩顶。我们当时感到如此激动如此殊荣，心里久久难以平静。

　　现在事情已过去十六年了，至今我都觉得那是不可能的。

　　现在想想，这里面有几个关键节点，首先是我们动的妄念，接下来是在宗教局小院遇到丹巴坚作市长，市长给了我们不可思议的信任，而且是如此的幽默。这要是在内地你们能想象吗？根本不可能！最后是班禅大师神性的动念——那种对人本身的悲悯与同情。这是神性吗？我以为也是人性。这里作为官员丹巴坚作市长与班禅大师在人的境界上显然是一脉相承的，并且由来已久，无疑与西藏有关，与宗教有关：那就是人与人之间的信任与情怀。大师已经升天，但并没消失，某种意义上他的照耀更加慈悲、安详，安详一如夜晚低垂的月光。

神赐的静物

十五年后,我才看到这三张照片。它们是我拍的。但我已经不记得。我得感谢安妮宝贝,那时她在榕树下主持一档栏目,要我提供一些西藏的照片。我翻检十五年前的照片,都不太满意,后来把所有底片翻出来,本来想找一张记忆中拍得不错的照片的底片,结果发现了一些没洗过的底片。那些底片黑乎乎的,看不出照的是什么,似一些废片,我仔细在灯下照它们,还是看不明白,扔下了。

当年,那些神赐的静物,就是这样被淘汰的。

实在挑不出什么,后来我还是决定碰碰运气,洗出那些黑乎乎的底片。结果拿到的那一刹那,我惊呆了,原来是些风景,因为大的反差底片大块的黑,竟使它们十五年后才得见天日。风景美极了,是我所有拍摄过的关于西藏的照片中最美的几张,我几乎不相信自己的眼睛,这是我拍的吗?我竟然一点印象也没有。地点、时间全记不清了,怎么想也想不起来。我反复端详,在电脑屏幕上把它们放大,充满屏幕,追寻着十五年前记忆的蛛丝马迹。我陷入遥远的回忆。逐渐的我记起了一些模糊的事情，我常去哪里，它们大概是什么地方，我是怎么想起要拍它们的。不过我仍没有太大把握。它们都拍摄于拉萨，这是肯定的。有两张摄于秋天，这从画面绚丽的色彩和丰富的层次可以看出来。从光照的方向看，两张都是斜阳或不太晚的黄昏。是的，我那时经常黄昏时一个人散步。其中一张似乎是有树的寺院，但究竟是哲蚌寺，还是另一个小一点的寺院，我有点想不起来了。这两个寺院都坐落在拉萨西郊我曾任教的一所学校的后身。从学校散步出来，穿过一个名叫坦巴的村子，就到了一个供奉着大强巴佛未来佛的小寺院，再往前走，过了一片白杨林子，就看见了圣丕乌孜山脚下的哲蚌寺，西藏第一大寺。黄昏，饭后，天还长，我能干什么呢，我常去这两个寺院，特别近前的小寺院，几乎成为我的习惯，就像晚祷一样。但我更倾向照片拍的是哲蚌寺，照片主题或者说当时打动我的，显然是金黄色的杨树，树下垂首散步的红衣喇嘛，以及构成鲜明对比的一角白色围墙。从画面透露出的建筑层次，虽然被树掩映，只是一角侧影，但完全能感觉到寺院庞大的规模，画面是非常凑巧地给人留下了应有的想象空间。我当时可没想那么多，事实上我甚至不记得树下的喇嘛。就是那棵树，那棵金黄色的树强烈地打动了我，天造地设让我取下了内涵如此丰富的构图。我对摄影完全是外行，我的相机也是一架当时最便宜的日本傻瓜机子，我记得是一百八十三块钱，还是我到西藏后买的。像我这样有一些直觉全无技巧的人，傻瓜机子是适合我的。但我也不认为只要到了西藏就能随随便便拍下好片子。好了，这张照片我想可以叫《有树的哲蚌寺》了。

另一张让我更加犯愁，那是哪儿呢？广阔的蓝天，几朵上升的白云，山脉和树丛只占了画面的四分之一，这四分之一的窄幅竟然容下了三个截然不同的层次，秋天的树丛，前脸山，后面高大绵延的雪山。幸好那几朵上升的云把广阔天幕与山脉联系起来，使构图不致上下脱节，反而获得了更深广的意境。秋树下是拉萨河吗？画面看不到，但你完全可以想象秋丛下的河流，那是拉萨河，没错，虽然它不在画面中。问题是，这究竟是从拉萨的哪个角度拍的呢？我实在有些想不起是在哪儿拍的。我只能根据我到过的地方猜测。显然它不是我常去的东北部山脉，我所任职的学校像哲蚌寺一样在北部山脚，东面也是很近的大山，因此学校一天之中要有很长一段时间落入圣山的阴影中，只是到了正午和夕阳西下，我面对的山脉才亮堂起来，但我不可能拍到远景。那就是拉萨的南面或东南面，不可能是西面，因为不是逆光拍摄。毫无疑问，画面是黄昏的侧光。那样我必须下了公路，来到南部开阔的沼泽地，沼泽地有一条与南部山脚下的拉萨河几乎平行的一条小支流，发源于北部山脉。支流在夏季涨水时，常常把拉萨西郊的牧场变成一片沼泽。过了这片沼泽地是辽阔的七一农场。我觉得有些眉目了。我的不少学生都住在七一农场，我去那里不多，但还是去过若干次。

我想大概是其中一次，在七一农场的农垦中学，或者不是在农垦中学，但总之是一片树丛中，秋天的树丛让我艳羡不已，接着透过树丛我看到一脉浅山之后的雪山。但我置身于树丛中又如何拍到如此开阔的景象呢？我必须在高处，这我可实在记不清了。好吧，就算是我在这里拍摄的吧。现在我能为它取个什么名字呢？《四分之三天空的秋天》或《拉萨秋色》？

真正难办的是第三幅。时间、地点完全不详，根本无从记忆。我甚至认为我从没见过这样惊人的景致，这是拉萨吗？甚或这是西藏吗？照片调子如此寒冷，奇静，而无疑又是盛夏，否则树丛何以如此细腻、翠绿？但这的确又是西藏！即使没有树后的雪山、雨后的薄云，光是那矮柳就是西藏的柳，甚至光是这调子就是西藏的调子。除了西藏有这种天造地设大自然中的静物，哪儿还有静物般的自然呢？可这究竟是哪儿呢？是我能拍到的吗？十五年了，它藏在我的底片里，或许它根本就不愿示人？我只能说这是神赐的静物，好吧，就叫《神赐的静物》。

西藏的色彩

　　来到西藏高原，给我最突出的印象是：这里缺乏色彩。或许由于这里的自然风貌过于粗粝、单调，生活在这里的民族才那样喜欢色彩，喜欢将自身和周围环境装饰得那样感情炽烈，五彩缤纷。

　　最初引起我注目的是那些五彩小旗，在西藏几乎随处可见，有时飘扬在房檐树枝上，有时横跨过一条河或是一条街道，有时从山顶到山顶迎风招展。当这些彩旗第一次跳进我的视野，我惊异得几乎叫起来，因为它们一出现，荒凉的自然界立刻变得生动起来。有人拽我的衣袖，说那不是什么迎宾旗，是经幡，宗教的旗帜。当然，当然，但那仅仅是敬神的表示？是否也含装饰意义？你不能否认它增添了快乐的色彩，至少在视觉上。

　　八角街是拉萨的主要街道和商业区，以大昭寺为中心，呈环形，街道两侧是颇具民族特色的藏式楼房，楼体皆刷成白色，在强烈日光的照耀下显得异常夺目耀眼。初到拉萨的人总觉得拉萨是白色的，确实有一种步入了雪域高原的味道。不过倘若一味白色当然叫人受不了，于是在通体白色中又施以另一极端色：黑色。这种黑色主要体现在对窗户的装饰上，窗的四边皆涂以宽厚的黑色作为与白色的对比，窗楣凸出，一般呈浮雕状，细部装饰着精致的五颜六色的花纹，看上去既浓重，又色彩斑斓。整个看去，藏式楼房在黑色与白色强烈的对比效果中显示出其独特的民族风格。而强反差正是藏族独具的审美特点，这一特点几乎贯穿了他们对色彩的全部追求。比如藏族妇女在衣着打扮上，往往喜欢外着一件无袖黑袍，而内里一定套一件极鲜艳明丽的汗衫，看上去既庄重，又活泼明快。有些妇女还喜欢在腰上围一花格帮典裙，裙子以红黑格为主色调，间或黄绿，跳跃感极强，给人以欢快的美感。再比如典型的藏式柜，如果说藏族在其他方面对色彩的追求还比较单纯，那么做工细致、漆画讲究的藏柜在色彩的装饰上可以说丰富多变，富丽堂皇。藏柜既实用，又是家家不可缺少的装饰品，因此非常讲究用色的效果，一般是先打上一层浓重的底色，四边绘上描金的几何图形，然后在四扇柜门上绘五彩缤纷的四季花、长寿图、仙鹤、白象等吉祥物，色彩明亮照人，极富装饰意味。

不过，近来藏柜在用色布景上也有新的追求。有一次，我到一个藏族朋友家做客，发现他新打制的藏柜和我以前见过的有点不一样，藏柜的底边增补了一些小巧的配景，通常这地方是留白的。这些补景小品，或一山一水，一桥一石，清淡灵秀，给藏柜平添了一种深远的意境。我问主人怎么回事，主人告诉我，这是吸收了汉族山水画的特点。这一点缀非常妙，体现了藏族审美的新追求。

从藏族对色彩的追求和喜爱上，我们不难看出他们是一个热情奔放、积极向上的民族，他们是我们这个民族大家庭中优秀的一员，也许正是那里险峻的自然环境造就了他们热爱生活、感情炽烈、乐观无畏的性格，那么他们那么喜爱强对比、强反差的色彩也就不难解释了。

为什么不同

《天·藏》的读者或许会发现它与以往的阅读有些不同，语言，结构，叙事都有些不同。为什么不同？不是刻意之举，是势所必然。我在小说中的一个旁白性的注释里已经说过：我的写作不是讲述了一个人的故事，而是讲述了一个人的存在，呈现一个人的故事是相对容易的，呈现一个人的存在几乎是不可能的。我还说：西藏给人的感觉，更多时候像音乐一样，是抽象的，诉诸感觉的，非叙事的。两者概括起来可称为"存在与音乐"。这对我是两个关键性的东西，它们涉及我对西藏总体的概括，任何针对西藏的写作都不该脱离这两样事物。至于故事，叙事，它们只能处于"存在与音乐"之下，以至我多少有点否定叙事的倾向。

如果反故事即意味着反小说，那么我可以肯定地说西藏是反小说的。西藏并不先锋，甚至很古老，但却拒绝用古老的故事方式对她进行叙述，故事不仅不能表现西藏，反而扭曲西藏，失去西藏。故事或小说无疑是世俗的产物，故事在任何地方都很嚣张，唯独在西藏显得贫瘠，苍白，无力。迄今，我所读到的西藏叙事/故事作品（除了扎西达娃的部分诉诸感觉的形而上作品）都不仅不能加深我对西藏的感觉，反而减弱了我对西藏的感觉。现在看来这不仅要归于小说家的无能，而且故事型的小说相对于西藏无异缘木求鱼。西藏是形而上的存在，需要极致的形式，而她本身就包含着极致的形式，比如坛城——宗教甚至艺术的终极形式。

　　就我个人在西藏的经历而言也是这样，没什么可称之为故事的生活，只有每天巨大的存在。那是多年前，我在哲蚌寺下一个山村生活了整整两年，我的石头房子一天中要有很长一段时间落入圣山的阴影中，阳光总是快于别的地方移过我所在的村子，但这并非意味着暮色很快到来，相反，阳光过后天色依然长时间的澄明。在某种恒定的光线里我感到我与西藏同在，西藏与我同在，西藏完全替代了我，把我变成她的一部分。我可以以西藏的名义讲述无限丰富的内心，却无法讲述一个传统的故事。我有无数的细节、感受、存在、音乐，我即西藏，西藏即我，但当我试图以小说的方式，也就是按传统的情节方式编织一个故事，我发现我完全丢失了那些东西。故事的线条根本容不下那些最重要的感受、存在、音乐。故事有自己的走向，并且因其自身的规律让西藏越来越失真，越来越不容于西藏。我知道，许多小说就这么写出来了，也部分反映了西藏，但我却觉得不对。但是不对在哪儿呢？显然，传统的故事或小说无法携带我所感到的最重要的存在与音乐的东西，那些与西藏同在的细微的感受，那种无限的丰富性，这是让多数西藏叙事作品失去西藏的最大原因，同时也是西藏看起来拒绝故事或小说的原因。

那么，能不能让故事携带存在与音乐？

那么存在是什么？存在显然包含了故事，又远远大于故事。这非常关键，它涉及故事与存在的比例：故事是在存在中自然生成的（就像在岩石中生成的图案，有着天然的一体化的比例）还是强加给了存在？故事和叙事的区分；故事—叙事—存在三者的比例关系，三者的方位性与方向性，以及所携带的音乐性，以及这一切所要求的审美化叙事语言（而非工具化叙事语言），正如坛城所散发出的无声语言，正如坛城的时间是并置的而非线性的，有许多出口同时又是入口……

读《天·藏》或许会读出这些，不同也来自这些，我不知一切做得是否恰如其分，一切还需读者检验，时间检验。

说吧， 西藏

写完《蒙面之城》觉得一下老了，一切都在离我而去，我觉得像是快要走不动的人，在街角，路边，公园长椅，某个公共汽车站吃力地坐下，看过往行人，看那些衣裙，短背心，大男孩，背包客，某个惊艳的女人，低调的女人，沧桑一如时光倒流的女人，看小学生，驾驶员，大货车，广告牌，一切都在被一幅巨大的广告牌收走。所有人都在离我而去，包括我自己，我甚至看到人群中的自己。

我与这个世界已经无关，好像已经写尽了某种东西。

十年前我就是这样。

我清楚地记得，那时我已不适应现实，现实好像是漂浮的。过去已离我而去，未来尚未展开，当下难以确定，我差不多处在一种身非是我的状态。

"我"只剩下一副躯壳，"我"好像不翼而飞。

但是，一切都真的离我而去了吗？

事实上，无意识的回忆仍然一直充满了我，不然我为什么如此老态龙钟？我散步，坐在人很多的车站长椅上，许多辆车过去了，许多人上车走了，又有许多人来，又一辆公共汽车开来，又有人在上车，只有我一动不动。我并不在此地的车站上，我想起许多年前我站在路边，背着包，在拦一辆卡车。我被一辆辆卡车冲击到路边，这是常事，因此再次固执地招手。

我在十年前的街边，回忆另一个更早的十年前，确切地说是1985年，啊，不，差不多是十五年前，我站在街边，我要去藏北，我不是一个人，同我站在一起的是一个和我同校的年轻女教师。我们站在一个十字路口，与毫无关系的交通警察聊得不错。我们希望在交通警的协助下搭上一辆去藏北的卡车，我们如愿以偿。女教师的丈夫在藏北那曲写作，据说那里已靠近无人区，有一批诗人、作家、艺术家在那里生活写作。他们都熟悉凡·高与高更，我也一样，所以到处乱跑，跑得越远越好。黄昏，我们到了高原腹地。我们要去的是文化局。

时至今日，隔过两个十年，再一个五年，在北京的公共汽车站前，在等车的人群之中，我仍然清楚地记得那曲地区文化局的样子，记得它坐落在镇北围栏牧场一带，有土黄色的围墙，院子空旷，像被围墙圈起的牧场。几排白铁皮屋顶的房子是办公区。我记得即使有围墙，由于地势的关系那几排铁皮房子在旷野上仍十分醒目，围墙根本挡不住它明亮的样子。就像我不久在小说中描述的那样：夜幕降临，我见到了一大屋子人，他们是诗人马丽华、吴雨初、加措，小说家李双焰（女教师的丈夫），画家李发斌，音乐家黄绵景以及后来遇难的《西藏文学》的田文。我不知道是否有马原，我至今没全部搞清当年那间屋子里的人。我对马丽华稍有印象，我们有过一次诗歌与信函交往，其他概无交往。我在这群陌生的人中间混吃混喝了三天，我沉默寡言。我记得每次都是马丽华做饭，她还拿出新写的诗让我品评。她做的烤饼给我留下了深刻印象。我看出她对诗人吴雨初尊敬并有着我无法言喻的某种默契。我喝酒，某些时刻，觉得心里发生了什么，似乎进入了小说的场景。吴雨初高挑儿，绿格西装，仔裤，副局长，讲述八天在马背上的经历，讲述死亡、荒原、可以使马陷入的草原的鼠洞。同为男人，他给我留下很深的不无敌意的印象。面对这样的男人，你很难没有敌意，敌意是对这个人真正的尊敬，同时也是对自身的尊敬。晚上，跳了一次舞，一次高原铁皮屋顶内的舞会。我的舞跳得不错，马丽华要我教她探戈。我还教了别人，和穿蝙蝠衫的田文跳了舞。我在大学里学会了简单的探戈步子，整齐，踢腿，但没有甩头动作，现在想想也还不算很傻。

第二天，我回到拉萨。那一年冬天，我在学校的石头房子陷入了孤独，陷入了对那次旅行的回忆与重构。我趴在没有取暖设施的房间里，想象一个人重新去了藏北，想象着某种敌意与戏剧性。一个寒假，我写出了《蒙面之城》的前身《青铜时代》，一部不足三万字的中篇。那时的小说中已出现了马格、果丹、成岩，他们当然不是宁肯、马丽华、吴雨初，但的确存在着现实与想象之间的关系。在我看来，人的任何一次表面经历（比如一次旅行）事实上都不过是内心经历的冰山一角。有人轻视内心，而一个轻视内心生活的人显然是一个不完整的人，甚至是不幸的人，我见过许多这样不幸的人。那个中篇当然是失败的，原因是我用长篇小说的思维方式写了一部中篇，我点到但更多地绕过了许多重要场景，比如北京、秦岭、深圳，这些我都没有展开。1985 年，我还没有写长篇的胆量和气度。我一直盯着中篇。那时候，整个 80 年代是中篇的时代，时代像我一样也还不成熟。

《青铜时代》（发表于七年后的《江南》）留下了遗憾，但事情远没有结束。有一段不算短的时间（1989 年后）我离开了文学，投身到了广告界。我在我所创办的广告公司一干就是六年。我没有犹豫。我认为文学已弱于时代，马格还不成熟，时代也不成熟，我也不成熟。我认为做几年广告人，投身于一线的强大的经济生活可能是结束我作为一个单纯文人的恰当方式。单纯的文人臆断式的现实大量存在于作品中，也出现在我以前的写作中。回避现实，有人走出了一条狭窄的成功之路，而我认为介入现实对我是更好的方式。许多年，虽然身处剧烈变动的经济生活，但我没有忘记马格。我在耐心地等，等自己，也等别人，也在等时代。我想看看别人能否写出类似马格这样的人，结果我发现马格一直在等着我。

世纪末，1997 年——距离写《青铜时代》的 1985 年已有十二年——我听到了某种声音的呼喊。我清楚地记得那一天，我驱车去天伦王朝谈一笔广告生意，车堵在了银街，忽然，我在交通噪声混乱中听到了一家音像商店飘出的一脉高原的清音。是《阿姐鼓》的声音：

> 我的阿姐从小不会说话
> 在我记事的那年离开了家
> 从此我就天天天天地想
> 阿——姐——啊

> 一直想到阿姐那样大
> 我突然间懂得了她
> 从此我就天天天天地找
> 阿——姐——啊

我决定激流勇退，回到写字桌前。1998 年，我告别了广告公司，我发现由于若干年一种完全不同的生活的洗礼，我已经是另一个人：自信、从容，甚至有点粗野。文学不再像以前那样高山仰止——这是我对文学从未有过的感觉。没有了多愁善感，没有了许多年作为文人的怨艾，有的只是对生命的追问与强劲地切入。在三年的写作中，我恍如隔世，身非是我，忘记一切，几乎过着一种飞翔的生活。到 20 世纪结束，小说问世，我有一种天上方七日，地上已千年的感觉——我的确到了一个新千年，2000年。我不适应这新的千年，我觉得被时间悬置在20世纪，也就是说，一下老了；我坐在公园的长椅上，想象着自己拄着拐杖起来，想象着一双真正的老人的目光。

当然，慢慢的，我适应了新世纪的曙光，我知道我并不老，只不过是感到了某种内心的巨大的沧桑。我知道，我的路还很长，《蒙面之城》只是开始。

转眼，《蒙面之城》问世十年了，十年，我又写过多部长篇，包括刚刚杀青的《蒙面之城》姊妹篇《天·藏》，但是可以说没有一部像《蒙面之城》对我的生命那样重要。编辑要我再版之际写点后记或是十年感言什么的，说实话，我一点也不知道要说什么，我只是坐在电脑前发呆。

我想到它得到许多荣誉，我觉得不值一提。我想到它得过许多奖，我觉得不值一提。我想到它曲折而辉煌的问世过程，我觉得不值一提。我想到它给我本人带来的戏剧化的命运，我觉得不值一提。十年，发生了很多事情，都如过眼烟云，都不值得一提。唯有十年前那种不适应现实的散步，那种立于街头看过往行人的样子，那种老态龙钟的眼神，那种回忆，历历在目。

那就什么都不说了。就致谢，必须致谢。首先我要感谢那么多年直至今日仍然喜欢本书的读者，我接到了无数读者的信，现在有人还在给我写信，我在此说一声：谢谢你们。然后，我希望我的读者能跟我一起感谢《当代》的周昌义先生，是他最先发现了本书的价值，使它在读者中声名鹊起——《当代》给了它巨大的荣誉——感谢周先生。另外，感谢我的家人张九玲和宁非。没有她们的支持，我不可能全心全意投入写作，她们为本书付出了无声的努力。

最后，感谢人民文学出版社的编辑付艳霞女士，脚印女士，本书得以以新的面貌再版，她们付出了可敬的努力，谢谢！

西藏日记 （1984—1986）

1984 年 7 月 30 日   星期一

今晚，在拉萨记下这不平凡的一天。像不可思议的梦一样，两个小时以万米的高度（从成都）跨越了 1300 公里，飞临世界之巅，饱览了千山万水，俯瞰茫茫云海，从群山到群山，从江河到江河，从雪峰到雪峰，从一个世界到了另一个世界拉萨。而后乘汽车由贡嘎机场沿雅鲁藏布江一路颠簸，沿途藏族男女老少不时闯入我的视野，我终于亲眼目睹了被传说打扮得神秘、陌生、野蛮、古怪的藏族儿女，我为那些传说、歪曲而愤愤不平！当沿途的几个藏族儿童或是妇女、老人朝我们频频挥手，那满脸的笑容显得那样朴素、善良，我心中涌起巨大的爱的呼唤，我的眼潮湿了……好吧，这是一个序言，让我慢慢地，一字一句，开始记录这里的生活……

1984 年 8 月 3 日　星期五

上午，来到布达拉宫，仰望，无法用语言表达……倒是布
达拉宫脚下满目的石片让我亲近一下，可以用手摸一摸。据说
每年来此朝圣的人在围绕布达拉宫转完经后，临了必扔下一块
石片，久而久之这里便堆满了这种刻有经文的石片。今天亲眼
目睹了这景象：大小不一的岩片一层一层地摆开，最上面还有
牛角，牛角上也刻有经文。当我正好奇地端详这些有文字的石
片牛角，忽抬头看见前面三个藏族妇女站在一处石台前摆弄着
什么，我好奇地走过去，心里还怕引起她们的反感，结果她们
见了我只是不好意思地笑了笑，继续她们的事情，我放心了。
石台满是灰烬，灰烬上面放了一些类似树枝的草。一个背小孩
的妇女胳膊上挎着一个竹编篮子，篮子里满装着一种草。我好
奇地问她是什么草，这是在做什么，她用藏语回答了我，可我
一句也听不懂。正这时，旁边一个年轻的姑娘忽然轻轻地用汉
语对我说了一句："就像烧香一样。"她说得那样清晰、自如，
我真是高兴得不得了。于是我又从她口中得知这是一种香草，
制香的原料，她说这草非常香，买不起香，所以干脆用香草了。
正说着背孩子的妇女划火柴点草，草还青着，划了好几根火柴
也没点着，于是我拿出了一张废纸要递给她，这时香草砰的一
下着了。燃着了香草，她又从篮子里拿出一把铜壶围着香草浇
了一圈类似牛奶的东西，因为我刚刚在前边喝了一杯这东西，

于是马上说道："这是青稞酒吧?"那妇女见我居然知道是青稞酒，非常高兴地点点头。这当口，年轻姑娘又指着香台上一小撮白粉对我道："这是糌粑粉。""哦，糌粑粉。"我连连点头，姑娘说："神吃，我们也吃。"好幽默！我们一齐笑了。围绕布达拉宫的这种进香台有许多个，这里的进完了要进下一个，分手时我向她们挥手致意，她们也都挥起了手笑着同我作别。布达拉宫进香这一幕给我留下深刻的印象，藏族是一个多么善良、友好的民族啊，我望着她们的背影不禁感叹。

<h2 style="text-align:center">1984 年 9 月 23 日　星期日</h2>

一清早，我的学生们就穿着漂亮藏装到了学校，然后，排着整齐的队列，打着队旗，唱着歌，向着两条小河拥抱着的（尼雪）林卡走去。学生们兴奋极了，他们背着卡垫和一天的饭：酥油茶、青稞酒、甜茶、酸奶。每个人都准备了节目，有舞蹈、独唱、重唱、合唱，还有用藏语朗诵的《文成公主到西藏》。先遣队员在林卡中已围好了白布帷幔，当学生们透过林子看见了那一角帷子，高兴地欢呼起来，队伍立刻像从地里冒出的泉水一样拥上前去。于是铺好了形状不一的卡垫，席地而坐。这时学生旺金端着一个糖盒送到我面前，接着从我身边走开，每个同学送上一块，整整绕场一周。节目开始了，先是大合唱，然后是舞蹈《体育场上》，九个女生分成两队翩翩起舞，相迎，

而后宛如二龙出水，分开，列成两队，两两对舞而上。大家伴唱，再退回，接着是下一对。这个舞很有点整体的造型，富于变化和线条感，真是美极了！当她们一出场，两条手臂像迎风飘扬的树枝一样自然，柔软。男生也上去了，好不热闹。藏族孩子能歌善舞真是名不虚传。虽然她们有时也腼腆，但总体很大方，能感到她们天生的欢快和自由的精神。我拍下了许多美好的照片，学生们对照相也非常新鲜，纷纷争着表演。

上午的节目告一段落，野餐开始。学生散落在林卡的草坪上，分成了五六堆儿，有的在河边，有的在树荫下，有的在田埂上，有的在刚刚收获过的青稞麦田上。阳光极其明媚，学生们铺好卡垫，拿出各种吃的东西，我站在中间，向四周一望，真是美妙，宛若一幅颇富民族特色的油画。几乎每一堆儿学生都同时招呼我到他们那儿吃饭，如果哪一堆儿我去晚了些，他们就不高兴，抱怨我欺负人。所以我是东吃一点，西吃一点。我吃了从未吃过的粑离，那是一种薄得像纸一样的面饼，吃的时候把饼摊开，放上味道鲜美的牛肉条，然后一裹。他们都是这样吃。他们炒了许多菜，一盒一盒摊开，丰富得很。我还喝了酥油茶、甜茶、酸奶、糌粑，还吃了藏族过年才吃的卡赛，一种油炸油条麻花类的食物。他们边吃边唱，边唱边吃，快活极了。

饭后，我同几个男生聊天颇有收获。我了解到他们的家庭身世，其中有一个叫阿旺次仁的学生，曾经在哲蚌寺当过小喇嘛，我非常吃惊。他的父母都在格尔木草原放牧，1981 年十一岁时他被父母送到了哲蚌寺当了喇嘛，一年后才给拉萨的舅舅接出来，重新上了学。寺庙生活是很苦的，通常每天是这样：早晨五点钟就要起床，喝一杯酥油茶，吃点糌粑，然后随着师父念经。大多是解释菩萨的，到九点钟开始干活，打杂或是到果园劳动，中午仅有半小时吃饭时间，到两点又开始学着念经，五点钟又要到果园干活。他的师父六十多岁了，叫阿旺洛桑，师父把他的名字一半给了徒弟，于是他改了原名，叫阿旺次仁。师父待他很好，让他自己住一间屋。那时庙里有一百多个像他这样的小和尚，也常发生一些打架事件。那时他班上的同学常常去找他玩，果园成熟季节，小伙伴们就去找他玩，他就偷来果园的苹果给他们吃。这时旁边的小巴桑搭了话，说有一次他去找阿旺要苹果，他在果园边上等，阿旺进去摘，他在边上看着，这时一个过路的人问他讨苹果，叫他小师父，以为他是哲蚌寺的，说到这儿他笑起来。这小巴桑也很有意思，他说他爸爸过去也是喇嘛，我就问后来怎么不当了，小巴桑说那时他爸爸在色拉寺，因为常常喝酒不正经念经还常常闹事，给庙里赶了出来。

小巴桑还讲了一个故事和一些有趣的传说，说以前藏人有个国王，力大无比，武艺高强，曾经有个魔鬼在西藏很是猖獗，无人能敌，后来国王同魔鬼交战，他变作一只小耗子钻进魔鬼腹中，魔鬼决心与他同归于尽，于是叫手下人造了一个大铁盒子，他想钻进去就这么一起完蛋。可巧那造盒子的人心向着国王，于是造盒时在盒壁上钻了个针尖大的眼儿，于是魔鬼腹中的国王从腹中钻出安然逃离了铁盒，胜利了，而魔鬼却永远被囚禁在铁盒中。国王死后变成了活佛，小巴桑说，他一半留在天上，一半留在地上，就是现在他也每天随初升的太阳一起驱赶魔鬼，到了太阳落山又回庙里。小巴桑还说在格尔木现在有许多鬼，那儿的人死后都不能升天而变作鬼。小巴桑说，鬼并不可怕，和活人一样，比如两个过去相熟的人，其中一个已经死亡，那活人仍可和死人饮酒聊天。小巴桑说，有一次，阿旺爸爸的一个熟人，在朋友家喝过酒，回家路上遇到了一个鬼，此鬼是他过去的朋友，于是他们又在一起吃喝一顿。

　　小巴桑说得神乎奇神，坚信自己讲的是真的。但他说拉萨没有鬼，因为拉萨有哲蚌、大昭、色拉等寺庙，有菩萨保佑，人死后都能升天，而格尔木没有这些寺，所以人死后都变成了鬼。这时坐在一旁的德庆卓嘎递过来一个糖盒让我吃糖，我一看是外国货，圆形糖盒四周是几幅田野收获的图案，一头牛拉着装满麦子的车，后边的农民跟着，盒盖是一个半裸的披发女郎。小巴桑告诉我说这是印度糖盒，德庆卓嘎妈妈前两年去过印度，见到了尊者，还带回尊者一盒谈话录音。一天的时间结束了，印象太多了，感受更是新颖丰富，这是我进藏以来最幸福的一天。

1984 年 10 月 11 日　星期四

　　黄昏，哲蚌寺西侧山脚下，偶然发现天葬台。奇怪的是我一点恐惧也没有，完全为好奇所控制了。因为早就听说哲蚌寺山上有天葬台，我也常看到那边山上有鹰在盘旋，可是具体在什么地方不知道。那地方好神秘，有许多山峰，因此总是猜测可能是在具体哪个山顶，因此我常常在遥望那边山峦时憧憬着天葬台，想，也许是在那个山顶，那里有经幡飘拂，不，那儿太高了，也许在矮一点的山上。日久天长，好奇心越来越强，因而今日黄昏到山脚散步，偶遇天葬台，竟然喜出望外，哪有一点畏惧之心呢？

　　山脚，草坡上，石块砌就的一个圆盘，直径约有一米五。石盘上显得油腻腻的，呈灰黑色，空空荡荡，天葬师大概有几天没在这儿工作了。我们（同事林跃）站在石盘上，弯着腰，像寻觅什么宝贝，突然，林跃叫了一声，原来在石缝中他发现了一小片头盖骨。而后，又发现了一些骨头渣子。我们讨论着这些骨头渣是人体的哪个部位。石盘上还散落着一些天葬师用过的匕首、藏刀，大小不一，在黄昏里闪着幽幽的寒光。我甚至抓起一把匕首仔细端详，有一刻我觉得有必要拿回去一把作纪念，后来心里不舒服又放弃了。离石盘一米左右的地方，还有一块方整的石头，朝天一面凹了进去，我们猜测说人的头就在这块石头上捣碎。而就在附近，我又发现了一根腿骨，白嶙崭的。或许是天葬师的疏忽没把腿骨捣碎，我这样想。许多男人、女人的衣物散落在天葬台周围的草丛上，一件水红的女人穿的薄绒衣安详地垂卧天葬台的边沿上，煞是鲜艳，上面的饰花、镶的黑边都看得很分明。离它不远，还有一束女人的头发，黑黑的，没一根白的，这大概是一个年轻女人的头发。难道是应了弗洛伊德的学说，在这死亡之地，我觉出了一股诗意，一股生命的气息？我甚至认为，一个年轻人，尤其是一个年轻的女人，即使死了，灵魂依然弥漫着活力、青春和生命。

天葬，死亡。我退到远一点的地方，瞩望着眼前的情景，思考着这两种东西。这里是人生的终点，生命在这里不是消亡了，而是获得了新的意义。照藏人的意思就是升天了，升入了天堂。这是自古以来，无论哪个国家，哪个民族，对死亡的一致认识。我又瞥了一眼远处宏伟的哲蚌寺，尽管它在这里只露出了白色的一角，但我依然感到它那强大的宗教意识和精神力量。

1984 年 10 月 12 日　星期五

穿过村子，来到哲蚌寺东侧山脚下。又是一个黄昏。从东侧望哲蚌寺才发现其宏伟、壮观而又繁复、重叠、层次变化无穷的面貌，仿佛发现了新大陆，我和林不禁惊喜万分。一路沿山路而上，四野怪石成堆，成群，一派蛮荒景象。右面大沟小谷，地貌真是让人感受深刻。一方面是最高的精神境界（白色的哲蚌寺）矗立在山腰上，主宰着人的灵魂；一方面是最原始最蛮荒的土地——你不能想会有任何一种思想文明跨进这里一步，这里的石头拒绝着一切。正是这两者的结合才使得这里越发显得神秘，令人惊异不已。你坐在这里，一方面觉得自己像野人，与这里的一石一草没有区别；另一方面又被某种不可思议的气氛控制着，这一草一石都是某种精神力量，向你传递着原始而崇高的复杂、深邃而又洪荒朴拙的气息，你被弄得不知要思索这境界还是思索自己，你觉得连自我都不可思议了。

两个年轻的藏族姑娘提着罐子走来，好奇地回头望望我们，不一会儿消失在只闻泉水响不见泉水影的沟壑之中。我们坐在一块巨石旁，一个劲儿地发着莫名其妙的感慨。黄昏是那么肃穆。忽然，远处传来一串嘹亮的山歌，放眼望去，一个十三四岁的藏族小姑娘蹦蹦跳跳顺山路走下来。那是一首藏歌，我曾听过我的学生唱过，所以很是耳熟，也倍感亲切。那歌声本身有一种诱人的旋律，再加上她一蹦一跳，给美妙的歌声注入了一种节奏感。你突然觉得这是大自然突然放出了一个自然的精灵，村子里飞出一只百灵，一种自由的精神突然叫这里的宗教气氛黯然失色，而大地顿然生辉，小草仿佛摆脱了什么，在风中摇曳、飘舞。一个孩子的心灵给大自然注入了无与伦比的清新，哲蚌寺在孩子歌声中，在黄昏里，威严一扫而光。

那是一条很长的山路，我们的眼睛一直目送着姑娘的身影，

聆听着她那自由自在的歌声，依依不舍呵！感触无穷呵！我觉
得我一下解脱了，生命又回到我身上，不，不是，是灵魂，热
情洋溢、幸福美好的灵魂又回来了，而这一切都是那小姑娘给
予我的。刚才那种冥冥的沉重的迷惘消失了，一种清新洋溢的
美感给了我渴望生活的力量。我和林都比较激动，站起来，我
也情不自禁地大声唱起来。姑娘那歌声因我们中断了一下，那
小小的像鸟一样轻快的身影也停住，就像停在一根树枝上。然
后，一切又活了，更嘹亮、更熟悉、更轻快、更自豪的歌声蹦
蹦跳跳地跑了起来："请到天涯海角来，这里四季春常在。"这
歌我太熟悉了，是流行歌曲，她也会唱！……小姑娘的身影在
山路拐弯的地方消失了，然而歌声依旧那么清晰，如丝如缕，
萦绕在心，尽管越来越远……正当我们失望怅惘之际，歌声忽
儿又近了，小姑娘身影倏地出现，啊，就在我们下边的山脚下，
我甚至看清了她的装束，她停下来，朝我们招了招手，一溜烟
地进村了。我心里真有一种说不出的感受，只觉得一种怅惘，
一种芳香，一种回味无穷的力量久久萦绕在我的心上……

1984 年 10 月 16 日　星期二

又至哲蚌寺东侧山脚下。这次比上一回爬得更高一些，几
乎到了圣山的山腰上。坐在一块巨石旁，周围是漫野的山岗，
山岗裸着一块块峥嵘的石头。丕乌孜山的两条巨臂钳形地伸向

河谷平原，仿佛随时都有可能把拉萨搂进怀中。这时正是黄昏晚景，在山峦与云幔之间露出一方橘色的天，拉萨河此时无比绚丽多彩。她向西漂流，被群山挡住，然而隔过一道山脊她又重现，而且更开阔，像扇面打开，形成无数小小的湖泊，被晚霞一映，真是既辽远又辉煌，好像女娲刚刚补过的还在微微颤动的天。我还从没见过这样的黄昏，这样恢宏、起伏、被群山切割织就得这么迷人的黄昏。我见过许多黄昏，可这里的黄昏是独一无二的，这才是真正的黄昏，这是世界高原特有的最雄丽的黄昏。她不单给你一个单纯的美感，她令你有一种蕴力极丰的沉思，是一种关于宇宙与宗教的沉思，是一种静穆的激情。我心中舒缓而明晰地起伏着一种伟大而神秘的旋律，我心中的旋律在指挥着群山变奏、浮动。我想起了音乐。我觉得巴赫的沉思与神秘在这儿可以找到共鸣，但这里宏伟的宇宙感，这里的壮烈和巨大的生命力、澎湃的激情却是巴赫难以料想的。这里应是巴赫与贝多芬的结合，贝多芬是用激情思索着命运，而这里是在用命运沉思着激情。贝多芬属于人类的范畴，而这里，高原、群山、河谷、流水所组成的黄昏却是属于包括人类在内的宇宙——大地和天空！

夜幕已降临，而天边依然露着晚景微光，我和林恋恋不舍地走下山来，这时，整个山体都仿佛随着我们动了起来，一种突发的感觉，丕乌孜山的两条已模糊但仍硬朗的巨臂越发坚定不移地伸向河谷，伸向平原，一瞬间，我只觉得，那巨臂成了我的双臂，我伸开双臂，在一股神力的冲动下，向着广阔的已是紫色满野的大平原拥抱而去……

<h2 style="text-align:center">1985 年 1 月 22 日　星期三</h2>

昨夜大雪覆盖了拉萨四周的群山，今早一起床，阳光耀眼，群山披上银装，好壮观！屋顶的雪正在融化，滴滴答答，隔壁蒋老师家的电视正播放钢琴独奏曲，金属的敲击、奏鸣的音响像阳光的波浪在我梦醒的一瞬间扩展，中间穿插着雪融的声音，真是美极了！仿佛一明亮有声的梦代替了另一个梦，我那样静静地听着，一时只觉得世界变得那样单纯，明亮，除了钢琴、雪声什么都不存在了。我一动不动，居然出现了幻觉：在白茫茫的雪原上，阳光普照而明媚，一架钢琴放在雪上。那是一架黑色透明的钢琴，一群鸽子在琴键上飞来飞去，美妙的音乐随着它们的起落从那里响起、扩展，阳光也是从那里流淌出来的……这时在我的脑海中立刻像屏幕似的显示出一首诗的题目：高原，钢琴和雪。

<h2 style="text-align:center">1985 年 3 月 11 日　星期一</h2>

课后，与林从学校墙洞钻出，到了丹巴村，学校与村子一墙之隔。干荒的山，干荒的村，隔着一片刚刚发芽的果园的，

是几户人家的小孤村，好像是被这个大村子耸肩一甩甩出去的。夏天山上有流水经过那里，颇有点流水孤村的味道。我的一个学生仓曲住在那儿。干荒呵，四野皆是干荒，那一小丛泛绿的柳树，一点也没给这里增添朝气，相反自身显得更加可怜，无法控制这干荒干荒的景观，显得那样畏缩。走近看，鸟儿也叫得怪可怜的，一点不水灵，透着干气。我情绪黯然，灰然，无精打采，感觉很疲倦——疲倦的山。那些杂乱无章的白粉石头房子，在强光下非常刺眼，刺得你浑身不舒服。一种无法言状的感受，让我们无语。

1985 年 3 月 18 日　星期一

如约午后两点钟我到了巴桑老师在八角街的家。确实漂亮，室内布置得那样鲜艳，色彩斑斓。有一幅唐卡在墙上，显然是释迦牟尼的故事，巴桑说这是他家三代人完成的画，太爷，爷爷，爸爸。另外还有五幅唐卡也相当漂亮。室内有廊柱，天花板全部用印花丝绸包装，顶中央有一道像垂幕样的彩带垂下。四面墙壁皆涂上黄颜色，边上为三道杠，有地毯，茶儿，总之是一个华丽之家。从巴桑家出来，巴桑陪我去八角街买衣服，之后去大昭寺，随他一同朝佛。

大昭寺的建筑极其辉煌而又扑朔迷离，中间一个大厅，四面布满小厅室，非常神秘。在一个最重要的厅室内——厅前是

木板铺就的，几个小喇嘛正在拖地，我看到班禅大师叩拜的彩
照。巴桑说那是1982年班禅来西藏时到这里拜佛留的影。在这
个厅朝佛有着严格的仪式，自左向右，在释迦牟尼盘坐的大腿
上俯首，然后退出。转过去，再在另一侧俯首。一旁的喇嘛给
我一捧圣水，见我是汉族，如此虔诚，赞赏地朝我笑笑，竟笑
得我很感动。巴桑边走边跟我讲大昭寺局部的故事，藏医神，
白拉姆，宗喀巴，松赞干布，文成公主，各种护法神，都是壁
画上的故事。然后到了寺顶，见到巴桑的舅舅。舅舅是这里的
文管会主任，巴桑说舅舅过去是哲蚌寺的喇嘛，获得过格西学
位。照了张照片，巴桑高兴地说舅舅今天不知道怎么了，这么
痛快地答应照相。接着又去了一些地方，之后回到学校。今天
是非常重要的经历，感受，值得久久回味。

1986年2月14日　星期五

久违了，丕乌孜圣山涧谷！这条蛮荒而又神奇的涧谷我和
林去过不下十数次，这次冬季造访还带上了我们的身着鲜艳藏
装的三个高三女生琼达、德吉卓嘎、次珍——次仁卓玛，她们
一红，一绿，一紫，在这深山峡谷，在这荒山秃岭、巨石生烟
的地带，她们犹如三朵娇艳的迎春花，飘逸，令大自然生辉。
脚下是如缕如带的溪水，水上浮动着她们五彩斑斓的婀娜身影，
那银铃般的嬉笑声扬起了彩色的水花。阳光融融，流满山谷，

巨石下，被阴影留住的冰瀑像瞬间凝冻的，真是天造地设，晶莹有如月宫。美丽的三少女站在冰瀑下，展袖伸指，采撷一柱柱冰凌，真如天女下凡到人间，好不兴高采烈。忽听哗啦一声，头顶上几挂冰柱落下，头上肩上落了一身，她们起先吓了一跳，随后笑弯了腰。琼达红袖又展，玉面微扬，仪态甜美高傲，在冰清玉砌的辉映下，几欲成仙……拍下这一连串的美妙绝伦的镜头，我与她们又合一张影。我的出现当然要破坏这仙境，但这仙境太诱人了，我如何能自已！当初下到这冰瀑地带可是费了不少劲，是我和林一上一下把她们接到这冰瀑地带的，我在上面拉着，林在下面接，她们像坐滑梯似的平躺在大鹅卵石上，笑着叫着朝下滑，这样滑了两个石头才到了冰瀑之下。她们说，平生第一次经历如此的危险。历点险往往叫人精神勃发，神采奕奕，她们高兴坏了，我们则舒了口长气。

两点钟我们开始野餐，在两巨石间的白沙滩上铺上一方德吉带来的宝石蓝绸巾，五人围坐在一起，头顶一小片蓝天，右边涧水潺潺，又一番佳境，可谓良辰美景，似水流年，空谷幽人，美不可言。世外哪知有如此绝境，此谷应得名仙人谷，此滩应得名美人滩。是的，在她们眼里，我们始终是老师，然而在我们眼里，她们不仅是学生，还是美的显现——自然界最美的那部分显现。有了她们，这条山谷就不再干荒，不再寂寞，不再燥裂，山谷盈满了少女的春光……

傍晚六点钟我们方才出了涧谷，回到六中。我想这在我一生中将是最难忘的一次野游，我记得琼达说了一句话，她说："我总觉得走着走着我们就成仙了。"藏人时常有这种奇妙的直觉，我领教过不止一次了，而今天她这种直觉叫我震惊。以往他们的直觉大多有点离奇，可这一次引起我深刻而强烈的共鸣。是的，没有一个民族能与藏族的直觉相比，他们上有佛天，下有鬼神，中有神奇的自然地貌，这就促成这个民族的丰富奇异的直觉力。琼达、德吉、次珍今天所给予我的够我享受、体验、思索、挖掘一辈子，这其中的层次就无穷无尽，你挖掘吧，多幸福！

1986 年 6 月 22 日　星期日

甘丹寺。车在半山抛锚，步行至寺院。转经，拿了一瓶酥油为经堂的酥油灯盏——添油。这瓶酥油是替次珍添的，学校组织朝圣，她本想也来，但身体不好，要我替她添油，教了我六字真言，并祈祷她考上大学。转了七八个经堂，添油灯不计其数。在大群的藏民中，只有我这么一个汉族添油，颇为引人注目，喇嘛待我极好。转经路上，藏族朋友一路给我讲路上的掌故、传说。至天葬台，学校门房老波啦一家祖孙三代，小孙子还在年轻母亲怀中，先后仰面躺在天葬台上，口中念念有词。我大为惊讶，不知何故，沉思良久。怀中婴儿也被放在了上面，四下里是刀斧器具，白骨遍地，煞是可怕。完毕，在台上敬献了哈达，表情极悦。后来我方知他们此态意在死前已将灵魂献给了佛天。晚，八时归。

1986 年 6 月 24 日　星期二

在西藏快两年了，总有一种预感却又说不清：这两年的边远生活对我有什么影响呢？好的，抑或别的？但不管是什么，我觉得这两年对我的性灵是一次全面的洗礼，自觉或不自觉，主动或被动地受洗。尽管这两年写作上平平，但人只能选择行动却不能选择结果。结果往往出人意料，也许正唯此更耐人寻味。你发现了什么啊！或者不能说发现了什么，只是预感到了什么，就在你身边，仿佛突然出现，你还摸不着它，把握不了它。你望着星空，依稀看见一张浮动的面影，看见一颗深红搏动的心。就是说只有此刻你才能重新审视自己，发现一个模糊而又全新的世界。

1986 年 7 月 22 日　星期二

夜，八角街。白天，八角街去过无数次，还从没夜间走过，一直想临离开西藏前夜间去一次，看看夜间八角街是什么样，巴桑老师满足了我的愿望。巴桑对我的想法很感奇怪，因为他还从未想到要看看夜间的八角街。一早四点钟，我们骑着车穿过静如天空的街道，幻影般的布达拉宫，到了环形的八角街。天很黑，无论我还是巴桑都感到某种莫名的恐惧。八角街是藏族做生意的地方，又是朝佛转经圣地，今天，我与巴桑可能算是最早的转经者。

夜风习习，时紧时缓，白天摊位丢下的纸张飞舞，一些白纸像灵纸一样掀动，两侧藏式楼房的白灰墙泛着白光，黑窗框则像一张张暗影。狗在一些角落缩着，一叫不叫。这种时刻你说是阴间不像，说是人间也不像，这似乎是一种临界，一种中阴。顺时针转了一圈，回到大昭寺前，远远就看见寺前人影憧憧，到前一看，原来是一列送葬队伍！死者由担架抬着，正对大昭寺，正在默祷。所有人都举着香，香火星星点点。我和巴桑大气也不敢出，我没想到会有这一幕，不知是凶是吉，总之心紧成了一团。

回来路上，巴桑告诉我这是藏地的风俗，死者在天葬前都要来到大昭寺转一圈，是人生的最后的告别仪式，然后才去天葬台。他这一说我想起来我们刚才其实原来一直跟在这支影影绰绰的送葬队伍后面，所以才嗅到一种阴间的味道，我们也是送行者！我不知道这是否是天意，那时明月如此皎洁，而我们为什么还感到无可名状的惧悚？体验了夜晚的八角街，拉萨的核心，离开西藏无憾了！

西藏谈话录

　　老友林跃是我近三十年的朋友，我们结识于 1984 年，正应了《1984》那本书的名字。我不知这里有什么神秘关系，在我们的谈话中他也提到 1979 年已读到这本书，而 1979 年我完全不知有这样一本书。在西去的列车上，我们结识于路上。我们要去西藏，在那儿选择一所学校栖身，开始探索世界也探索自己的一段人生，是典型的 80 年代人所为。如同另一种仁人志士，试图在走出一本寓言的书之后，通过重新发现自己来重新发现人，确认人，还原人，回到人的本义上，西藏提供了特别的可能。我们藉着"援藏"这样一个集体行为到了西藏，一间富含云母的石头房子——在阳光下熠熠闪光——成为我们共同的宿舍，一张公用两屉桌的两侧分列着两张单人床，以中间为界我们各自带来的书放满两边。没电视，报纸，连收音机也没有，也不要那种公共的声音。有书就够了，比如《1984》或

《百年孤独》或《变形记》或《意大利文艺复兴时期的文化》或《作为意志和表象的世界》或《忏悔录》，援藏本是一个集体话语，但我们完全把它个人化了。

林跃虽只长我六岁，却是云南知青，老插，这次进藏是他第二次远行。我们无所不谈，谈《1984》，谈《海鸥乔纳森》，谈宗教，审美，哲学，贝多芬，海顿。谈他的祖母——1980年宣武门天主教堂首次恢复大弥撒，他的祖母，音乐界的林老太太弹管风琴。他的祖母风烛残年，十分瘦小，但面对硕大的管风琴却弹奏出了巨大的奏鸣，劫后余生，全场朝向天顶，热泪盈眶。

林跃的阅历，二次远行，音乐与体育世家（乃父为清华大学体育系教授，毗邻梁思成旧居），以及基督教传统，给了我极为开阔的视野，受益无穷。我们特立独行，不写任何申请书，去任何"先进"色彩，纵情于拉萨六中附近的山谷、河流、寺院、沼泽、牧场、村庄，与学生一同转山，家访，春游，直到1986年结束。我们回到北京，他上了研究生，任教于首师大，我则步入新闻界。这段西藏的共同人生带给了我们太多的东西，我们的友谊也持续了近三十年。我们见面并无规律，完全是兴之所至。2010年《天·藏》写完，了却了一桩多年的西藏心事，仿佛闭关了许多年，一个电话过去，一见如故。这次联系差不多相隔了十年，以下是我们连续三次见面的谈话——

第一部分

时间：2010 年 11 月 1 日 11—14 时

地点：长虹桥巴西烤肉

1. 关于《和尚与哲学家》

林：我跟你说，我瞅完《天·藏》接着瞅《和尚与哲学家》，像这种书，我很难一次看完，只能一部分一部分地看。

宁：我也是，后面也没看完呢。

林：每一部分都让我眼前一亮，心头一热。

宁：嗯，生命里走过，灵魂里走过。

林：曾经一个基督徒跟我说过这样的话，说，林跃，你这家伙离神不远了，我从来不以为然，可我看完《和尚与哲学家》后，忽然觉得，我离那佛特近，我恨不得觉得我就是佛。禅本来就说我即佛，佛即我，问题是你得真明白这点。

宁：我觉得佛教这点和基督教不一样，基督教永远有一个神，它在你之上，而佛教不同，人是可以成佛的，人可成基督吗？

林：没错。基督教这神是在人之外。我即佛，佛即我，是一体的。

林：我这人看东西吧，喜欢从后往前看。我把你那书给了我一个学生，我那学生比我还先看完的，他用了一天时间就看完了。

宁：那书一般人是看不进去的。我写了四年吧，我觉得是我前三本书都无法达到的境界。我跟你说吧，林跃，写完这本书之后我什么都不怕了，我就是有这种感觉，可以在这个世界上非常从容地面对一切。我觉得对这个世界有了一个交代，或者有了一个理解。而且，这个理解呢，实际上早就完成了，是在咱俩带着胡子（狗）坐在西藏哲蚌寺的山沟里，那种参藏参禅，一次又一次，我觉得那时候就已经完成了。

林：其实那个时候用得着《和尚与哲学家》里的一句话，佛实际上它实现的比表现的多得多。

宁：我觉得这是佛教最伟大的地方。

林：而且，为什么我敢说我信佛了，我经常有所谓那种"朝闻道夕死可也"的感觉，到了今天凌晨这种感觉尤其强烈，我全都记在我这本上了。

宁：太好了。

林：也是《和尚与哲学家》里面的话，说，所谓和尚哲学家的特点，就是，他所阐述的就是他自身，而且他不是用语言不是用文字，是在用他的行为，他的生命。

宁：我在读这本书之前，从来没读过一本那么有说服力的关于佛教的书，尤其是像马蒂厄那种人，他那种从科学的顶端——他的老师是获诺贝尔奖的，然后一下又回到人本身，进行修行，他那种知识、视野，是有科学背景和西方文明的背景，带着这些进入佛教的，所以他那种有真知灼见的体验，非常有说服力。

林：也只有他才有权利说，地球是圆的是扁的对人有什么意义，他发现了知识的局限。

宁：科学不解决生活智慧的问题。

林：但智慧能解决科学的问题。

宁：一个极微小的事物都可以是极大的科学发现，比如发现地球比原来认识的大一点点，可这种差异对人来说没有本质的意义。

林：没有本质的意义。所以我觉得他是非常客观的，佛教并不排斥科学，但科学只是人们全部认识的一小部分，它的局限性是非常大的，它可以帮人认识客观世界，却不能帮人认识自身。

宁：而且，我觉得他和他父亲之所以能对话，就是建立在这点上：科学再发展，也解决不了人类该怎么生活的问题，多少年来这仍是一个悬而未决的世界性的问题。西方的哲学和生活在近代基本分家了，那么在这种情况下，他们父子俩就有一个共同的问题，就是解决"我们应该怎么生活"的问题。而且，父亲看到了作为佛教来讲，它确实面对了生活的智慧，某种意义上，佛教解决了"我们应该怎么生活"的问题，这个意义父亲是认同的。他不认同的地方在于，你要认同佛教的话，就得真像马丁格那样修行，闭关呀，静观呀，外在的支持，在条件非常严的情况下才能实现。老头觉得有点太苦了，一般人做不到。

林：但是中国人狡猾就狡猾在这点上，他弄出一个禅来！

宁：没错！

林：用不着山林，就在你们家墙根底下，就是吃喝拉撒睡都是禅。

宁：为什么有居士一说，就是不像在寺里那样严格。西方人不懂什么叫居士，居士恰恰是解决哲学家老头担心太苦的那个问题。

林：没错！

宁：所以我觉得看完这本书，解决一个什么问题？就是佛教真是比那两大宗教更伟大，它是一个活水。

林：对！它到头来所指向的不是让人来跪倒，虽然它也让人归一，但是每个人都有佛性。

宁：不过让我感叹的是，包括西方新潮的哲学，解构主义呀，后现代呀，在形而上学上虽然超不出佛教，但总不断制造话题，向前发展，不断地提供一种非常偏的角度认识我们这个世界。以偏概全地阐释这个世界，实际上就发展而言我们不需"全"理论，一"全"就僵了，死了。发展靠的是偏，要没有这个极端，世界它便不给你那种角度，还可以这么看世界，你看德里达、海德格尔——

林：是呀，一会儿在场，一会儿又不在场了。

宁：比如德里达，有论者说他折腾来折腾去，实际上呢，最极端的"延异"理论和佛学上的无限可分很相似，却远不如佛教的理论完备，他就像在如来佛的手心里的孙悟空，蹦不出去。

林：没错！

宁：但是，我最感叹的是，中国有如来佛，但是没有孙悟空，国外是没有如来佛，但是有孙悟空。

林：哈，但是有孙悟空！

宁：西方到处是孙悟空，蹦来蹦去，蹦来蹦去，蹦得极活跃。

林：非常恰当的比喻。

宁：是吧，然后中国人就把那些孙悟空当成一个大师又一个大师，这也是大师，那也是大师。然后我们自己呢，守着如来佛这么一个大资源，却不蹦，守成，没有一个孙悟空。殊不知某种意义上说，佛的发展是要靠孙悟空折腾的，没了孙悟空佛就停滞了，静止了，等于没有一样。我觉得这是我们中国人最大的一个悲哀。不借助这么好的资源去发展自己的学说，哪怕极端的偏的学说，哪怕是蹦不出佛的手心也应该蹦呀。

林：就包括这《和尚与哲学家》，它对佛的创新的理解是非常清楚的，什么是创新呀。创新就是把一个人的潜能全部发挥出来，既利己又利他。而且在这个过程中，借鉴别人的经验比老去琢磨别人没走过的路要来得重要得多。

宁：所以，我就觉得——西方的哲学吸取了多少佛教的营养呀，从叔本华开始，到萨特，到最牛的海德格尔——牛到快成纳粹了，到新派的德里达——那种差异的差异，差异的本源，最后和佛教的不真空又扯到一块去了，结果他对事物的认识和佛教达到的境界差得很远，但是，如果我们不通过德里达，我们对佛教就没那么丰富的认识，就很难发现佛教的现代性，这就是德里达的孙悟空式的贡献。

林：对！这太重要了。

宁：我们通过德里达感觉到了佛教的新的面孔，越发伟大的价值，但是没德里达佛教的价值可能仍然处在一个滞后的隐蔽的状态，得有孙悟空，得有德里达这样的东西，越多越好，虽然蹦不出佛教。

林：所以，到头来海德格尔那个东西所导致的不是所谓诗意的家园所能概括得了的。

宁：没错！

林：也不是哲学的家园所能概括得了的。

宁：所以，这就使我想起什么呀，想起博尔赫斯说的一句话，他说我们要使我们的前驱变得伟大！就是说任何一个后来的伟人都可以找到他的先驱，但是如果没后来这个伟人，那个伟大的先驱某种意义就不存在，那个先驱就像尘埃一样被遮蔽着。换句话说，只有我们变得伟大，先驱才变得伟大。说只有后人有了创造力，先人才能站起来。如果你总是在那儿考据呀求证呀，你永远也站不起来，你的先驱也永远干巴巴的。所以，我们一说什么总爱说"古已有之"，但是要不是人家创造发现出来你怎么知道古已有之？没有现代足球你怎么知道中国的古代足球？事实上是现代足球创造了古代足球！

林：哈哈，真是！

宁：所以，有好几个人都说，过去读了很多书没觉得佛教伟大，读了《天·藏》一下觉得佛教真是挺伟大的。佛教现在被多少东西所遮蔽着，尤其到了那些寺院，你稍微有点文化有点知识的人，不齿于那种磕头烧香求子求福，你觉得那哪儿是佛教。

林：你这让我想起《和尚与哲学家》来了，他谈到了一点，就是你不要把佛的宁静和那种所谓的无动于衷混为一谈。

宁：没错。

林：它的那种宁静包含着巨大的内心狂喜和充分的开放，而且这种开放是禁得住考验的，是利他主义的开放。表面的那种平静的内部是一般人体会不到的，你只觉得它无动于衷，它木然。

宁：你想，所谓的四大皆空，好像什么都无所谓，实际不是那么回事。

宁：《天·藏》的两大主题都与你有关，我想你肯定看出那一年的主题了，另一个是西藏。

林：那还用说，连我那学生都看出来了！

宁：就这么两个主题，要不说咱俩非得见面谈谈！这书整个是对我们俩在西藏的一个总结，咱俩亲历了西藏，又亲历了那年。我们的心灵的那种巨大的阴影，以至于到现在，我认为佛教也解决不了我们心头的阴影，你可以安慰它，可以说我们也很自洽，可以从容处世，但是无法去除，因为现实中这个死结还没解开。

林：无法去除，所以在这种情况下，我们对佛教所有的兴趣和发现实际上是一种逃避。

宁：所以，当时我就想，佛教在什么时候起作用？在制度层面已解决了基本问题之后佛教是最恰当的，而在我们这里它确实有无动于衷的特点。就是说你在一个什么情况下达到自我完善？这也是我这本《天·藏》所表达的一种对佛教的怀疑。按理说王摩诘的学养已不亚于马丁格和老头了，王摩诘在认识上倾向于老头，生活上又倾向于马丁格，他是他们的合题。

林：在这一点上，那天，我看了你和孙小宁的对话，我对于你们那正题反题合题我还不大明了，就是王摩诘到底能不能作为一个合题存在？作为一个合题他是不是足够完整？是不是足够圆满？我觉得呵，实际上因为你心里还有结，你有一死结，所以你没法（把他当合题），当然了，正因为王摩诘作为一个不完整的合题、不完善的合题，他有足够存在的理由，而这也恰是现实当中我们所可能找到的一个合题，否则的话就过于理想了。

宁：我是在一个抽象的学术意义上称他为合题，而不是现实的合题。但是他自身的那个问题没解决，他怎么能称为合题呢？这就是你提出的那个问题！就是你自身的那种变态还没解决，动不动就得受虐，你怎么能成为合题呢？

林：这点我完全可以理解，就是，他在生活态度上是倾向于和尚，但是他又是一个怀疑论者，在哲学上又和老头不谋而合。

宁：老头觉得这种寺庙里的生活方式太苦了，一般人做不到，王摩诘实际上就有点居士的味道。

林：没错，王摩诘有点居士的味道。但是如果要是就我而言，我觉得，我恐怕连一个居士都不是。但是我倒觉得我更能成为那个合题，就是我身上倘若也有一点哲学可言的话。我同意我的一个学生对我的一个概括：我不是一个怀疑论者，我是一个理想主义者，理想主义者不乏怀疑的成分，但是我以为一个人倘若是一个彻头彻尾的怀疑论者，他的生活中会有太多的不幸，所以我为什么又同意你把这个王摩诘作为一个合题，一、我不认为他是一个彻头彻尾的怀疑论者；二、就是他所有的那种生活态度，那里面是含有许多理想的东西的。

2. 哲蚌寺下的山村

宁：没错！你这概括得非常准确，要不我怎么来找你聊呢。因为，我们回过头来看呵，咱俩当初在拉萨六中那段生活，你说和一个准僧人有什么区别？太像了，那种生活几乎就是哲蚌寺的一部分。

林：对，没错，哲蚌寺的一部分！

宁：我们和那些喇嘛有什么不同？我们生活如此简单，每天过的是精神生活，教学生，思考，读书。

林：哲蚌寺的存在对于咱们来讲，它已不是简单的构成一种信仰，它那种存在是让咱们融入，咱们不是作为一个外来者，而是一种很自然的融入。

宁：而且，天造地设的是什么——就是它不让你有其他的机会，比如你在拉萨那种大街呀，商场呀，八角街呀，娱乐场所呀，有许多物欲诱惑，而咱们这里你出门就是哲蚌寺，是它的视野，你根本就不可能离开它，你走得再远，越走越荒凉就越是它的视野，除非你进城买菜。

林：哈哈，没错！

宁：咱们进趟城挺不容易的，那种天造地设的环境造就了咱们就是居士，就是过着类似僧侣的生活。我们之所以有那些思考，和那个环境极其相关，开门就是天空，你什么时候见过开门就是天空呵？

林：回身就是哲蚌寺。

宁：哈哈，回身就是哲蚌寺。开门就是大自然——你说什么地方能做到这一点？然后是大自然中精神的矗立，哲蚌寺的矗立，你说我们过的什么日子，多纯粹呀，我们竟然有那么纯粹的日子。

林：那时候，咱们真是太纯粹了，连爬山都是为爬山而爬山，纯粹到只有人和山和一草一木的份儿上，那是何等纯粹。

宁：你想，咱们去的哲蚌寺旁的那条山谷，就是到冬天的时候，我记得有阳光的地方都是非常温暖的——

林：潺潺流水，甚至还能开出格桑花来！

宁：而阴影的部分就是小冰川。你还记得咱们和那几个学生一块照的那个照片吗？就在冰川下面，她们简直就是仙女！下面是丹巴乡，和咱们学校一墙之隔。我觉得丹巴乡就是给咱们预备的，它多原汁原味，它附属于哲蚌寺。

林：那不是盖出来的，就像地里长出来的。

宁：没错，是发育出来的！

林：然后一到藏历新年了，哗，经幡一亮出来，就像开了花一样。

宁：没错，没错，太棒了。咱们多少次穿过那个小村去哲

蚌寺,你想那是什么感觉?现在回想起来跟走在画中一样,走
在三维动画之中!那片小树林,所有的层次感都历历在目,那
就是我们的道场,这些东西怎么可能不写出来呢!必须写出来。
实际上这些我在散文里都写过了,但散文就那么零散地发了,
没有引起特别大的注意,当然,在极小的圈内,什么新散文呀
有点影响,但写成小说就是不一样!

林:就大众了。

宁:不,不是,不是更大众了。

林:嗯?

宁:散文是什么,散文是一个给点阳光就灿烂,它是一个
鳞片。小说是什么,小说是建筑,建构世界,在世界的全景中
关注这个局部和没有全景关注是不一样的。比如像丹巴乡,在
一个更大的空间里我们看到它,它是那个样子,如果我们仅仅
只有一点,周围的环境是什么,天空是什么,左右前后都是什
么都不知,这时候丹巴乡的意义就会削减很多。

林:没错,一切都是相关的。

宁:但一旦你把它放在一个大建筑环境里,复原了它,那
个震撼意义就非常之大。我觉得这就是小说和散文的区别,散
文是点或平面,小说是立体的,是世界。不过没我以前写的散
文,没这个基础,《天·藏》就会逊色很多,因为我过去曾用散
文的或鳞片的方式详尽地描写了咱们的生活环境,咱们和学生
的那种交往,家访,再把它放置到小说那样大的架构里,人们

才感觉出西藏非常大的质感。就是说，散文如果不放在一个小说的架构里，仅仅是几篇散文，它的说服力就要小得多。

林：是。

宁：我有一个设想，尽管丹巴乡现在可能已面目全非，咱俩有一天去趟西藏，到了西藏哪儿都不去，就坐在六中附近的一个地方，我们就在那儿坐着聊天喝茶，顶多到哲蚌寺里转转，如果有体力咱们再到以前去过的山谷里看看。包括八角街都不一定去，布达拉宫就更不用去，其他地方什么阿里呀更不用去！咱俩就坐那儿待个三五天，好好回忆我们的一草一木，寻找一下我们的旧地。

林：你说得太对了，哪儿都不去，就坐在六中的门口。

宁：我觉得再怎么变那条山谷不会变。

林：那当然了。

宁：那儿的部分民房民居可能也不会变。你想，咱们走之前，我那班的学生丹增罗央的爸爸，实验室的主任，就已在那儿盖了一个别墅了。咱们到别墅那儿去过，在那儿喝过酒。

林：我有点记不清了，就在丹巴乡？

宁：嗯。盖的是一个小院，铺了草坪，草是从拉萨河弄来的，就在咱们学校边上的那个小邮局附近，你想想。

林：嗯，有印象，有印象。你这计划不难实现。必须得去一趟，没你我去不去另说，有你的话我就得去了。

宁：我们空降过去，或坐车也行，啪，到那儿就不动了，坐看云起时，坐看黄昏，坐看日落，沼泽，这六中边上的沼泽地据说比过去要好，那片大沼泽地你还记得吗？叫拉鲁湿地。

林：拉鲁湿地？那本来就是一片湿地。

宁：然后我们可以去看看那些拉萨河的小支流，那水渠，通向水泥厂的水渠，那条小河流。

林：那条小河，我跟学生们一再提起过。

宁：那比拉萨河给咱们的印象还深，是咱们经常去的地方。

林：一到晚上带着胡子、灰子去小河边。后来你又弄出一阿尖。

宁：嗯，哈哈，阿尖。刚开始，我嫌它在屋厕屎，大冬天给它放窗笼里了，哎哟，它对我那叫不满！

林：哈哈哈！

宁：整天跟我嚷嚷。

林：哈哈！

宁：回忆起真是，明年六七月份或一放假吧，我们去一趟。

林：咱俩之间呀，我始终觉得呵，为什么事隔多年你打我这电话我一听就是你，不是用简单的一见如故能概括的，因为什么？因为心相通。我现在特愿使用心这个概念，我以为它是既大于理又大于情的一种存在，不是简单的理和情所能包容得了的。

宁：因为心它几乎就是一切，你不可能再对心做区分。所以你看我写《天·藏》的时候，咱俩基本上没怎么联系。

林：对，没错，咱俩自《蒙面之城》后就没有联系过，有十年了！

宁：十年了！写《天·藏》让我在西藏又重新活了一遍。但是这里面有相当的难度。就是，这么多因素让它处在一种自然状态非常难，写西藏就像对上帝的接近，但这是不可能的，但我想让它最大地接近。

林：所以你在这点上要来得更有勇气。我这几年一直在回避语言，甚至是在逃避，我总感到语言的局限，更感到自身的局限。

宁：咱俩职业不一样，我毕竟是干这一行的。

林：这个，就所谓现代西方文论讲，文学语言，实际它是把语言陌生化了，它所表现的都是有目共睹的，都是众人皆知的，但是由于它以一种陌生化的语言来阐述，于是它就对人构成了吸引。这是文学，我很认同这个说法。但是这是文学和教育的不同，教育你不能让语言陌生化。你一定要把它普通化，但不是庸俗化，你必须得深入浅出。

宁：教育和这个层面是不一样的。

林：是不一样的。

宁：但是我觉得教育是和文学相关的。

林：当然，当然了。你一直在写作，我是一直在讲故事，我现在给学生上课，我几乎不讲别的，就讲故事。结果到头来有的学生觉得，说他哪儿是上课呀，也有学生说只有这才是上课。

宁：你这是恢复到古代的那种状态，春秋战国时期，庄子什么的不都是在讲故事吗，谁跟你长篇大论地讲课，老庄不都在讲故事吗？他所有的道理所有的哲学不都在故事里吗？

林：其实，我今天有意省略了或者说有意隐瞒了一个话题，我从看完《天·藏》到现在，我得有一个月没联系你，但是我一直在想，结果就在今天凌晨我在半蒙眬状态，就突然在你这本书中，或者说，在你这个人当中，我发现一个新的形象，是在这个小说中你没有写的，但是我分明感到这个形象就在这个小说中存在着，这个形象比任何一个主人公，都让我感动，他不是王摩诘，不是维格，不是和尚，也不是哲学家，不是其中任何一个人，我看到是一个小女孩，我没法给你仔细描摹，但是她就在那个书中，她就是从那个书中来的。

宁：哦，这幻觉太牛了。

林：这幻觉太牛了，后来我马上起来写东西！

宁：我觉得那女孩是超验的，时间之外的一个！

林：当时我迷迷瞪瞪，后来我还使劲地想，我说这孩子到底是不是宁儿笔下的，是不是就是《天·藏》里的。哎，等我完全清醒下来我发现不是，可当我把这写下来又蒙眬入睡了，我又觉得，这就是在宁儿笔下曾经出现过的这么一孩子。又一次被否定，可是到头来实际上她依然是没有，但是，她非常真实地存在着。

宁：没错，她是我们精神的产物。

林：你说的这个太对了，是咱们俩的产物，也许你书当中没有写，但是我分明能够感到，这种感觉我跟你说真是太神奇了！我读任何一本书从来没有过这种感受，而且我也从来没有听人说到过这种感受，谁是主人公呀，突然他们一下都变得失色了，这样的一个孩子，我无法描述。

宁：我觉得就是上帝安排的。这本书直接和你相关。你知道吗，太相关了，咱俩住在一个宿舍，都是那环境出来的，你读那东西那地域肯定会把你卷入。

林：我有二十年没读小说了。

宁：是呀，你都二十年没读小说了，所以我觉得这种卷入感再不会有了！

林：再不会有了。即使当年咱俩所讨论的全不记得了，但是它存在着，它在发酵，它在继续生长，它在升华，到最后幻化出这样一个存在。

宁：虽然当年咱俩具体讨论的记不清了，但我非常清楚的一点是我们当时很想从美学的角度去讲人生，讲世界，讲理论，讲怎样去观照这个世界。我们就想从美学的角度，因为我们在西藏发现了美，发现了那种极致的美，这种美，它和我们所见到过去的理论差之万里。

林：嘿嘿，那是！

宁：让我们简直想云游去讲学，讲怎样去欣赏美，怎样观照这个世界，观照我们的内心，这些都是当时我们讨论的，甚至是坐在宿舍门前和在山谷中讨论的。因为就从那儿产生了讲美学的欲望。

林：对！那段是，我不知道你，反正是我的一生最形而上的一段时间。

宁：咱俩这样，我呢，有一个想法，咱俩搞一个合作，这种合作完全是必需的，出一本散文集，图文并茂，你的文字，我的文字，序言和后记咱俩一人写一个，或你写序言，我写后记。

林：你真是当主编的，三句话不离本行。

宁：哎，这是咱们养的一个盲狗吧？

林：没错！拉巴！

宁：你记得这狗是怎么来的吗？

林：咱俩上后边那小庙里弄回来的。

宁：为什么弄回来？

林：那我记不得了。

宁：当时西藏有一种传说，说有一种袖狗，想起来了吧？

林：哈哈！想起来了！没错，没错！

宁：咱们当时拿了就放袖子里了。完了咱们就开始养着，越养越大，哪是袖狗，后来不仅长大了，发现还是一瞎子！但也养出感情来了，又不能给它扔了。那时咱俩已经搬开了。

林：对，你到下面去了。

宁：吃饭还在一块。

林：你到"王摩诘"那儿住着去了。

宁：这些都是故事。对了，那村里还有一个小寺，你知道那叫什么寺吗？后来我查了一下，那寺特牛，当初咱俩可不知道它那么牛。那个寺叫乃穷寺，不知什么意思，你还记得它供着什么佛吗？那是一大佛，虽然庙不大，三层小庙，但它一直顶到了天，那个佛叫未来佛，强巴佛。

林：噢，我想起来了。

宁：强巴的意思就是未来的意思。那小庙过去政治性很强，当年拉萨有大的格局变化，拿不定主意的事，都要到小庙这儿来跳神决定。包括跟英国人开不开仗，十三世达赖喇嘛跑那儿去，让乃穷寺那儿的一个大喇嘛占卜。他是灵魂附体，有一种法力，他一跳神就一下和上天通了，然后他就在里面直接说，哇哇哇，下边就记录。这不是他说的，是他通了神后说的，就那么神。他作裁决，该怎么办就怎么办，好多事情都是这么决定的。

林：乃穷寺？这么牛?!

宁：对，乃穷寺，就在咱村后，咱俩经常去的!

林：那是呀！咱俩差不多天天去！

宁：哲蚌寺稍远一点，那地方只要稍溜达两步就到了。

林：那什么，胡子就是从那儿弄来的！当时我还记得咱俩在那儿——胡子特小，它妈带着那一群，见了咱们都跑，就是胡子见了咱俩往咱俩胳肢窝底下钻，我给它弄住了，结果还出来一高人，一个和尚，说这你们不能拿走，说你们拿走要吃掉，咱俩保证说我们绝对不会把它吃掉，就让咱们拿了回去，那就是乃穷寺！

宁：那是专门占卜的一个地方。它不属任何教派，红教也行黄教也行，都到这儿来做法事，而且每次那哥儿们通完灵之后，能虚脱好几天。

林：哈哈哈！给抽空了哈！

宁：不能轻易做这种事。

林：不能轻易做这事，这伤神，伤元气。

宁：而且，乃穷寺那是完全按照坛城的观念建造的。西藏坛城的观念有时画在画上，有时画在沙地上，有时是一个寺，乃穷寺是一个特别规范的坛城。坛城是佛教一个很重要的观点，是西方极乐的世界，也是宇宙的观念，是综合的世界观，里面住着时间之神，时间男神，时间女神。你想当时咱们作为一个普通人，咱们天天去那儿，咱们无知无觉呀，结果那地方多牛呀，那里某种意义上甚至比哲蚌寺还牛！

林：没错，当时无知无觉，没想到这么神！

3．一切都不仅仅是西藏

宁：你真是见着西藏了，无论咱俩在什么地方，西藏都会就在咱们眼前，真的，我觉得写完这个《天·藏》我们有了一个存在的地方了，我们建造了一个文字的西藏。

林：为自己，也为别人建造了一个西藏。

宁：真是这样，当我们无法在西藏时我们就住在这本书里，其实那些散文都发过，好多朋友看完以后觉得太牛了，你写出那样的文字，那玩鞋的小孩子——

林：你什么时候把你的散文集给我一本？

宁：我没出过散文集，一直没有顾得上。

林：那你那儿应有电子版。你给我传过点儿来。

宁：也没多少，大部分全搁在《天·藏》里了。

林：所以我这学生跟我讲，就是你的那个东西呀，如果仅从表达方式讲，是彼此之间兼容，但是它是有区分的，明显区分，有的是小说语言，有的是散文语言，有的甚至是诗，诗的语言。

宁：没错，这书非我写不可，各种情况因缘巧合都集中在我一人身上，所有的修养，去过西藏，经历过那一年，哲蚌寺山村的选择，哲学修养，小说造诣，一系列的全都汇集到一个人身上了。

林：就跟这书非我读不能幻化出那个小孩的形象不可。

宁：上帝的安排。

林：这是人作天合，不是天合人作，是人作天合。

宁：因为一部小说要成为一个真正的文学，它必须是在形式和内容上双料的东西。如果说仅仅从思想上或从内容上达到了一种高度，但是形式上没创新也不成；另外，如果形式上仅仅创了点新，内容上苍白，也不行。所以我也觉得真是上天选择了我做这事，我不做永远不会有这个东西。我觉得表现西藏，你必须所有文明的东西都加上才能表达它，你要是弱于西藏，你就永远处于凤毛麟角状态。包括西藏那段历史，那也是我从西藏历史里查出来的，那段历史很精彩。

林：很精彩，非常精彩！

宁：它使西藏不再是一个纯自然的，也不再是一纯宗教的，它还有历史，而且是那么精彩的历史，甚至是关于大写的人的历史。

林：大写的人的历史，非常丰富。

宁：我觉得有了历史这块之后西藏才真正立起来。

林：否则的话西藏仅仅是神秘而不神圣的。

宁：最后它顶多是一个符号。你知道扎西达娃吧，他看完后说想不到我能把西藏写成这样，他没想到我把西藏从这个角度表现出来。

林：所以就是说呢，你说是在写西藏，就是在写西藏，你说是在写世界，它也就在写世界。它绝不仅仅是一个，绝不仅仅是西藏。

宁：没错，任何神奇的东西都应该包括普遍性，没普遍性神奇就是奇观，没什么意义，这就是拉美给我们的启示，也是中国作家没参透的东西。所谓的魔幻现实主义，这魔幻与普世的东西是联系在一起的，而我们这边一魔幻就奇观了，是魔幻了，但是和那种普世的东西，和那种人类本身的东西没有勾连。

林：应该对人有更多的发现，可他们离人远了一点，离物近了，但他可能想我这样离神越来越近，恰恰相反，你连人都到不了，还谈离神近呀你拉倒吧。

宁：任何一个非常具体的东西都和抽象相连。

林：我跟你说，读《蒙面之城》我就发现，你对细节的关注，你的那种对细节的美学敏感，绝对是非常独到的。所以有些时候呀，我看了你的书之后，我就变得非常缺乏自信，我倒不是说我缺乏你对细节的敏感，而是说我缺乏你那种足够的表现力。也许我对某些细节的灵感还在你之上，但是我的表现力是在你之下，所以，我看完了你的东西之后感触很深。而我要说这次还不同，原来我更关注细节，这次就是到了今天早晨，发生质变，就是我现在不再关注细节而是关注结构，一个宏大的叙事，一个宏大的结构，我突然感到，哎哟，那种整体性。

宁：你把这个弄通了，结构弄通了，你就知道为什么会有这样的细节。

林：对，对！

宁：细节的重要性与宏大的结构是相关的。所以不管别人怎么说，写完这本书我都觉得无憾了。我多少次想起你来，包括作品没完成的时候，但是一定要等完成再说。现在咱们又见面了，你记得吗，当年咱们住的操场都是上坡的。

林：你最出乎我意外的是，在咱们那房前篮球场上，你还展示过你的那一番功夫，好家伙，当时练起摔跤了，我说宁儿怎么还有这功夫！

宁：对对，咱们房前就是球场，过了球场就是我那藏族预备班。

林：那有一排教室。

宁：过那排教室就是操场。

林：然后就是"王摩诘"那排房，你给菜地设计到那儿了。

宁：对，那原是老王的菜地呀！我在小说中给搬下边去了。哎，他们说那菜地写得太精彩了，那么一个小事，居然能够和那一年联系起来。他们说特逗的是菜地被毁，一开始他还特正义，是一个受害者的形象，真理被践踏成这样，最后过犹不及，慢慢别人也不再关注了，他也变成了垃圾旁边的垃圾了。

林：特荒诞！

宁：巨荒诞！他成了垃圾的一部分了，也就是说，那么一个当初正义的事，被历史冷在一旁，最后走向自己的反面，成为垃圾。你不可能让所有人都像你守着历史现场/垃圾，别人大多数人的生活迫切地开始了，人家都前进了，哪怕你这块再痛苦，生活、时间也要往前走，然后人们走到很远之后，回头一望，你丫怎么还蹲那儿守着呢，人家会觉得你丫不可思议，你有病，像个拾荒者。

林：没错，也许当时你给人的感觉还是一悲剧性的人物，到后来你只剩下悲惨了。

宁：所以为什么王摩诘喜欢那种受虐呢，必须得找穿制服的女人——

林：哈哈哈！

宁：他正常了就无法表达自己，每次都必须经过虐待才能行事，那种恐惧被虐之后才能释放出来。所以，这和咱俩那年的那个晚上在一起的感觉就接通了！

林：没错！

宁：打通了！你知道你牛在什么地方？你牛在经历了我小说中的两个时空呀，而且两个时空都是极重要的时空，这太神奇了！

林：所以这不是能用缘分所能说清的，我说不清那是一种什么感觉！

宁：你和我的一本书的经历是前所未有的。我再说句实话，如果没有咱俩那年的那天晚上，我写西藏的动力未必有这么大，充其量可能就是写些散文而已。所以，这两个东西简直是绝配，我真觉得说不清谁轻谁重，上帝把两件事降临到我们头上。

林：弥足珍贵。

林：你那个书我看完之后有一段时间了，但是一直放不下，结果就是到了今天凌晨时，我突然觉得我不仅仅是这本书的读者，我同时也是这本书的作者。这本书当中有我的东西在，你中有我，我中有你。

宁：冥冥中在安排咱俩经历这个世界，然后具体由我来执笔孜孜不倦地进行表达。假如我没走上这条路，这段历史也就没有了。

林：没错没错，也就湮灭了。

宁：而我，我在这条路也是特轴的人。

林：轴！轴！

宁：所有的信息都没失掉。

林：最后的实现是非常圆满的一个整合。

宁：因为你想，如果没有咱俩那种散步式的在村子里，在哲蚌寺，在那种山谷里，在水泥厂，去家访，走过拉萨河那个支流，那老太太——那里边写了一个白内障的老太太——给咱们送鸡蛋，没有这些个元素，你想呀，这本书就非常空落。

林：对，对，你感受太真切了。

宁：是吧？

林：太真切了！

宁：这个东西的力量太大了，说不清有什么神秘的力量。

林：就是——当初你对西藏的那种感受和体会，用得着你那句话，你已经不仅仅是在用眼睛看，用脑子想，它完全是一种，就是，只有用心，用生命去诠释，才能有的那种东西。

宁：所以，最开始是我和穆儿去水泥厂那条路，后来就是咱俩，咱俩到甘丹那儿，到实验室去，到谁家也好，都一块，在那儿喝点青稞酒呀酥油茶呀，过藏历年呀。一方面这书需要这种东西；另一方面，正是这种东西产生了这本书。就是说，有了这种东西就应该一定要在这之上建构出一种东西，不仅仅是西藏。

林：一定不仅仅是西藏，它源于西藏，不应止于西藏。所以你说这本书把西藏写尽了，但是，一个新起点，又开始了。其实你本来也不仅仅是在写西藏，你写的远在西藏之上。

宁：这点扎西达娃也看出来了。

林：远在西藏之上。现在已经有越来越多的人去过西藏，但是他们对西藏的那种感受不足挂齿，而且实际你对西藏的感受、你对西藏的理解、你对西藏的解读也不仅仅是西藏，是有着你对人的解读，对过去人、现在人、将来人的解读。然后，你以西藏为平台，建构了你的心。

宁：对，不管是我叙述了什么，都围绕着一个核心，就是人，包括马丁格的选择，他父亲的这种质疑，维格家族的历史，最后都聚焦在人上。

林：这就对了。

宁：我不写完这本书有点怕去西藏，为什么说呢，就是它那儿一变化之后，比如包括咱们六中那附近改变了之后，我会觉得它对我是一种摧毁，就是说，如果我没把那个世界用文字固定下来之前，我要去了就把自己毁了。

林：那就把原来一切消解了。

宁：那就和我原来那个东西不是一个味了。

林：没错。你的这个做法是非常有道理的，肯定是这样。所以你必须保持原始记忆。

宁：这种原始记忆比现实的东西还要坚固。

林：但是它又很容易被现实的东西所消解。你一旦去了之后面目全非了，对你是一个涂抹，不是加深而是消减。

宁：你看，窗外边的阳光，看到它我就想起冬天拉萨河滩那白卵石，那种反光，是吧，咱们经常没事就到河边去了。

林：咱们从那个叫什么，对，七一农场，穿过去就是拉萨河。

宁：不是穿过七一农场，是穿过十六团。

林：对对，十六团！

宁：咱们还到十六团给人讲过大学语文呢，你记得吗？

林：当然记得！

宁：咱们六中东边左手是雷达团，雷达团的对面是十八团，那十八团是一个很神秘的地方，据说是一个特务团。

林：噢，不是，那不是他们那党校吗？

宁：对，就挨着他们党校，叶晓园的党校。

林：晓园！叶晓园，咱仨，还有董卫，一块上哲蚌寺后面的丕乌孜山！

宁：对，爬那圣山！

林：还弄回三条大狗来。

宁：咱们那时挺作孽的，后来给咱们杀了，里面还有小狗呢。

林：不，不，那怎么是咱们干的事呢！

宁：噢，那是另外一回事？

林：那不是咱们干的事，弄回来之后咱们一直养着，后来被七中来的一个人一枪给打死的。

宁：噢，对，我想起来了，小口径步枪！

林：没错！小口径步枪！

宁：那是七中的？

林：七中的！就是上咱们这打狗来的，是张什么的东北那小哥儿们。

宁：张际凡。

林：张际凡，他们把那打死的狗给宰了。

宁：杀了后看见小狗了，那罪孽！

林：罪孽！

宁：那三条大狗多老实呀，跟着一路下山。

林：要不我老说，咱们是有狗缘的。

第二部分

时间：2010 年 11 月 9 日 9 时—15 时
地点：晨光家园至迁安高速路上
林跃驾越野车，仿佛在青藏高原上

1.　隐秘的机缘

林：我跟你说，当时我是分到拉萨一中的，后来好像是因为穆，给他分到六中他不干，他说凭什么我们就分给六中。后来我就跟董卫商量，我说咱们一帮小青干脆我就跟他们一块吧，结果我也去了六中了，你想我跟董卫这种关系，穆还有什么可说的。这也是某种机缘，否则咱俩住不到一个屋，守不住那哲蚌寺。你说没事待在一中干什么？

宁：没错，要是待那儿可就折了，一点儿西藏的感觉都没有。要在一中你说你到郊区看看，那也不过就是去去，你没有一种土著的感觉，没有跟那儿同呼吸共命运、生长的感觉，怎么能真正感受那儿。

林：那可不是，我们前面是拉萨河，后面是哲蚌寺，那什么感觉。

宁：你长期居住和在那儿玩是完全不一样的，就像你说咱们和北京郊区有关系吗？有的地方也很棒，你也玩过许多次，

但没生长的感觉，你和当地人没关系。而咱们在六中等于住在
那儿了。

林：咱等于长在那儿了。

宁：当时我不知道我是怎么去的六中，但我知道我分到六
中特高兴。

林：我想去六中一是当时头儿比较难办，再一个在那之前，
在成都的时候，咱们两个已经有了最初的了解，我就已经隐约
感到咱们俩是哥儿们，还有在咱们分配之前，曾经组织咱们去
过一次哲蚌寺。

宁：噢，是吗？

林：是呀，我那有一组黑白照片，是在咱们分到六中之前
去哲蚌照的，当时就路过六中，当时我就相上这块地方了。

宁：噢，当时你就看上了，我当时一点儿印象没有。

林：当时一辆车给咱们拉过去，六中旁边不就是雷达团那
条路吗？

宁：咱们刚到拉萨住那地方就离六中很近。

林：没错！离得非常近！

宁：是农垦厅招待所，就在西郊，那招待所几乎就守着小
河边，我记得招待所后身就有一条小河，在院子尽里面，在一
个墙角那儿。

林：没错，没错。

宁：当时让咱们不要活动，哪儿都别去，就在床上养着，

喘气。

林：不能出院，全都跑小河边溜达去了，那儿很美！

宁：但是咱们私自去过一次布达拉宫，没上去，在下面小广场，你、我、董卫、穆。你想，咱们在六中时董卫、吴东伟来看咱们时，咱们觉得还挺高兴的哈，是个节目哈，有亲人来探望。我觉得西藏成为我们生活中非常重要的部分，而且这种重要性是持续性的，不是说过这村就完了。

林：它会发酵，升华，会不断升华出新的东西。

宁：它对我们的人格的影响非常巨大，包括你的那种特立独行，都和西藏有关。所以有些作家重复自己，我说我根本没办法重复自己。我的四本书都不一样，我没办法写一样的东西。但写得最认真的是这本《天·藏》。《和尚与哲学家》这本书真是救了我，没这本书就没《天·藏》的精神氛围，你想那父子俩往我作品里一搁，王摩诘再跟他们一掺和，那是什么劲头，而且，王摩诘那种修行智慧也不次于他们。

林：那是，有作为合题的资格。

宁：有作为合题的资格！但是又有中国特色，带着中国的根深蒂固的东西，也就是说要表现王摩诘必须有马丁格这父子俩，这个国际背景，这种背景下才能确认他的价值。正因为他有这么好的价值，他那毛病（受虐）才让人可惜，才更深刻地看出我们的问题。

林：这，这非常深刻，太深刻了。

宁：你想，我们已到这种程度了，知识水平已国际化了，却这样活着，多难受呀，内心多荒凉呀。

林：让人从头凉到脚。

宁：那么《天·藏》就有了批判性。

林：巨大的批判性。

宁：对不合理的，违反人性的硬性东西的批判。

林：主要是咱们把传统割裂时间太长了，现在一天到晚讲什么国学，其实仅仅是皮毛，真正该得到的东西远没有得到。

宁：我跟你说，我不知道你去过那种大型的迪厅没有，我去过朝阳公园的滚石，几千人在那儿蹦，我跟你说嘿，那种动物性，就像一群虫子在那跳，摆动。

林：你说起这事，我也告你一耸人听闻的，我没去过迪厅，可是你一提到这帮人，你一使用这样的比喻，你知道我马上想到了什么？云南，热带雨林，人一进去，下过雨之后，绝对让你毛骨悚然，浑身起鸡皮疙瘩，一平方米之内，数百条蚂蟥，都立起来了。没错，没有思想，只有本能，你一说马上就让我想到了这个。

宁：没错，太对了！我跟你说现在人就是这样，虫子！为什么允许蹦？无害！

林：对，这种人再多再闹，无害！需要的就是这个。

宁：所以你说我能不写虐恋吗？写制服，我们怎么能释放自己呀，王摩诘必须在被抽打中在戏仿中才能得到释怀。

林：这种东西必须得用鞭笞。

宁：对呀，只有那鞭笞之后才能折射当年那种情景、那种痛苦，再通过一种戏仿的形式释放。戏剧起什么作用，就是把人的痛苦再演一遍，人就释放了。为什么人爱看悲剧呢，就是因为我们经历过悲剧，通过看释放了。

林：把美好的东西毁了给人看。

宁：两大主题呀哥儿们！真的，我写完这本书之后，我什么时候都特踏实了，无憾了。

林：完全可以无憾了。

宁：对历史对记忆——

林：对人生，对社会，对自然，对宗教，对美学，对自己都是个交代。

宁：我感觉就我一个体而言，我真无愧于这个时代了。

林：非常对。

宁：你说咱俩怎么就凑到一块了？在人生最关键的点上都赶上了。

宁：你要说光有西藏——那种感觉当然已不容易，但是这种感觉从别人那里也多少能找到一点，但是你要说再加上那一年，就是完全不易的。

林：如果没有西藏的话也不会有后来的那一年，我们也不会认识，我也不会半夜去敲你的门，就不会有这部《天·藏》。

宁：没错！对了，你那时已在师院了？

林：在了，我正好研究生刚毕业，但又没正式参加工作，那会儿正好是一特闲的时候。到暑假开学，我带了一个大专班，当班主任，上他们的教材教法课。结果这班上有学生向系主任反映，说他们没见过这么差的老师，说话语无伦次，我心想，我怎么讲得好课，我内心没一句话想说。而且，我老嘀咕咱俩跟北大学生那录音呢。

宁：哈哈！

林：所以，我上哪儿找伦次去？没伦次，没法儿伦次。

林：所以后来我总在思考我的职业本身，我到底应该做些什么样的工作，原来我总是觉得应该告诉孩子你怎么样做自己，怎么样少走弯路，可是后来我发现弯路它比直道更有益，所以我现在只告诉他们应该发现你自己，实现你自己，超越你自己。但是你怎么发现，怎么实现，怎么超越，我不管你。

宁：对，你有你的风景，每个人都有自己的风景。

林：对，我只告诉你那是一个方向，你不要活得像别人，要活出一个自己来，但是什么样的自己我不告诉你，因为我也不知道。

2. 当年，那个半夜写诗的小青年

林：我一边看《天·藏》，一边在想着二十多年前，我所认识的那个毛头小伙，那个文学青年，老闹我的觉，半夜三更写什么诗。

宁：哈哈！

林：哎哟，看完了我就想，你呀，真是经过太多次的蜕变，一次蜕变，一次一次凤凰涅槃，一次一次的重生。最后才他妈有《天·藏》。这点，说实在的让我由衷敬佩！真的，宁儿，我告诉你，你是用不着我夸你，我只是说一说我的真实感受。你当时给我的感觉多嫩呀，在《拉萨河》发表点诗，怎么了，发吧，能怎么着，还，还老闹我的觉，你他妈下边去吧你。

宁：哈哈！说实在的，甭说那些，就是从那时候活到现在就不容易，你还要一层层皮地蜕，太不容易了，还要苦心孤诣在那儿寻找，简直是一种修行。

林：没错，真是一种修行，需要耐得住太多的寂寞。说实在的，我绝对耐不住。

宁：我跟你说，我曾经打过一比喻，我说我写东西像给自己熬中药，这中药必须得煎到火候，一遍又一遍，最后自己都成了药渣子了。

林：你不是在熬中药，你是在把自个儿当中药熬。

宁：对，就是，就是把自个儿当中药熬！熬！熬！

林：熬完了之后养别人，不是变成药渣子，是药精了。

宁：作品出来，人真是成渣子了，真的。

林：作品变成药精是以作者变成药渣为代价。

宁：然后我说我在阅读自己作品时就像自己给自己治病，

喝自己的中药，这中药是从我身上熬出来的，掘根自食呀。

林：掘根自食。

宁：熬到现在我还能活着，真不容易！

林：所以，在读《天·藏》的时候，我就想，其实我对西藏的感受，对西藏的敏感，包括很多的细节，至少不差于你，我不敢说我比你多，至少可以说是等同的，但是，在表现力上，我是远不及你。

宁：我们职业不同。但还是需要开发它，传达它。

林：对，开发它，传达它。

宁：而且，我传达出来后又激活了你过去没意识到的东西，又使你一下呈现出来了。

林：对！不是以前对西藏的开发，而是对以前的我和现在的我有一种双重开发的欲望，也许我并没准备更多地去开发西藏，但是我准备重新开发我自己。

宁：对，西藏和你自己的生命，两个融合在一起了。这么多年的修炼，很多东西已混成一团了。

林：对，混成一团了。

宁：有时候，也不分什么是西藏，什么是自己。所以我还打过一个比喻，我说从西藏回来好多年没写东西了，我说，我去西藏是为了写东西，但是没想到西藏反而制约了我，反而使我写不出东西了。它就像一个监狱把我关了十好几年，经过了时间的沉积，发酵，囚禁，再把我放出来，再表达。

林：哈哈哈。

宁：得有这么一过程。

林：得有这么一过程，而且这个过程是一个非常漫长，非常痛苦的过程。这绝不是一种仅仅耐得住寂寞的问题。

宁：不是，绝对不是。

林：仅仅是寂寞它并不痛苦。

宁：对，对！

林：不过，说实在的，当时的《蒙面之城》我看过之后，我就觉得你已经完成一次蜕变了。

宁：对，那是一次。

林：那绝对是。而且，我老婆吧，看了《蒙面之城》。

宁：噢，你老婆看了《蒙面之城》了？

林：看了！而且，她比我看得全。我为什么不敢说《蒙面之城》我详尽地看过，我有些段落看得快，她几乎是逐字逐句的，她跟我讲，这《蒙面之城》绝对是一本好书，非常有感情。你别看我对我老婆的文学解读能力并不太看重，但女人的直觉，她对生命生活的那种感受，我觉得她是足够了，而你的《蒙面之城》让她引起共鸣。

宁：《蒙面之城》应该说是《天·藏》的前史，就是马格这个人，从他的视角展示他的一生，包括西藏。如果说马格是一个感性的人，那么王摩诘就是一个理性的人物，智性的人，马格也很激发人，他激发人的活力。

林：他不是激发人的内省。

宁：王摩诘激发人回到智性上来，那种思考上来，这两本书相隔了十年。

林：但是实际上在笔法上有很多相同之处。我在师院中文系我们教研室有一很好的哥儿们，这哥儿们也好写诗，但更多写的是古体诗，而且确实有文学性，诗词歌赋，他是很通的。有一次偶然的，一块到外面去开会，半路上，不知道什么原因，说到你的《蒙面之城》，他说他从广播里从头到尾一遍不落地听了《蒙面之城》，哎哟，他说那小说太奇了，写得太精妙了，今儿落下了明儿他得补上。

宁：行，我回头给你整一套广播的那个，四十集呢。

林：有点改动没有？

宁：有，他们改的。

林：他说，一开始他没太在意，听了第一次之后，他说哎哟他就被它吸引了，他说然后他始终在听，一直在听，他是听完了的。

宁：首先《蒙面之城》的语言方式和所有作家的语言方式不同，用的是比较本真的语言，经过我自己过滤的那种语言。它有许多读者，加上我那张照片，人们以为我就是马格呢。那大长头发，扫帚眉，还是你给我照的呢，咱们，你记得有一次，咱俩照了好多特写吗？

林：是呀，互相照了好多，我弄了一个跟希特勒似的照片。

3. 取自感觉源头上的语言

宁：有一批评家说《蒙面之城》是打破语言秩序的语言。就像刚才说的，我对语言的追求是从源头上寻找语言，直取源头上的语言，能不用成语就不用成语。

林：哈哈哈！

宁：能不用大家说习惯了的词就不用，找到自己又平常又贴切的表达。

林：又是属于你自己的表达。因为现在确实有一批作家也许在内容上有些个性，见解上有些独到，但是他们的那个语言是别人的，不是自己的。

宁：或者说是公共的语言。

林：公共语言，被工具化了的语言。

宁：什么一形容天，就天高云淡，云绽天开，什么月上柳梢头，人约黄昏后，就这种现成的语言你甭想在我这书里找到。

林：当初写下的这句诗那绝对是千古名句。

宁：对，很多人都觉得开头或者觉得就用这个吧，而弄不好还觉得自己挺有学问，你看我这引经据典的。

林：我知道的多，我有修养。

宁：都属于陈词滥调。

林：如果它要不被后来人一再引用，它还不是陈词滥调，依然是千古绝句，但被后人一再使用了之后就成了陈词滥调。

宁：实际上有些词由于过度使用已用废了，报废了。

林：对，已废了，哈哈哈！

宁：再比如说，政论文议论文里有时恰到好处引用成语还可以，画龙点睛，但是文学描写与交代性的语言一定不能用这种成语。我的原则是什么，如果我不能用一种新的语言表达，比如那种景色，或人物交代——

林：宁可不表达。

宁：不是，我就宁可用最朴素的语言最平白的最日常的最基本的语词表达，我不知道你记不记得鲁迅的《狂人日记》，开头给我印象特深，"今天晚上，很好的月光"。

林：那是连小学一年级的孩子都会写的。

宁：对！非常的明白，今晚月光很好，它就不像说，"今晚月光如水""皓月当空"，那成什么了！

林：哈哈哈！

宁：它就不像烂文人经常写的，它就一下回到最根本最原始的语言，今晚月光很好，我靠，多本真呀！什么月光如水，同"今天晚上，很好的月光"相比，"月光如水"就像妓女，前者才是少女！所以，我说语言，如果你不能出新就回到本真上来，回到这儿来。

林：太对了！这对我是一个重要启示。

宁：包括叙述一件事情，你就回到这上来。

林：回到原初。

宁：哎，回到原初，回到最朴素，最准确。如果你有创新，你就用创新，没创新就回到这上。我就从来没用过"皎月"这个词。

林：我没你那么清晰，给自己主动提出一种要求，我要不然就完全创新，要不然就回归原初，我觉得我好像就只能这样，我会本能地那样去做。

宁：你看鲁迅那个我家门前有两棵树，一棵是枣树，另一棵还是枣树，这个意思的表达只能用最普通的语言，换什么语言都不如这种语言准确。你怎么加工都不是这味道，所以你说鲁迅为什么在中国浩瀚的语言当中脱颖而出，最后玩一个"今天晚上，很好的月光"，把所有复杂文人都超越了。

林：嘿嘿。

宁：哈哈哈，你说他多牛。

林：明白如话，清水出芙蓉，天然去雕饰，绝对是最高的境界。

宁：这就像语言的一个底线，你时刻就站在这个语言的底线上，站在最基本上，不跨出是不跨出，一跨出就一定是达到另一个极致，是别人无法超越的，要不然就退守到底线上。

林：对，要不然就退守，没错没错，把握住底线。

宁：绝不能既不退守底线，也没创新，使用那种华丽的似是而非的人云亦云的现成的。而且，我觉得托尔斯泰对语言说得对，他说，我对语言的要求第一是准确，你首先一定要给我准确了，然后，再考虑生动。不准确您就考虑生动往往可笑，可多少人是这样？而什么是最准确的语言呢？常常就是纯粹的陈述句。

林：对，"今天晚上，很好的月光"就是陈述句。

宁：是什么事就说什么事，你比如我那《天·藏》的开头，就是一个陈述句，就没任何形容词，"我的朋友王摩看到马丁格的时候，雪已飘过那个午后。"

林：雪一样的干净，用雪一样的干净去写雪。

宁：是呀，这种语言看起来很简单，多简单呀，什么雕饰都没有，就是陈述一个事实。事实是什么呀，就是"我的朋友王摩看到马丁格的时候，雪已飘过那个午后"。没任何多余，可是这一句简单的话里包含了太多的东西，一句话里包含了三个人物，我，我的朋友，马丁格，三人就有了。

林：该交代的全交代了。

宁：还有三者的关系，然后是景色，时间。

林：容量巨大。

宁：你说简单不简单，是最简单的，可实际要通过多少复杂的手段才能找到它？我最终找到这句话，这个开头，太难了，多少个开头之后才有了这个开头。

林：干脆什么时候，我给你一建议，你这本书不是写完了吗？是吧，你不都已经无憾了吗？你不可以释然了吗？可是如果你还有事情想做的话，我建议你去大学教书去，大学里面现在已经没有会教书的了。

宁：我这次，不是上了一次鲁迅文学院吗？我主持了他们的沙龙，等我一讲，许多人强烈要求我多次讲，我每次对同学的点评以及我对文学观点阐释，他们都爱听，而我都不用特别地准备。

林：是呀，你还用得着什么准备，因为你准备了太长时间了，你一生都在作准备。

林：就跟我上课似的，我跟你讲，我打当初在一〇一当教师时一直到现在在首师大吃这碗饭，我就是在西藏写过几份教案。

宁：哈哈哈。

林：是因为那时候拉萨教育局要检查，我是看在吴忠全的面上，说你们是北京来的，倘若如果你们也不写教案，那别人就更没法说了。说你得给我写几份，我还真的给他写了几份，但那个空前绝后了，以后再没教案那一说了。我可以说我从来不备课，但我又可以说我每天都在备课，我每时都在备课。

宁：有时越备反倒不知道说什么。

林：就为咱俩这次来，我知道是会说到《天·藏》，但是我从来不去考虑细节，我不会去细想，我知道到头来自有话说。

宁：是呀，我们心里面充满了这些东西。

林：要细想你倒把自己局限了，不去想到时都会想起来。

宁：要是你老想那东西就麻烦了，这和你那个真要说的东西就背离了，是吧，就不原汁原味了。我们现在想的都是我们现场刚刚想起的，很自然的流露。

林：对，而且没准这样一个碰撞它又生发出一些新的东西。

宁：这么快乐的日子哪儿找去？

林：哈哈，哈哈哈。

宁：我靠，像咱们这种高速公路上聊天也很少！

林：很少！

宁：何况，聊得这么投入，也就是我信任你这个开了十五年车的老司机，要不然我也真不敢跟你这么聊。

林：哈哈！

宁：因为我也开车，我知道呀，可以把握。

林：但是实际上还有一点隐忧，实际你坐着我这车时时面临危险，就像我自己的大夫说的，你这脑瓜这血管堵上是随时可能的。不过我现在已不把这当回事。我现在真是，其实我早就想来这儿，原因我想找一合适的人，找我一学生，后来放弃了，不是出于对我自己不放心，是出于对学生的不放心。主要是现在的孩子爹妈太不放心孩子，哪像咱小时，爱哪儿哪儿去。

宁：我小时要在家待时间长了家长就说了，你怎么老在家待着？

林：没错！你没关系，咱俩拉萨都去了，我就敢说这话：我跟哪能出事，跟谁出事，我跟你这出不了事，因为心里痛快！人在痛快时是不会出事的，而且即便就是痛快地出事，我也是无憾的。

宁：没错，痛快就是通了，通则不痛。人什么时候颠三倒四，就是不通的时候。突然出现惶惑，慌乱，才出事呢。

林：咱还怕什么！

宁：怕什么！

第三部分

时间：2010 年 11 月 26 日 11 时—15 时

地点：海淀黄庄金钱豹

1.《海鸥乔纳森》

林：当年，二十五年前，咱俩先一屋住着，然后坡上坡下住着。上回跟你说过，为什么坡上坡下了？那会儿你正值文学青年呢，我受不了你那晚上没完没了地写诗，哈。

宁：而且是发烧级的文学青年，一写就写半宿。

林：何止，何止半宿，要半宿我倒也忍了！

宁：噢，还一整宿呢？

林：好，你那时敢通宵达旦地写。现在，咱俩虽然一城东一城西了，可是你这家伙一来呀，又给我闹腾得不善，一下让我想起二十五年前了。我跟你说我这段时间的感觉和二十五年前睡不着觉的感觉完全一样，目赤，什么冒烟，牙床上火，那简直罪过大了，一想到二十五年前你就把我闹成这样，二十五年后你还能把我闹成这样，哎，你可以！

宁：你想我这二十五年修炼容易吗？一直，就这么坚持不懈！

林：所以，我就一直在想，实际上，你的那个《天·藏》你说是西藏就是西藏，但那绝对是你眼里的西藏，是你心里的，那绝不仅仅是西藏所能含有的。

宁：我觉得某种意义有点像桃花源的那种感觉，尽管不是完全的不知有汉无论魏晋，但是又创造了一个我的西藏，就是我的一种理想的精神家园。

林：我要说的正是这个，与其说是《天·藏》，不如说是天堂，你心中的西藏实际就是你心中的天堂。至少是天阶，是通向天堂的阶梯，也许还没到天堂，但是这种东西是接近了。还有就是咱们两个诸多方面的那种不谋而合，让我觉得这种东西不可思议，我没想到二十五年之后咱俩碰到一块还有这种感觉。

宁：还有这么大的共鸣，诸多的重合。你若不去西藏我跟谁去西藏？坐那谁了解我？我的那种感觉，只有咱俩，哪怕就坐在六中的坡上。

林：哪怕就坐马路牙子上。

宁：那种感觉都完全不一样，而且我觉得当年就奠定了这本书。

林：当年就奠定了这本书。

宁：因为当年咱俩有一个非常重要的理想，就是对人，对自然，如何审美，审视人生，有特别的感受。

林：对人，对自然，对自己，没错！

宁：我们当时有特别直接的对人和自然的那种关系的认识，那种感受，我们甚至想用这种东西讲遍全国。我们觉得我们发现的这东西才是真正美的东西，人的东西，真的东西。我们当时有冲破一切意识形态的那种陈旧的东西的冲动，我觉得我这个（《天·藏》）就是实现了咱们当年的愿望。你想，这个愿望实现之后，你读到这个东西，那肯定有裂变的感觉，你有那个基础，别人没有。

林：不是，尽管我有殊途同归的感觉，但你毕竟是在文学的这条道上，我是在教学这道上。所以当时我想到，我最初读《天·藏》，读过了回头想《天·藏》，后来我为什么又想到咱们俩在一块又有很多要说的，因为尽管你是文学，我是在教育，但咱们共同的指向是人。

宁：对，对！就是当时我们意识到最本真的那个大写的人！

林：你是把你对人的本真意义的人通过文学的样式，散文也好诗歌小说也好，表达出来了，我是在通过教育，告诉学生我对人的理解，对人活着的意义的理解，而咱们两个的这种对本真的理解和把握是一致的。

宁：我们两个我觉得就跟在西藏大树根下往那儿一盘，盘了两年，所以不管我滋出什么叶来，你滋出什么叶来，我们都是同一根。

林：同一根。

宁：同一根，在这根上我们是非常明确的，所有的东西都是从这根上来的，所以一切都是那么不同。我读了你写的那只狗，胡子跟那狗，那来来回回吃饭的，有点像是一个寓言的故事，然后胡子还欺负它。

林：你不记得那老胡子了？

宁：我怎么就不记得了？我模模糊糊，还真有那么一只狗？

林：那，那可不是真有那么一狗吗，一老黑狗。

宁：是什么时候？是初期的事，还是？

林：是胡子和灰子都在的时候，那就是第一年的事，因为第一年暑假我就回了北京，你去了亚东，然后就那段时间拉萨闹腾打狗，老玺就把胡子和灰子拉到色拉寺那边的郊外给扔了。

宁：噢！

林：老胡子是在之前，所以是第一年的时候。

宁：我记得不是特清楚，但又很熟悉。我发现你呢，受一个事物影响非常大，就是那个《海鸥乔纳森》。

林：哎，我正要问你这个，那天咱俩没扯这话题。

宁：就包括你最后用故事的方式来讲学，就是《海鸥乔纳森》这个故事的寓意对你产生了莫大影响，你在西藏给我讲过这故事，我想起来了，当时讲得我非常激动，震撼，我印象特别深。

林：这我还真忘记了，因为当时呀手头上没那本书，就没带回去，后来你一说，哎哟，一下想起来了！我无论如何不可能不跟你说，因为那个《海鸥乔纳森》对我影响至深。那本书我一再地读过，但从不敢说读完了。

宁：我觉得是这样！它就是一个寓言嘛，是吧？海鸥飞得那么高，其他鸟飞得那么低，后来集体反对它，劣质反对优秀的东西，使优秀不被理解，孤立，集体对个人的泯灭。

林：对。

宁：当时印象非常深的，你所写的那个故事，都有点这种影响，它来它走了，那只狗非常的孤独，我觉得看到后面非常动人。故事的语言也非常简洁，我觉得你的知识结构，你的整个审美的这种框架和方式，一个是《海鸥乔纳森》，一个是老庄的东西，这两个传统交织在你身上，你知道吗，一个中，一个西，《海鸥乔纳森》呢，我觉得它虽然和老庄有相似的地方，但是它更指向人性。

林：对！

宁：老庄呢，并不直接指向人性，而是更指向思辨，用玄学性、寓言性给你讲一个道理。哎，我发现，中外寓言的区别就在于，玄的这方面，国外不如中国玄，但是直指人性根性的那种东西，老庄不如外国人，像海鸥利文斯顿这样的文本。这种寓言，包括伊索寓言，从来就是指向人的肉身的根性的。实际上，我们接受的是这种根性的东西。你的那几个学生，我觉得对你的回忆，对你的评价，听讲课那种激动，让我突然想起，这要是咱俩一块给他们讲课，咱俩对话，然后他们再提问题，那种交互，那得产生多大的教学效果！

2. 身教与现场

宁：看了你的学生对你的回忆，你写的东西，学生那种渴求，以及你所唤起来的那种真诚感觉是很感人的。我突然产生一种幻觉，我要是加入进去，咱俩在讲台上一边对话，学生坐在一边，那种得是什么效果，我们说的都是那种生命最精华的东西，有知识性，有直接性，我们最大的特点就是我们的知识和我们的生命是结合在一起的，不是分离的。现在大学那些人讲的都是分离的，学生能吸收多少是多少，跟吃钙片似的，吃一瓶子未必能吸收多少。

林：这个套用《和尚与哲学家》的观点，就是实际上咱们的生命就是咱们所要传授的知识本身。

宁：没错！

林：那个知识与生命是融为一体的。

宁：融为一体的！

林：所以到头来知识本身就变成它所执行的使命，这是最厉害的。我们并不希望学生效仿咱们的生命轨迹，但是要让他们知道，生命是可以这样绽放的，生命是可以这样度过的，它能够在一个不断完善、不断超越过程当中升华。就是至少给他们提供一种示范，你可以不接受，你也可以（变轨）参照，但是你要知道曾经有这样一种存在，而且这个存在肯定会对他们构成影响。就类似我那学生的作业，我那儿有一堆。

宁：而且学生也开始虚构，开始讲故事，讲的那故事，哎哟，我觉得挺感人，其实学生的可塑性是非常强的，而我相信这个学生遇到这个老师对他的影响要比别的老师要大得多。中国有句俗话叫"言传身教"，言传是足矣了，身教这研究可缺太多了，而且是咱们特别大的弱项，非常肤浅。一般来说，身教就是你是什么榜样，其实，这身教得是一个场，一个活的东西。

林：没错！

宁：而不是说我告诉你我怎么过来的。

林：不是，现在的问题是有很多的当老师的人，他并不跟学生讲他是怎么过来的，总告诉学生别人是怎么过来的，鲁迅是怎么过来的，孔子是怎么过来的，而那人跟讲演者"我"无关，他们对"我"来讲就是混饭吃的饭票，跟他的生活有关，跟他的稻粱谋有关，跟他的生命无关。"我"所讲授的这东西完全是在我之外的，甚至我传授的是我不信的东西，也跟真的似的跟学生讲。

宁：所以身教这块，得像咱俩这种，是一种"场"，是"活"的，现场感到我们讲授西藏、讲授文学、讲艺术，是我们生命中所刻画出来的那种激情，呈现那种对事物的把握，那种透彻性，这个时候，让学生真的能从你身上感到一种核裂变的东西，那，我才觉得是最重要的身教！让他们临场感受你对他的辐射，所以我们古典的道理有偏废，我们这身教别提多僵化了。

林：但你要想身教呀你的那个生命本身必须得有质量，有价值，否则的话你身教什么呀！

宁：是呀，你要整天营营苟苟的，你还身教呢，你都没一个主体你怎么身教？

林：还有，所谓身教就是不言之教，中国人非常讲不言之教，咱们两个去一趟迁安去找陈雪，那实际上也是一种不言之教！

宁：对，是对她一个震撼，一个感染。

3. 西藏意味着审美的解放

林：我本来今天就想带一个学生来。

宁：另外一个学生？

林：另外一个，他已经读完《天·藏》了，后来我一想，还是咱俩。我现在得琢磨出点文字来。你那个对新散文的阐述很给我以启发，不是简单的一人一事，这个时间地点人物一景一情一抒，它既然是散就要充分地散开去，否则的话就是作茧自缚，写散文的人很容易被散文的概念所局限，所以我看了你那个阐释对我怎么写散文有启发。

宁：你就放开了写，直取生命的感觉。

林：用我的概括就是心间比时间、空间要来得重要的多，是以心间控制时间和空间。

宁：就是呀，因为我跟你讲呀，我们自打到了西藏以后，实际上就已经打破了一切文体，西藏就是最大的文体，所有的文体都没法与西藏这本身的存在相比，换句话说，用任何传统的已有方式都无法表达西藏。

林：这个，或者换句话说，不是表达西藏而是表达自己。

宁：对，因为西藏和我们是融在一体的。

林：我觉得你的那个新散文把传统散文的写法都打破了，而我曾经自诩我把所有传统的教法都打破了，所以这又是咱们两个的相同之处。

宁：没错！

林：虽然走向不一样，但是到头来方法论是一样的，就是它不断在渴求一种突破，一种超越，绝不能被人局限，人本身就已在重重局限了，你自己再时时局限你自己，就太可悲了，是吧？

宁：没错，没错，我觉得就是说，我以前被别人塑造，与生俱来就被别人塑造，我觉得我们到了西藏以后，是对过去塑造的一种解放，一种解构，是吧？但是如果我不自觉的话，我们会再用传统的方法去概括描述我们的生活，这不，人你刚解放了，你又把枷锁戴上了，又回到了削足适履地用传统的方式表达西藏。很多人都是这样呀哥儿们。真的，西藏冲决了你这些东西，还想用原来的东西写西藏不太笨了吗？我们之所以与众不同，就是因为我们到了西藏后获得了一种非常本质的直指事物核心的东西。

林：我们到了西藏实际就意味着走向审美的解放。

宁：对，没错。

林：是一种自我解放。

宁：我觉得西藏在审美上带来的就是这个。

林：它不是用简单的解构所能概括的，是一种解放，所以西藏的每一天对于咱们来讲都带有节日的性质。我记得当时那一年，咱们坐在你们家那胡同边上聊天，如果说革命是盛大节日，那么咱们到西藏就是一种自我解放。

宁：因为西藏之所以与众不同，对人突然网开一面，打开新的生活，那个时候你就开始形成新的东西，你要用这种思维方式，这种世界观，这种新的东西去把握这个世界，而不要再用过去传统的东西去把握它。

林：那是把握不住的。

宁：恰恰相反，新生活打开了以后你觉得新鲜，但在表达这个东西时你自然习惯性地用旧的方式，那不是扯淡吗，写出来就不伦不类了。你只有用西藏的那种方式，用它给你的那种自由感，那种直接性，就像当年我刚从西藏回来，韩少华约我写散文，写西藏，我琢磨半天从来没想过写散文，然后就看别人的，我觉得无法表达我的西藏，我这人要不说轴就轴在这地方，我既然感到不同那我就不用别人的方式，就用自己的方式，哎，就是所谓的新散文，就这么出来的。

林：由此，我给学生上课呀我跟学生讲，我说你们都是中学老师，教过散文，都知道散文是怎么回事，我说你们听完了我的课后，应该知道什么是散文，我说我就是散文，我说我这课就是散文，散课，你就天马行空，我就无所不用，我的东西都是从我的生命产生出来的，绽放出来的，绝不是在我的生命以外有着隔膜的东西，那些东西我一概不讲，你们自己看书去吧。结果，当年我们教研室曾经有一个同事，现在他已经是北京市教委语文教研部的主任了，当年跟我说什么，说老林，我们的课呀，你上得了，但是你受不了，你的课呀，我们上不了，但受得了。

宁：哈哈哈！

林：我说我确实受不了，那不是在上课。我说我对上课的理解，那是在玩，那是在用自己的生命进行的一种游戏。游戏带给人的就是人最终应该得到什么，它就是一段快乐。人在玩中所得到的快乐是最大的快乐，因为那种快乐它不得自玩之后，而在玩之中感受到的。

宁：对对。所以我觉得从绝对意义上说你这种才叫合格老师。学生在他的一生中遇上某个老师给他灵光一闪，这是学生的一个大幸，因为大多数学生遇到的是资质平凡的老师。所以我觉得应该让各行业的拔尖人才走向学校。

林：所以上次咱俩在路上我说过你应该到大学去当兼职教授，我跟你说现在那些讲文学的讲美学的他们懂得什么叫文学美学呀，他一直在讲文学是人学，可他是"人"吗？他知道什么是"人"吗？

宁：哈哈，是呵！

4．为什么没出过散文集

林：你的散文太优美了，你太应该弄出一本散文集了。为什么不把它们找个地方出版，那还是件难事吗？

宁：是，不是件难事，我这些年呀，就一直没顾得上。其实都编好了，但我就懒得跟人打交道。还有一个，我还有一个私心，就是我的那些西藏散文还得用在我的小说里，我要出了书还怎么放在小说里？所以我就一直没认真去弄散文集，我是中国散文家里唯一没出过集子的人。

林：所以我就说他们作为小学生看《天·藏》是不可能的，但是看你的那些散文他们会觉得非常新鲜。

宁：其实我西藏的散文全部加起来也无非就是那五六万字，他们让我专门写一个，可凑不成呵，你说让我模仿着别人弄一本西藏的东拼西凑的散文集，我还真不成，就像你说你教学似的，别人教得了的，你教得了，但你受不了，我也是，写他们那种传统的东西我写得了，但我受不了。

林：哈哈，太一样了！

宁：正是西藏给我们的。对，我曾给一个时尚杂志写过一篇西藏，哎哟写得我这难受呀，难受死了，此后再也不写了，甚至我告诉你，我不如他们写的好，因为他们都写油了，他们写得那个陈词滥调写得那叫顺溜呀，我还真做不到！

林：哈哈！

宁：人家那词一套套的，我有时蹦不出一个最常用的成语。所以真让你按传统方式讲课，你也不顺畅。

林：太不顺畅了。

宁：其实，你说去西藏的人也不少，像咱俩对西藏有那么强烈感触的人也不多。后来我就分析，为什么咱俩那么特殊呢？就因为大部分援藏人员都在拉萨城里，机关呀厂矿呀，他们没有那么一个环境，每天一散步就穿过一村子，再穿过村就一树林，过了树林就一大寺庙，这边又是一小寺庙，那种天造地设的既是自然的又是精神性的环境，别人没有体验过，只有落在拉萨六中了才有可能。

林：只有落在拉萨六中了才有可能！

宁：是吧，你落在任何一个地方——

林：都没戏！

宁：都没戏，落到拉萨城里没戏。

林：跟去趟南昌杭州没多大区别。

宁：没错，当时你想整个西郊建筑就很少，所以我当时就说了一句话，我说我们那个拉萨六中是拉萨河西郊不多的建筑之一，我靠，你从远处一看它甚至是哲蚌寺的一部分。

林：没错，自然的延伸。

宁：自然延伸，稍微远处一看那有什么不同呀，那边讲经说法上课，这边也上课。那边法号一吹，什么劲头？

林：哈哈哈！

宁：铃号相闻，咱们和释迦牟尼有什么区别？我们是被孩子围绕的人，被学生围绕的人，我们给他们上课，也就是咱们，你别看那么多的人去了西藏，可像咱们那么文化，又那么郊区，那么郊区又那他妈文化，哪找去呀？有些人光守着郊区了，离文化中心远着呢，也不行，你在拉萨中心了但离郊外感觉又很远，更不行，咱们呢，正好是在天造地设的郊外！

林：没错，天造地设的郊外。

宁：它造就了我们。

林：让我们不同。

宁：宿命。

林：宿命，还没完呢。

宁：没完！

一个人的道路

——我的自述

漫长：无明时代

1959 年 3 月 29 日，是个星期三，我出生在这个时间。此前两年，我母亲带着两个哥哥和一个姐姐从白洋淀乘一辆小火轮到了天津，然后改乘火车到了北京。我不在那条船上。我还没出生。我的老家距白洋淀还有一段距离，至少有五十公里，我不知道这段距离他们是怎样完成的，是坐马车，还是乘村前的一条河上的小火轮，这事尚不清楚，就像很多事情都有盲点一样。

河北省河间县留古寺乡宁庄，村前有一条河叫半截河，那时应该还通航，我倾向于我们一家人是坐着河边的小木船离开的。前不久我开车回过一次老家，见到了那条河，河已完全干了。宁庄有个邻村叫诗经村，出过一位民国大人物，叫冯国璋，当过这个国家不太多长的总统。另外，诗经村是一个有故事的村子，顾名思义，和《诗经》有关。听老辈人说当年秦始皇焚书坑儒，《诗经》给烧了，邻村有个姓毛的人悄悄藏了一本《诗经》，埋在了地下，汉朝的时候国泰民安，被挖出来，《诗经》失而复得，此村得名诗经村。这些历史掌故传说不知道是不是真的，有多少是真的，对此我年轻时从不关心。

在我们家我是唯一出生在北京的人，这让我的父亲母亲很有一种新鲜感，或者也有点骄傲。哥哥姐姐到北京后一直遵从着老家的习惯叫爹叫娘，唯独我从一生下来就让我叫爸叫妈，这让我小时很是疑惑，但又说不出来。我脑子里总是并置着看似相关又不同的东西，有时混乱不堪可能也和这个有关。我是我们家最后出生的人，离我最近的姐姐生于1951年，比我大八岁，二哥1947年生，比我大十二岁，我们同属猪，小时候我一直不太喜欢这个属相，但是也说不出来。我大哥更大了，1945年生，比我大十四岁，我记事起他已工作，是个警察，非常威武，我有点怕他，有一次他把我高高举起来，我哭了。周围都是比我大得多的人，或许我是不该来到这个家的人。面对一个完全的成人世界，我敏感，胆怯，退缩，好像总想退回到出生前的无明世界里去，好像希望有一种相反的时间。当然，后来时间强行地赋予了我很多东西，比如顽强，意志坚定，走南闯北，人生传奇，诸如此类吧，这些虽然我后来也都具备了，但我至今觉得它们仍不属于我，属于我的仍是那个出生前的温暖而无明的世界。

我出生时父亲已四十七岁，这在寻常人家已应属高龄。我父亲生于 1912 年，每每想到这个时间，我都觉得他离我太远了，我觉得凡离父亲太远的人注定内心都会有一种最核心的感觉：茫然与孤单。很多年后，我思想很多年前的父亲，可能他也是孤单的。我不知道他出生时的情况，但我知道他的童年应该比我更茫然，更无助，因为他十三岁就背井离乡去了远方。十三岁什么概念？用现在的话说就是未成年。他经人引领到了天津做学徒，学一种修修补补的手艺。后来学艺有成只身闯关东，走南闯北，交游朋友，月月给家寄钱。到解放前夕，我父亲寄的钱已使老家以我奶奶为核心的一大家人，由一个朝不保夕的贫苦之家变成了一个有十几亩土地的富裕中农之家，并使我父亲的两个兄弟进入了河间县中学受教育，这在当时的乡村是了不起的成绩。后来想想，若照此速度发展下去，再有几年我们家可能就会在"文革"中划成地主，资本家。1947 年，我的受过中等教育的两个叔叔已开始在北京办起了织布厂，不久我父亲作为兄长也加入进来。因为是家族企业，没有雇工，都是亲人，没有剥削，"文革"才没被划成资本家。尽管如此，"文革"时他还是被关了一段时间牛棚。

母亲是另一种情况。她生于 1920 年，比我父亲小八岁，由于家贫很早就到了父亲家，嫁给了我父亲。父亲常年在外，每年春节才回来。抗日战争爆发，我母亲受到村里共产党抗日宣传影响，背着我奶奶和我在东北的父亲，参加了地下活动。那时她很年轻，不过十六七岁，到了1939年正式入党也不过十九岁，比刘胡兰大几岁。在党内，我母亲化名"红莲"，她的名字叫王秀莲，有个莲字。多少年后，我母亲回忆那场战争，最让她感到骄傲的是，一次村里住着许多八路军，日伪军得到消息到了村里，打头的伪军看见母亲问看见八路军没有，母亲说看见了，刚朝东去了。母亲到了地道里，对八路军说明了情况，八路军立刻从地道里出动，抄了鬼子的后路，打了一个胜仗。我问母亲当时害怕不害怕鬼子，母亲说不怕，把脸抹黑了，一点儿也不怕！我问母亲有过枪没有，母亲说有过，是一种叫"杜撅"的枪，我不太明白这个词儿，母亲比画了一下，我觉得就是一种土枪。母亲性如烈火，与宁氏一脉颇为不同，心思不重，没有孤独感，直来直去，非常豪爽。母亲割麦子比村里大多数男人都快，干活麻利，不怕吃苦，在村里是有名的一把好手。母亲做军鞋，支援八路军，对我父亲说不打败日本人就不生孩子。1944年日本人已呈颓势，我母亲由八路军护送越数百里敌后，有时就从敌人炮楼底下过，参加了晋察冀边区抗日群众英雄大会，获奖一辆纺车，被授予"抗日群众英雄"荣誉称号。八路军动员我母亲参加队伍，我奶奶得知了我母亲的想法，赶快通知了远在东北的我父亲。我父亲风风火火回来，村里的民兵怕我父亲施以暴力，好几天将我们家团团围住，只要听到一点儿动静就会立刻冲进去，结果一点儿动静也没有。但我母亲还是坚持要跟八路军走，只是由于我姥姥声称我母亲前脚走她后脚就上吊才没走成。

我父亲在日本人占领下的东北凭手艺闯荡江湖，我年轻的母亲在敌后抗战，这是我们家那个时代的传奇。1945年，长我十四岁的大哥出生，母亲说的抗战胜利后上山下乡生孩子，她说到做到了。十二年后，1957年，她已完全认同了和平的生儿育女的生活，带着儿女乘一条小船到北京投奔了我城里的父亲。两年后，我出生了，这使我母亲彻底忘记了那场让她有着许多骄傲的战争。

我的两个哥哥——简直像我的父辈——他们性格中有我父亲的成分，也有我母亲的成分，他们都是强者，并且都有某种诡异的东西。1966年我七岁的时候，他们已纵论天下，为某个领袖的观点彻夜辩论。他们目光炯炯，手臂挥舞，我像一个影子注视他们，好像我不是他们的弟弟，好像是一个影子，甚至是影子中的影子。我的确就在他们的灯光的影子中。我与他们无关，与"文革"无关，我听不懂周围所有人的语言，他们都已成年，而一声不吭的我还流着鼻涕，有时我十五岁的姐姐给我擦擦，有时她也顾不上我。

我是他们的什么？有一次我问母亲，是大哥大还是爸爸大？这是我童年时代一个著名的傻问题，但对我又是一个真问题。

这就是我整个童年的感觉。

我非常孤单，没有家庭中的玩伴，只有院子里同年龄的玩伴，这是另一回事。我的疏离感与不适感同样不能在同伴中消除，某些时候反而更甚。比如当我被欺侮的时候，被忽略的时候，被别人随便一扒拉就排除在外的时候，这种时候数不胜数。虽然我看起来像别人一样，上学，玩各种游戏，去公园，写作业，与别的孩子挤在门口看一场大雨，或到大雪中去玩，但这一切又都好像与我无关。这是所有人的童年，但不是我个人的童年。关于我个人的童年，我能记起的完全属于我的事情不多，印象最深的有两件事。一件事是，夏天我站在院子当中临一种很古老的字。我从小就喜欢字，还没上学时我就在雪中画字，画完了还端详，好像自己已会写字。我还喜欢把字写粗，然后把边儿用圆珠笔勾勒出来，再用橡皮把中间擦掉，让它们变成空心字。这几乎是我小时候的一项发明创造，至少是无师自通。有一天，院中一个老人对我说，你临临大字吧，给了我一本碑帖。那是一本很大的帖，上面布满怪异的字，隶书，汉隶曹全碑。字迹斑驳，蚕头燕尾，飘飘荡荡，是两千多年前的字。我非常喜欢，就临起来。十二岁的我与二千年前的字好像没有隔阂，一拍即合。没人催我，我站在院中，在一个小凳子上临，有好几年光景就这样度过。

但这一点也意味着什么，我会写毛笔字，会写隶书，在班上却羞于示人。无论小学末期还是整个中学阶段，没人知道我会写漂亮的毛笔字，我也从来没得到展示的机会。当我看到班里墙上偶尔有红纸墨写的表扬名单，上面的字那么幼稚，我也从没说，老师，让我来写吧。我说不出口。

另一件事，就是动不动就脱离地面，一个人到房顶上去玩。渴望房顶大概是所有孩子的心理，我则尤甚。在房顶上，我能看到许多的院子，许多胡同，许多街道，放眼望去，那一格一格的青瓦，种种倾斜度，院连着院，院中院，那广阔得高出所有人的俯瞰，总是让我出神，发呆。这是远看，近看也有特别具体的神奇与乐趣，那就是你看到别人，别人看不到你，即使有人极偶尔抬起头也在你的监控之下，你可以随时隐蔽，比他快多了。我看到了别人炒菜，做饭，如厕，写作业，跳皮筋，追跑打闹，就如同看电影一样会看得入迷。

房顶既是现实的，又是非现实的；如此日常，又形而上。特别对总是怯生退缩的我，这里的安全感简直令我着迷。我一个人待在两个高高的有飞檐的房脊之间，谁也看不见我，我面对着强烈、温暖以至曝晒的阳光，独自享受那种彻底的明亮的寂静，让我如醉如痴。记忆中阳光如同暴雨，似乎有永恒性质。

后来看卡尔维诺，特别是《树上的男爵》，我不能不慨叹人类有太多共同的东西。说实话我有点沮丧，我觉得卡尔维诺写出了我的东西。许多世界名著也是这样，比如《城堡》《1984》《动物庄园》，都该是中国人写的，却不是，每每想到此我都会感到一种羞愧。我不知道卡尔维诺是否有过长时间的房顶生活经历，尽管他有极大的才能，但是我发现他对于"上面的生活"不如我体验得具体，细微，我仍有我的不可代替的空间。

变化：荒凉与圣殿

到了上初中二年级的时候，我的一个偶然的不可思议的举动，改变了我在别人眼中的可有可无的灰尘一样的形象。一次，班上一个大个子家伙总是用小弹弓崩我，虽是纸叠的子弹，崩到脸上也是很疼的。好像有什么附了体，我前所未有地举起了桌子盖向他冲去，他吓坏了，所有人都吓坏了。我并没有拍下去，因为被别人拦住了，那一刻犹如一道闪电照亮了我黑暗的生命，黑暗得太久了；我看清了别人，也看清了自己，从此抓住了这道闪电。这闪电便是别人对我的害怕，我被认为是一个手很黑的人，一个很鲁莽的人，一个不好惹的人，这给我带来发现新大陆般极大的快感。事实上我依然是那个内心害羞、胆怯、紧张、胆小的人。但那个被认为的"人"给我带来了很大的便利，此后我所做的全部工作就是维护那个被认为的人，虚假的人。尽管虚假，尽管色厉内荏，但别人还是十分买账，总是让着我，尊着我，我看到了"人"的虚弱，看到一群羊如同一只羊一样。

我假装疯魔有人怕，我编造的在别处的"英雄事迹"有人信。有人开始主动臣服我，到了初三，我已是班里的孩子头儿，是最不可捉摸的闹将。我带头与老师作对，率众集体迟到，到教室门口齐喊老师的名字。当时正是黄帅反师道尊严的时候，我的种种表现或表演因此得以实现。任何一个老师要想把课上下去首先得把我哄好，跟我谈判，只要我不带头折腾，要求于别人的均不适用于我。这是极为特殊的待遇，尽管我内心极其志得意满，但也时不时撕毁协议，显示一下存在。同时知道这不是真实的自己，至少是人来疯，是被别人宠坏的结果。真实的自己或者房顶上的那个自己常常窃笑，笑别人，也笑自己，于是那个羞怯紧张的"本我"也有了某种反讽的成长。这对我后来的写作至关重要，说穿了，自我的虚假在现实获得了神奇的真实，显然具有喜剧特征，这个我很早就体验到了。

更为戏剧性的是1975年，新来了一个班主任，一个东北兵团回来的家伙，一米八几的个子，往讲台上一站，不像老师，像威虎山的人。我心里真是肝儿颤，但一次冲突之后——我是被别人"架"上去的，谁叫你是头儿，你不带头冲谁带头冲，不能服软——结果，冲突之后令我惊讶的事情发生了，大个头班主任留下我找我谈话，声称要让我当班干部。我以为我听差了，不敢相信，不可思议，但我的确已有了贼性，没太表现出来。不过他这招真是灵，一出手已完全把我从心理上打倒了。那时正评《水浒传》批宋江，这不明显就是招安吗？别看我平时拿班干部不当回事，没一个班干部敢管我，其实内心深处还是向着朝廷的，真让我当班干部我心里还是激动得有点发抖。给我的职务是班里的五大班委之一：军体委员。主要负责打铃进教室，维持课堂纪律，整队上课间操。这些都是最难的，但既然给我这么大的荣誉，我也真是玩命，真的管起了我的弟兄们。谁上课捣乱我先不干了，呵斥，瞪眼，反噬闹将。当然我也是又打又拉，白天弹压他们，晚上又混成一团，抽烟，逛马路，寻衅。我知道我不能失掉他们，他们是我的资本，我的权力基础，这道理天然就明白。

课我上不下去，又不能带头违反纪律，于是看闲书，《三国演义》《水浒传》，剑侠公案，《说唐》《隋唐》，《西汉演义》，虽是闲书也长了不少智谋，发现自己身兼黑白两道，这在古代也不多见。我虽身为班干部，但地位特殊，上课可以不听讲，不交作业，考试有人帮着蒙混过关。但是 1976 年 10 月之后，我的时代一夜之间过去了。学习开始受到重视，班级重组，学校把学生分成"快班"和"慢班"，也即"好班"和"差班"。这是相当伤人心理的一件事，可我们的历史从不考虑个人感受，时代断裂，个人命运总是随之发生戏剧性的变化，这是我们的传统，我虽为一个小小的中学生也体会到了种种。按考试成绩我绝对要被分到差班的，但或许由于我余威尚存，成为了一个特例。我没被赶走，还是受到极大刺激，此外让我特别悲愤的是我那些弟兄，对这事毫无反抗，毫无尊严，让去差班就乖乖地跟俘虏似的去差班了，真是乌合。我那时看着老师，看他拿我怎么办，果真，他没敢动我，而且继续当干部，还是军体委员。

新的班集体环境变了，兄弟们都分到了差班，我依然站在集体面前整队、出操，喊稍息立定齐步走的口令，我却觉得抬不起头。我的学习无从谈起，数理化一头雾水，上课犹如听天书，一种无可名状的悲剧感几乎让我要求去差班。我在好班干什么？除了出丑不就是让人心里暗笑吗？我沉默，像过去许多时候那样低头看闲书。我把我哥哥拿回来的苏联小说《人世间》——他1973年从山西插队回来上了大学——又读了一遍，以前读过，没怎么读进去，这次一下读入了迷。许多天，我沉溺其间不愿出来，不愿见人，不愿上学，就想一个人待着。《人世间》和我的情况有点像，讲了一个养蜂人的故事。养蜂人原是一名卫国战争将军，时代变迁被强迫退休，无所事事，靠养蜂打发时光。虽然只是个养蜂人又是个将军，并且仍然有着一辆伏尔加小汽车，这种反差特别打动我。作品主要描写了将军的落寞心情，时时怀念过去，反反复复听一首叫"路拉"的歌。当我在小说中读到"把一个人从他熟悉的岗位上强行拽开，就像把一个饥饿的婴儿从母亲的乳房上强行拉下"，"他出神地望着天花板，老泪纵横，万念俱灰"，我禁不住流下了泪，也望着自己家的经常有老鼠迅疾窜过的纸顶棚，自叹自怜。有一天，语文老师布置了一篇作文，题目叫"在党的十一大召开的日子里"，要求写一篇好人好事的记叙文。这种作文我毫无兴趣，哪有什么好事，我正"万念俱灰"呢！我不想写，也不知怎么写，可心里又的确有什么东西，有一种强烈的冲动，幻想自己发生奇迹。我决定自行其是，拿出纸笔就"写"了起来。

我写了一个叫王琦的人，这个人过去不爱学习，但是班里的孩子王，一直过着骄傲的唯我独尊的生活，"四人帮"被粉碎，他的骄傲结束了，分到了差班。王琦不服气，感到耻辱，悲愤，想发奋努力把被耽误的青春补回来，但为时已晚，觉得自己是被抛弃的人，每天"望着天花板，万念俱灰"。有一天，过去的班长找到王琦，谈了一次话，鼓励他，希望帮他补习功课。班长过去曾被王琦保护过，王琦有困难，班长希望报答。班长的深情与赤诚打动了王琦，王琦开始发奋，学习成绩大长，最终以优异成绩回到原来的班。

四百字的作文纸，我一口气竟然写了十一页，我那些闲书真是没白读，我为自己写了一个梦，写下这么多字而激动！但是激动很快就被不安代替：这是老师要求的作文吗？甚至这是通常的作文吗？我这么瞎编乱造老师能允许吗？我一直期待着讲作文，可老师老是不讲，终于这天我看到语文老师拿着一摞作文走了进来，我的心狂跳起来。像我强烈预感的那样，语文老师第一句话就提到了我的作文，他要先给大家念一下。这位语文老师现在我还记得他的名字，叫宋书功，毕业于复旦大学中文系，我考上大学不久他也调到大学做了教授。宋书功操着南方口音，一字一句念我的作文，全班同学都凝神谛听。念了差不多有半节课，然后开讲。他把我这篇作文定义为一篇小说，虽然未按要求，但还是给了我一个"优"字。那时已是1977年夏季，天气很好，阳光灿烂，我从未得到过如此的殊荣，是我人生第一个"优"，不仅是一篇作文，还是一篇人们闻之不解的小说！我怎么能写起小说来？我过去连作文都不会写，上中学后我就基本没写过作文，这种戏剧性真是让我惊讶。不用说，那一天，那一刻，奠定了我的道路。

我的"小说"被拿到别的班念，拿到全年级去念，一夜之间我成了作文明星。一天，一个其他年级的女语文老师把我叫到她的办公室，问我作文里的王琦有没有模特儿。我不知道什么叫模特儿，语文老师说就是原型，"王琦的原型是谁?"问得我张口结舌。那是我有生以来第一次听到"模特"这个词。我觉得让那位女老师失望了，但事实上并非如此，我从女老师的脸上读出了她越发惊异的表情。也许我应该告诉这位老师有一本书叫《人世间》，我模仿了这本小说，或者告诉她写这篇作文就是做了一个梦。但当时我又如何说得出呢?

我不自觉地模仿了《人世间》是个奇迹。《人世间》是我那时唯一读的一本外国文学作品，但也就是这一部外国文学作品影响了我! 说起来，时至今日，《人世间》也许应不算是一部文学名著，在后来的许多年里，我也从未听到有谁提到这部小说。我一直不知道作者是谁，这到底是一部什么样的书，直到最近在网上查了一下这部作品，才在雷颐先生的一篇文章中看到《人世间》的一点影子。他在文章中写道:

1973 年前后，与沙米亚京《多雪的冬天》同时流行的几部书还有: 柯切托夫的《你到底要什么》，谢苗·巴巴耶夫斯基的《人世间》，邦达列夫的《热的雪》《岸》。"文革"一代处于一个特殊的年代，普遍没有受到过良好的教育，思想也大多受潮流影响，真正独立思考的人并不很多，但是由于那个年代普遍的失控和混乱，也使一小部分人因困惑怀疑而发奋读书，从而独立思考，许多人都受到了这批小范围内部流行书的影响，可以认为是"文革"中的启蒙。

这批书可谓大名鼎鼎，影响了一大批人，但我不知道《人世间》也是其中之一种。也就是说，某种意义上我是最早受到的启蒙者之一？在1975年我还是身兼"黑白"两道的时候？这让我越发地感到历史有时体现到一个具体的人身上就像掷骰子一样，是多么不可思议。或许上帝从来就是一个有戏剧精神的人?《人世间》在那个混乱年代究竟给了一个混乱少年怎样神秘的影响？难道我的思想起点已经从读谢苗·巴巴耶夫斯基就开始了？我不这样认为，我那时只有感受和潜移默化的份儿，不可能有思想，但文学从不就是潜移默化的吗？

的确可以做出一些分析，潜移默化的《人世间》给了我一种"人"的东西，情感的东西，让我具体感知到历史事件下的个人痛苦，使我关注到自己的内心与灵魂，并让我冥冥中以感同身受的人性角度超越了当时的历史叙事与意识形态，即"在党的十一大召开的日子里"那种叙事。我不能想象如果没有《人世间》这样的书，我是否还能超越时代写出那篇关注个人痛苦的作文，甚至于小说。

想想读《人世间》前后的同时代我都读过什么吧：《平原枪声》《敌后武工队》《大刀记》《桥隆飙》《铁道游击队》《小英雄雨来》《沸腾的群山》《金光大道》《小五义》《大八义》《三侠五义》《说唐演义全传》《隋唐演义》《水浒传》《说岳全传》《封神演义》《三国演义》……我不能说这些书对我没有帮助，某种意义上说有很大帮助，它们对我参加文科高考起了关键作用。但是就文学而言，这些书缺少最关键的东西，就是人——人的情感，人的心灵，缺少忧伤、忧郁、痛苦，通常是革命、武侠、演义、历史的风云际会，而"人"是微不足道的。一部并非经典名著的《人世间》孤立在那么多"非人"的书之外，如此偶然又必然地改变了我内心的构成，这也说明对"人"影响最大的还是"人"，有价值的东西甚至也许不需要多，一点儿即可，这是因为有价值的东西是从生活和生命深处来的。

我无意贬低自己，但是当80年代俄罗斯、欧美文学大批涌进来，我像发现新大陆一样如饥似渴地读外国经典名著，越读越觉得难过，越读越觉得汗颜。我觉得就文学而言我们有多么荒凉就有多么孤独，读马尔克斯的《百年孤独》我感到我的孤独远胜拉美的孤独，我们是千年的孤独。假如我读《三侠五义》《大八义》《沸腾的群山》时读的是巴金、茅盾、沈从文、老舍、曹禺、张爱玲，我们的孤独感是否会少一点呢？我的整个阅读是在十年"文革"之中，根本不可能读到祖国现代文学并不算丰厚的精华。仅有的一个鲁迅也不过是一个政治化符号。

此外由于那篇作文或"小说"，我神奇地参加了高考，并上了一所大学，虽然是个四流大学。从那时开始，差不多长达十年时间，包括后来在西藏的两年，我一再读外国经典文学作品，读小说、诗歌、传记、哲学、随笔，甚至书信，也读当代的中国小说、诗歌、报告文学。80年代是一个巨变的时代，但在我看来所有的变化与心灵的变化比起来都不算什么。如果拉美有文学爆炸，那么对中国来说则首先是灵魂的爆炸。对我而言，爆炸的具体日期甚至都可以确定下来——

那是1980年8月31日，一个看似平常的日子，我走进了国家美术馆。我知道沸沸扬扬的"星星美展"正在这里举行。1980年还远不是一个可以自由或直接表达的时间，时代与艺术不谋而合都要求一种间接的但又是新的语言，诗歌因此注入了画展，从地下浮出水面。在国家美术馆的墙上诗与画如此的隐晦变形，但谁都能感到这里正发生着存在于每个人心中的核裂变反应。我在画展的"前言"面前久久驻足，我读到了一种对我来说全新的语言：

一年很快地融进历史。

我们不再是孩子了，我们要用新的，更加成熟的语言和世界对话。艺术本身就是一种标志，表明作者有能力抓住美在宇宙中无数反映的一刻。那些惧怕形式的人，只是惧怕除自己之外的任何存在。世界在不断地缩小，每一个角落都有人类的足迹。不会再有新的大陆被发现。今天，我们的新大陆就在我们自身。一种新的角度，一种新的选择，就是一次对世界的掘进。

现实生活有无尽的题材。一场场深刻的革命，把我们投入其中，变幻而迷蒙。这无疑是我们艺术的主题。当我们把解放的灵魂同创作灵感结合起来时，艺术给生活以极大刺激。我们绝不会同自己的先辈决裂。正如我们从先辈那儿继承来的，我们有辨认生活的能力，及勇于探索的精神。我们在新的土地上扬鞭耕耘。未来必定是我们的。

我不知这是否出自北岛之手，时至今日我仍认为这是一个历史性的宣言，或者是中国的文艺复兴宣言，我和许多人都从这个宣言开始了自己。我被墙上的诗配画震惊，仿佛在一个爆炸过程中，历史向我走来，并与我个人化的历史重合，即使如我这个刚开蒙的人当晚都记下了这样的日记：

1980 年 8 月 31 日　星期四

下午到美术馆看星星美展，虽然有许多画看不懂，但我却很喜欢。画，大部分色调暗淡，意义很隐晦，但给你极深的印象，使你觉得这里有某种深不可测的力量。

我的心感觉强烈，使我思考。中国人灵魂的火，在这里用一种变形的艺术爆发出来，一反古老的传统，有朝气，有力量，使你既深沉，又强烈，思索一些你头脑并不清楚的问题。总之，它让你思考，尽管不知在思索什么，你感到内心充满要爆发的力量，通过变形的夸张，造型的怪奇，色调的突兀、怪诞，表达了一种强烈的火一样的情思：对丑恶的批判，对美好的赞扬，对光明的追求，对传统的挑战，对黑暗的控诉，要求解放，向往自由。

总之，星星美展，对我总的感觉是强烈，强烈，有力，有力，就是说，不能这样生活下去，要变，要变，中国人的灵魂要来一个大翻身，要在我们古老民族的灵魂的废墟上，建立起崭新的民族之魂，未来属于这一代年轻人，中国人从此站起来了！星星呵，启明的星星呵，你是太阳到来前的先导，在黑暗中，你给了人们最初的一线光明，让我们满怀希望地在心中迎接那光辉太阳的腾空！

我有一种强烈的愿望，就是想看到同时代人这同一天的日记，如果可能的话，有一天我或者我建议某个有眼光的杂志，征集那或那几天的日记。那一天不属于个人，属于中国。那一天对我是决定性的，甚至是革命性的，因为从那一天我知道了一种新的语言，几乎一夜之间我的语言也开始换装。语言的换装即灵魂的换装，我走进美术馆时还是一个旧人，出来的时候已是一个新人。

我读的是一所大学分校，是由一所中学改的，没图书馆，只有临时搭建的一排活动房做成的阅览室。倒是买了不少的书，订了不少杂志，包括《世界文学》《外国文艺》。书都是崭新的，主要是外国文学。就是在那样一个简陋的环境里，我读了许多名著，印象深的就有《九三年》《悲惨世界》《红与黑》《大卫·科波菲尔》《约翰·克利斯朵夫》《唐璜》《被缚的普罗米修斯》《当代英雄》《爱丁堡监狱》《复活》《红字》《安娜·卡列尼娜》《鼠疫》《老人与海》《城堡》《审判》《局外人》《橡皮》《鱼王》《喧哗与骚动》《百年孤独》《二十二条军规》。

我读得慢，仔细，悉心，还记日记。读《安娜·卡列尼娜》，我的日记有这样的记载：

1981 年 10 月 12 日

读《安娜》，认真仔细，托氏的作品有时很沉闷，开篇总是很精彩，天才的匠心，但就整体结构来说总给人一种堆砌感，事无巨细，冗长唠叨，典型的庞大笨重。但从细部来看托氏塑造灵魂的天才是无与伦比的，特别擅长刻画人物动态的思想意识活动，他的细致漫无边际。

1981 年 10 月 14 日

《安娜》上部终于读完了，心灵正是在这样的承受着细致的漫长的苦读下成熟的，我相信这样的苦读精读对于我的益处将是深远的，对我的感觉器官更是一个成熟的促进。

近十年的读外国文学经典名著使我获益匪浅，尽管 1989 年后我读书锐减，而且也基本上放弃了写作，做了广告公司，但 1998 年再度回到文学上来并不感觉吃力，几乎一下就上了手，我想是由于那个十年苦读，特别是在西藏两年那种如天上人间的阅读，那样的阅读已如血肉长在了我的身体里。十年悉心苦读我想应该是可以造就一个人了，我想就算我有着十年"文革"的废墟，在这废墟之上我也已建立起了一座人文的圣殿。

眺望：文学与远方

在大海停止之处，眺望自己出海。

——杨炼

大海会停止吗？这个说法新鲜，但是想想，毫无疑问世界任何一个海边，哪怕一个伸向内陆的小小的港湾，都是可以看作是大海停止之处。眺望自己出海，虽然只有六个字，含义却丰富。眺望是一个很普通的词，眺望远方，眺望大海，很好理解，很常见，但是眺望自己，这可能吗？眺望是主体，自己也是主体，双主体，这可能吗？诗人的伟大之处就是说出一些隐秘的东西，意想不到又存在的东西。人是有时会把自己当成客体的，当你把自己当成一个客体或一个他者的时候，眺望自己就成为可能。

像海边是停止之处一样，每一处海边也未尝不是开始的地方。在这个意义上，眺望自己出海实际也隐含着眺望自己归来。当你是一个少年眺望的是自己出海，当你是中年眺望的是什么呢？无疑是归来。

我很小就渴望远方，当我孩提时代一个人站在房顶上的时候，看的最多的东西也是远方。我看到胡同像一条小河一样流向远方，我每天穿行在胡同里就像有舟楫一样。我居住的胡同叫前青厂胡同，位于北京宣武区东北部。东起琉璃厂西街，西至永光寺西街，这条街上有胡适、林海音故居，鲁迅也曾多次到这条胡同考察图书馆馆址，后来办成了分馆。父亲和叔叔的织布厂最初就办在我们院里，公私合营后才迁到了别处。胡同东边不远连着琉璃厂文化街，琉璃厂又分西琉璃厂、东琉璃厂，中间隔着南北向的南新华街。与东琉璃厂相衔的是北京大栅栏，再往东到头是前门大街。这一连串首尾相连的胡同对小时候的我相当漫长，站在房顶是远看不到头的，我记得大概是上小学三年级的时候我才走完这条长长的胡同。远方是相对的，随着人的成长远方会变得越来越近，仅仅在胡同穿行已不能满足我，我对大街以及大街上行驶的公共汽车着了迷。我记得在我刚上中学，有个寒假，我专门打了一张月票开始了任意乘公共汽车穿越城市的梦想（那时我还没偶然地举起桌子盖，还在逃避人群，喜欢一个人与世界相向，渴望城市的远方）。

那是一种有着丰富内心活动的旅程，因为免除了上车买票，因为想坐到哪儿就坐到哪儿，所以有一种特别的放松。通常快到总站查票时我有时会有一点小小的恶作剧，我会装作是一个逃票者，半天拿不出票，最后当售票员要我出钱买票时，我神奇地变出了一张月票。售票员往往不相信一个小孩子会有月票，会瞪大眼睛仔细端详查验，我喜欢售票员那认真检查的表情，有一种胸有成竹的满足。当然这只是小小的乐趣之一，更大的乐趣是相对于以往徒步穿越胡同，汽车带给我的远方完全不同。在宽广的城市大街上，看到高大的建筑，穿过市中心，到了北城，城市边缘，比如马甸，北土城，中关村，这对我来说可真是远方了。1973 年，北京二环路外差不多就是乡村景象，我看到了河流，庄稼地，清晰的远山，夕阳，丝毫不觉得美，只觉得陌生、隐隐的恐惧。当人的自我还没发育完全时是不会有审美的，这时主要的情感就是恐惧。尽管理智上我知道自己是绝对安全的，我坐到头儿后，也就是坐到总站，可以不下车再坐回来，我有月票，这毫无问题。但情感不会因为理智存在就不滋生恐惧，以及恐惧性的想象。但体验恐惧又正是童年的重要乐趣，听鬼故事也是这个道理，体验恐惧是人的天性之一。我放任自己的恐惧，不知道公共汽车会把我带向何方，前面有没有尽头。或者尽头也许是悬崖，是一条大河，也许一下子开到地底下去了。一场本来是好奇的旅行变成了一场越来越惊恐的旅行，但是最后售票员一查票心里一块石头落了地，立刻因喜悦装作没票，转换之快不过瞬间，如同故事，戏剧。

　　这是一个十四五岁少年真实的故事，这个故事说明旅行过程是一个强烈地意识到自我与他者互动的过程，这种过程正是文学的滋生地之一。西班牙大哲学家奥德嘉·嘉塞曾经说过：告诉我你关注什么，我就会告诉你你是谁。人往往是通过自己关注的东西来创造自己的，不论我们将注意力投向何方，我们都会被它塑造。你关注远方，远方必定会塑造你，你关注旅行，旅行必定会塑造你。在这个意义上，奥德嘉·嘉塞进一步说："生命本身就是一件有诗意的工作，人是他自己的小说家，因此生命事实上就是一种文学形式。"我觉得他说的好。

　　不过如果细分，旅行和远方虽然有关也有些差别。远方具有终极性质，旅行则更像手段；远方不仅仅是行走，更重要的可能是停下，居住在一个想居住的地方或是被迫居住的地方。这时变化就不再仅仅是空间，更是时间。这时你在一个陌生之地一住就是几周，几个月，几年，甚至一生都可能。故乡怎么产生的？就是由远方产生的——没有远方就没有故乡。而故乡一旦产生，也就产生了双方面的远方：你去的地方是远方，当你到了远方，住下来，一住几年，一生，你的来处也变成了远方，故乡由此诞生。故乡对写作者的影响是不言而喻的，我们强大的乡土文学，像鲁迅，莫言，贾平凹，阎连科，刘震云，哪个不是在异地写作的乡土作家？哪一个不是在远方抒写故乡？还有，被迫走向远方的知青文学，像韩少功、王安忆、张承志，右派作家，如王蒙、张贤亮、丛维熙，因求学或写作由小镇来到大城市的作家余华、苏童、格非，可以说数不胜数。

我的远方和上述这些同行还不尽相同，我没有什么其他理由，只有一个很个人的理由，就是在一个地方腻了，想离开。我渴望陌生，渴望远方，渴望有一个故乡。我知道，如果我不离开就是一个永远也没有故乡或第二故乡的人，而没有故乡的人在我看来是一个单维度的人，就如一个不知道镜子为何物的人。故乡好比是一面镜子，在镜子中你看到的不仅仅是你，还有世界，不仅仅是世界，还有你。你和世界隔着遥远的距离，但因为镜子又是同一的。

1984 年，北京对我来说已是一个极限，我必须离开。这一年，我大学毕业后在北京的一所中学已任教了一年，学校宿舍后面是一条铁道，每个夜晚都有火车不断经过的声音，每次都提示着远方。我的血液里有一种东西，一种我父亲的东西，我哥哥的东西，一种对他们是被迫的，但是到了我这里变成了一种躁动的东西。但是我也有明显的理由，那就是为了文学我应该读万卷书行万里路。我给远方写信，给新疆，信写得像诗一样。此前在大学时我已在《萌芽》发表了诗，是当时的校园诗人。那时能在四小名旦的《萌芽》上发表诗是相当不容易的。当我费尽周折与新疆农垦建设兵团一所中学取得了工作上的联系，一个意外的消息传来，北京将组建援藏教师队支援西藏，我毫不犹豫地报了名，我觉得对我是天赐良机，这下我将成为我们家族中走得最远的人，同时完成了家族历史的对话。不离开似乎我就不是这个家族的人，但一离开就这么远也真让我没想到。

西藏的远方，西藏的空间，对我至关重要，巨大的陌生，巨大的遥远，会不会创造一个巨大的"我"呢？或客体的"他"呢？我当时憧憬着自己，也眺望着自己。那时我已知道高更，塔希堤岛，高更一到陌生原始的塔希堤岛便画出了惊人之作。此外，80年代知青作家非常活跃，他们为什么成功？很显然，因为他们曾有一个远方。他们的经历令我羡慕，他们的作品尽管描写的是苦难，但当苦难一旦化为文学，反而再次让远方成为了召唤。那时我虽然已发表了一点诗歌，但感到自己生活贫瘠，不可能写出惊人的有力的东西，我觉得到了西藏会完全不同。既然西藏不同凡响，自然也会让我写出不同凡响的作品，一鸣惊人的作品。我的想法应该说不错，是一个年轻人正常的想法，并且从现在来看，我也确实得到了这个结果；但是当初，让我绝没想到的是，这一结果延迟了差不多二十年之久。

二十年是个什么概念？是一个由少年变成中年的概念，从一个眺望自己出海到一个眺望自己归来的概念。有人在出海之初，也就是一到西藏就写出了不同凡响的作品，像马丽华、马原，但我不行。艺术面对生活往往不是正面直取，但我却是一个接受正面挑战的人。我觉得西藏高原既然以正面的全景的方式震撼了我，我就要正面地全景地表达这种震撼。我希望我的心灵就像一面大镜子那样完整准确地映现西藏，结果我倒是变成了像西藏一样的镜子，但也完全消失在镜子之中。我说不出心中的西藏，许多时候一时激动写出了什么，好像一切都写出了，但就在我落笔的时候，就在密密麻麻的字里行间一切又都神奇地消失了。文字，刚刚还像蚂蚁一样爬行，落在纸端上却尸横遍野，全成了死的干的。我不明白这是为什么，我觉得我缺乏才华，无能，我不是写作的料，信心被摧毁，就像上帝说的"我要拯救你就先要毁灭你"。直到许多年后，我作为一个广告人，在北京大街上开着法国原装雪铁龙听到朱哲琴的《阿姐鼓》，才明白了一个道理：西藏是不适合用语言表达的，西藏有着全部音乐的特点，是抽象的，诉诸感觉的，心灵的，印象的，模糊的，隐秘的，非叙事的，谁要想表达这些个谁就是堂吉诃德。然而当时我不明白这个道理，我非常固执，固执一如堂吉诃德战风车。我认为是西藏的难度导致了我心灵的巨大的难度，而我又是一个会绕过困难的人。我写的少，非常困难，却对困难有一种执迷不悟的劲头。北京人管这种人叫"轴"，说这人特轴，指的就是我这种人。没错，我非常轴，我到西藏本来是为写作，结果西藏反而制约了我的写作，差不多把我囚禁起来。

我几乎放弃了写作，放弃了西藏。但西藏却并没放弃我，奇迹发生在差不多十年后，1997年，那时我在北京一家广告公司任总经理，这家公司现在还有，叫北京绿广告公司。我驱车去一家饭店与一家企业老板谈一笔广告生意，车堵在了东单的银街，北京最繁华之地。我驾驶的是一辆原装法国雪铁龙，本是为越野的，现在却陷入泥淖。饭店已近在咫尺，可我却无法抵达。事情就发生在这最后的几分钟里，我的车经过一家装潢考究的音像店，左近还有一两家，同时放着号叫或混乱的歌唱，正在这时，在交通噪声和混乱嘶声中我听到了一脉来自高原的清音。我当时不知是《阿姐鼓》，但是非常亲切，感到恍惚、一种迷失：

> 我的阿姐从小不会说话
> 在我记事的那年离开了家
> 从此我就天天天天的想
> 阿姐啊，
> 一直想到阿姐那样大
> 我突然间懂得了她

当时，听得我魂飞魄散，不知自己身在何处，好像一下悬空了。我觉得遥远的我在呼唤我，年轻的我在呼唤我，梦里的我在呼唤我。西藏，我曾为了诗歌为了文学追寻到那里，在那儿整整隐居了两年。西藏的巨大的孤独和自然界的伟岸曾经长时间塑造过我，高高的雪山与梦幻般的河流磨洗过我的眼睛，25 岁的我像淬火一样身体发蓝，定型在那里。一切都不曾忘记，《阿姐鼓》穿越时空一举照亮我，我觉得身体透明，闪闪发光。

我像梦游一样辞去了广告公司的职务，将账目、车钥匙，以及一切的方便全部交了出去，在回忆中重新回到远方。当年的写作困难奇迹地消失了，往事纷至沓来，西藏纷至沓来，这时再次眺望自己已不是出海而是归来，或者既是出海又是归来。这时大海已不再单纯，而是像 3D 一般是个立体空间。所有远方的鱼都向我游来，一切都身临其境，一切都信笔拈来。

《阿姐鼓》专辑有七支曲子，我用感觉以及感觉到的文字对位写出了七篇散文，命名为《沉默的彼岸》，1998 年发表在《大家》杂志的"新散文"栏目上。此前我已有六年没发表作品，我清楚地记得海男，这位另类的女诗人、小说家只是翻了翻，闻了闻，即拍板。它偶然间成为"新散文"的代表作之一，与这个栏目的创作理念不谋而合。这组散文的开篇叫"漂泊"，完全没有拘束，是在音乐导引下流出来的文字：

从无雨之河开始的漂泊与沉思，到了雪线之上突然中止了，鼓声从那里传来。正午时分，火山灰还在纷扬，鼓声已穿透阳光，布满天空，沿着所有可能的河流进入了牧场，村庄。所有的阴影都消失了，鹰从不在这时候出现，一群野鸽子正沿着河流飞翔。闭上眼，静静地躺在湿地和沼泽之中，面对天空，鼓声，阳光的羽毛。大片的鸥群从你身体上掠过，你摆着手，示意它们不要离你太近。但你的周围还是站满了鸟群，它们看着你，看着湖水，看着湖水流线型从草丛和你的身体上滑过。

一个人，躺在隆起的天地之间，有时也在刺破青天的山峰上，就像雪豹那样。那时积雪在你的体温下融化，阳光普照，原野的亮草弥漫了雪水。这些浅浅的像无数面小镜子的雪水汇成了网状的溪流，它们打着旋儿，流向不同，不断重复，随便指认一条，都可能是某条大江的源头。

不，不是所有的源头都荒凉，没有人烟。

在我的行迹中，生长着岩石，冰川，汩汩的泉水，同样，也生长出了帐篷，村庄，正午的炊烟。村庄或石头房子几乎是从岩石上发育出来的，经幡在屋脊上飘扬，风尘久远，昭示着时间之外的生命与神话，存在与昂扬。村子太旷远了，以致溪水择地而出，从许多方向穿过村庄，流向远方。桑尼的弟弟，一个三岁的男孩，站在时间之外，在没有姐姐的牵引下，那时候正走在正午的阳光里。

这是个没有方向的孩子，只是走着，时而注视一会儿太阳。

那个三岁的男孩，他来到门前一条小溪旁，小溪不过一尺宽，但自然界的提示还是不能过去，他站住了，他一无所有，于是蹲下来玩水。他没有任何玩具，手伸到小溪里，小溪流速很快，水就顺胳膊涌上身来，自然界的力量一下让他跌倒了。他的鞋湿了，他脱下了鞋，于是发现了鞋。他用小鞋舀水，站起来，倒下，就像他的姐姐汲水的情景。玩了一会儿或许是累了，小鞋不慎落入水中，一下顺流而下漂走了。他没有追，只是望着，眼睛里充满了好奇，待小鞋子漂远看不见了，他蹲下来拿起另一只再次放到水上。小鞋再次漂浮，像船一样前行，男孩跟着跑了几步摔倒了，再爬起来小鞋已远去，男孩看看地面，再没什么了，又看看远方，这时他简直就像一尊小铜像。男孩眼里没有迷茫，只是直瞪着，只是不解，并且无法越过的不解。他还不能思考，但思考已经孕育。

这是我住的西藏的那个村子发生的一件事，这个村子与我教书的学校仅一墙之隔，那所学校坐落在拉萨西部圣山脚下，因为是山的延伸，操场是倾斜的，足球运动仿佛是在一个斜面上，有几排石头房子，一个水塔，还有形同虚设到处是洞的围墙。周边是田野，牧场，沼泽，村子。穿过村子和一大片山脚下的卵石滩，就到了山上的哲蚌寺。站在村子的高处或卵石滩上的一块高大的飞来石上，可以看见拉萨河像天空一样的波光。我经常在村子在寺院里面散步，远一点我会走到拉萨河的几个小支流上，或者干脆走到拉萨河边。河边有许多大大小小像浴盆一样的水湾，有时我会脱光衣服躺到里面，任水鸟鸣叫着围绕着我飞翔。

在《阿姐鼓》的音乐中我回忆着，眺望着，一个早已存在的漂泊者、流浪者的形象在我心中完全孕育成熟。这是一个什么样的形象？什么样的形象才能承载我的西藏？我觉得只有罗丹雕塑《青铜时代》那样一个走向原野展望人类未来的形象，

或者像老子所说的一个赤子的形象、婴儿的形象，我觉得只有
这些具有哲学意义或文化人类学意义的形象才能承载我心目中
的西藏。西藏在我看来是在世界高处开始的地方，那么这个形
象也要有开始的味道。

　　我用了三年时间完成了这部长篇小说，塑造了一个叫马格
的人，一个来自大城市的人，一个从中心城市走向边缘的人，
一个家境殷实却选择了流浪的人，一个拒绝一切秩序的人，一
个在自然中去除了心灵之垢的人，一个因为总是接触水眼睛变
得特别深远明亮的人。他眼中的拉萨是这样的：

　　马格站在拉萨河桥上，四月，流域沉落，残雪如镜。
城市在右岸上，白色的石头建筑反射着高原的强光，一直
抵达北部山脉。布达拉宫幻影一样至高无上，神秘的排窗
整齐而深邃，仿佛阳光中整齐的黑键，而它水中的幻影更
接近音乐性，更像一架管风琴的倒影。窗洞被风穿过，阳
光潮水般波动，能听到它内部幽深而恢宏的蜂鸣。拉萨河
静静流淌，波光潋滟如一张印象派的海报。是的，这是个
音乐般的城市，静物般的城市。

　　除了一些寺院呈现着绛红色调子，这个城市几乎是白
色的，高音般的白，但细部比如雕窗则是鲜明的黑，整个
看上去明快，抒情，单纯，单纯色构成不同的色块，简单，
迷人。在马格看来，这是个童年的城市，积木般的城市，

他想起小时候曾搭建的那些好看的城堡，想起他在钢琴上幻想的一个积木城市。但那时他无论如何没考虑过这么亮的阳光，因此这甚至是一个孩子也无法想象的城市。但白色的拉萨，又的确是一个孩子的城市，多漂亮的阳光，全世界的孩子都应在这里与阳光相聚，与河流相聚，以决定他们的城市和未来。可以有一些白发老人，比如轮椅上的老人，推婴儿车的母亲，然后全是孩子。

西藏需要一颗赤子之心、婴儿之心，两者都是干净的，只有干净才能呈现干净，只有水才能呈现水。这部小说叫《蒙面之城》，问世于2001年，2002年意外地获得了老舍文学奖。在人民大会堂举行的颁奖会上，我在简短的获奖感言上说，除了这部《蒙面之城》，我所有发表的作品加起来不过几万字。会后记者采访，为什么写得那么少？我讲了我被西藏囚禁的情况。我说我得感谢这种囚禁，没这种囚禁我不会获得一颗赤子之心，一个罗丹的雕塑那样的形象。

《蒙面之城》问世五年之后，我又投入了另一场大规模的有关西藏的写作，再次眺望自己，眺望西藏。这是2010年问世的长篇小说《天·藏》，这部小说为我第二次摘得了老舍文学奖，以及首届施耐庵文学奖。如果说《蒙面之城》中的西藏还是一个局部的西藏，那么《天·藏》就是一个全景式的西藏，一个音乐般的西藏，就像我刚到西藏，被震撼，当时却无法言说的西藏。

《天·藏》一开始就像一段叙事性的音乐：

我的朋友王摩看到马丁格的时候，雪已飘过那个午后。那时漫山皆白，视野干净，空无一物。在高原，我的朋友王摩说，你不知道一场雪的面积究竟有多大，也许整个拉萨河都在雪中，也许还包括了部分的雅鲁藏布江，但不会再大了。一场雪覆盖不了整个高原，我的朋友王摩说，就算阳光也做不到这点，马丁格那会儿或许正看着远方或山后更远的阳光呢。事实好像的确如此，马丁格的红氆氇尽管那会儿已为大雪覆盖，尽管褶皱深处也覆满了雪，可看上去他并不在雪中。

从不同的角度看，马丁格是雕塑，雪，沉思者，他的背后是浩瀚的白色的寺院，雪，仿佛就是从那里源源不断地涌出。寺院年代久远，曾盛极一时，它如此庞大地存在于同样庞大的自身的废墟中，并与废墟一同退居为色调单纯的背景。不，不是历史背景，甚至不是时间背景，仅仅是背景，正如山峰随时成为鸟儿的背景。

马丁格沉思的东西不涉及过去，或者也不指向未来，他因静止甚至使时间的钟摆停下来。他从不拥有时间，却也因此获得了无限的时间。他坐在一块凸起的王摩曾坐过的飞来石上，面对山下的雪，谷地，冬天沉降的河流，草，沙洲，对岸应有的群山，山后或更远处的阳光，他在那所有的地方。

这是我离开西藏许多年后描绘的西藏，当年我是写不出这样的文字的。这里有一个非常重要的概念，就是时间。我前面也提到了时间的参与，许多处也都谈到了时间。这里我想说远方绝不仅仅是一个空间概念，它还是一个时间概念。没有时间参与的远方，是一个没有生命沉淀的远方、一个走马观花的远方，为什么旅游文字通常写不好？也是因为远方没有成为重要的参与者。所以我说我被西藏囚禁起来，某种意义上不如说是被时间囚禁起来。囚禁的意义我前面也说了，它使我的西藏变成了一个 3D 的西藏，立体的西藏，西藏本身，使我获得了一颗西藏之心。我为远方所塑造，为时间所塑造。

关于我所描写的西藏，是否和别人不同，我想引用一下上海著名的批评家程德培先生的一段话，他这样评论道："《天·藏》的叙述者是一位形而上的思考者，他聪明而饶舌，给我们讲述的却是沉默的内涵；他处理过去仿佛它就是现在，处理那些远离我们日常生活的故事，好像它就在眼前。对宁肯来说'空间'总是慷慨和仁慈的，而'时间'总是一种不详的情况。小说力图向我们展示一种文化的全貌，这种展示既面向我们，也面向与世隔绝的人。"程先生这段话有两个关键词，一个是时间，一个是空间，这也正是我所要表现的，我觉得表现西藏必须把西藏放在一个"慷慨的空间"和一个"不详的时间"中。

我想，我得感谢时间，感谢时间对远方的参与，没有时间远方就只是空间。

未来：双向的远方

但是，我是否已经走得太远了？那个疏离的孩子，那个目光如一种小动物的孩子，那个长时间在房顶上长时间伫立的孩子，那个打一张月票乘公共汽车走向远方的孩子，那个在院子里聚精会神临一种两千年前的字的孩子，那个影子般的并且总躲在别人影子里的孩子还在吗？那个问父亲大还是大哥大的孩子，还在吗？

有一天，我在一私密笔记簿里写道：有时的确需要回顾一下来路，别总急着往前赶。赶是一种盲目的心态，为了前方一个风景，略过当下风景是划不来的。停下来，坐在一块石头上，不走了，倒可能是境界。要想想，到底要赶什么呢？其实中途挺好，或三分之二途吧；不必非要登顶，这儿挺好，一凳一亭，自己即是自己的庙。当我写完最后一句，感慨半天。

那个孩子当然还在，只是非常非常远了。但月亮也是很远的，童年如同月亮，它存在着，挂在那儿，与我还有多大关系似乎不好说。显然后来我更多的是与太阳发生关系，但我的核心却不是太阳，是月亮。现在的我，对于童年同样是远方，有时我觉得我要是回到童年是看不到现在的我的。

　　当然，对于童年我有时也会感到非常非常陌生，就好像少小离家老大回，乡音未改鬓毛衰，有时回望童年就像是参观自己的陌生的旧居，抚抚这儿，动动这儿，摸摸这儿，摸摸墙上的父亲母亲、遥远的战争、父亲 13 岁的被井离乡，1912 年，1920 年，1939 年，1945 年，1957 年，1966 年。一切都好像和我有关，像一块沉默的大陆，从未进入过我的写作——我的小说。一直以来我的写作甚至故意远离我的过去，远离我的父辈兄长，家人，我也不知道是为什么。我想还是疏离的问题，月亮的问题，月亮是羞怯的，好像因为童年的羞怯，我一直对羞怯感到羞怯，羞怯顽强地阻挡着我，把我推向远方。它好像说：不要回来，你走吧，走得越远越好。说真的，我有些伤心。

　　直到最近，当我决定不再向前赶了，当我感到"自己即是自己的庙"，感到时间不再只有一个方向，还有许多方向，当我感到自己已经老了，我突然感到一种和解，一种融化，一种全面的和解。与童年，与疏离，与孤僻，与淡漠，与无尽的无明的往事。我感到那块同样属于我的沉默大陆在慢慢苏醒，我是我们家的一员，从来就是，事实上是被他们爱得最多的一员。我是多么想念我的亲人，想念父亲，想念母亲。想念 1966 年，1957 年，1945 年，1939 年，1920 年，1912 年。我当然知道这些时间在我的写作中实际上一直神秘地存在着，如果我自己真是我自己的庙，那么庙里供奉的无疑是我的父亲母亲，我的童年，还有那些重要的神秘的时间。我的主人公马格（《蒙面之城》），李慢（《沉默之门》），苏明侦探（《环形山》），王摩诘（《天·藏》），哪一个没有我童年的疏离的倒影？他们的那种孤绝，幻觉，安静，固执，狂热，哪一个不是来自那些纪年的时间深处？事实上字里行间都布满了那些神秘的时间编码。但神秘主义又是容易的，不容易的倒是，那片沉默的大陆我还从来没上去过，但我知道我会踏上去的，我今后的远方绝不仅是一个方向，我的身后，来路，更远，更长，更虚无，更辽阔。

虚构的旅行

　　一次沉默的旅行，很像一场无声的梦游，只有视觉和场景的移动，语言消失了。列车在约讷河秋天的田野和小块的森林中穿行，可能已过了枫丹白露，可能还没有，我不知道。在陌生语言的土地上，我的语言成为神话，许多天来我的沉默像一棵树的沉默，我穿越了比利牛斯高地，整个行程未出一声，也未曾与一条河相遇。也许不远处有众多的河流与我同行，而我一无所知？直到近海我才见到一条像样的河流。我不知它的流向，它好像突然出现在我的前方，但也可能始终在我的背后。没有语言一切都不能确定，就算我手握地图，我的旅行仍带有梦幻的性质，甚至像一场虚构的旅行。

1. 睡眠与场景

　　我不能确定这是否是一个港口城市，空气中的湿度与机油味在我最初醒来时，我还以为真是一个港口城市。但显然不是。

湿度与海风无关，海还很远。我醒了，点上一支烟，把头伸向窗外。这里离机场很近，是个新区，星光浩渺，隐约有一些高地，看上去像夜视镜下的光感。我的睡眠有点像白夜，大约只睡了一两个小时，显然被另一个太阳照醒，而这里仍是黑夜。到旅店已经很晚，我记得当时看了下表，那是我每天睡眠的时间。一些此地午夜的男人女人正在进入大堂的酒吧，女人们没进吧门就快乐地扭起来。吧门敞着，音乐摇晃，诱人，触及身体，让人想入非非。

上楼，开了房间，洗去旅途倦意，换了件新衬衫，我想也许应该下去喝一杯，那儿的音乐不错。没坐电梯，沿木梯走下去，磨损过度的梯铁清晰地发出了踢踏之声。这是一座六层的旧式酒店，木结构，有一种灰尘被擦拭后的芳香。我喜欢楼梯，特别是一个人走下这种旧式楼房的楼梯，那时我会感到一个人踩着了时间的琴键或者拨动了墙上古老的挂钟。整个建筑好像空无一人，只有我与楼梯发出的声音。我清楚地意识到我是一个下楼梯者，同时又像时间中的影子，我进入了某种事物的内部。过去楼梯是引发古典爱情的场所，无论回眸还是拥抱，由于楼梯的暂时性那种爱情让人陶醉。后来楼梯引入了悬念，更多时候成为谋杀现场，古典爱情一去不返，福尔摩斯成为楼梯的主角。我觉得福尔摩斯才是真正的但丁，人们正是通过福尔摩斯才开始进入了现代：由楼梯到电梯，凶手在古老的楼梯上消失了。我喜欢楼梯，但一切都已不可能。令我奇怪的是，现在楼梯虽然空无一人，形同虚设，但看上去仍然有人时时擦拭，扶手、雕饰一尘不染，像永恒的没有下文的悬念，或者是对福尔摩斯的缅怀？

酒吧本身像一件木质乐器，声音老旧又轻佻。我稍稍迟疑了一下，这也是我多年的习惯。站在门口，烛光不错，人很多，音乐已开始热烈，有一种老熟的氛围，显然这不是一个为异乡人预备的酒吧。异乡人酒吧一般是安静的，音乐成为背景，歌声成为装饰，歌手低吟，孤独的人在一起仍然孤独，因此通常我愿去那些熟客酒吧。异乡人置身熟客酒吧有点像看老电影，看别人的梦自己置身事外。侍者似乎并不欢迎我，神情冷漠，但还是把我带到一个有格栏的座位上。酒吧坐得很满。侍者问我喝点什么，我想是这样，我说了想要的，使用汉语。侍者摇头，就像他说话我摇头一样。侍者走了，不一会儿端来一个托盘，上面放了一杯啤酒，正是我想的。如果我继续摇头或使用我神话般的语言？我想还是算了，算了吧，你不应该有什么不满，啤酒是通行的语言。

烛光，烟雾，音乐，人们在吧台或格内饮酒，啜咖啡，一些人在跳舞，贴得很近。环视四周，像我这样一个人的仍有一两个，我不再觉得孤立。我呷着啤酒，渐渐看清了所有的人。人们三三两两一起，显然是本地人，让我奇怪的是跳舞的人大多是女人和女人，男人和男人，很像我早年记忆中大学的舞会，那时因为初学，同性间多有练习者，几乎称不上舞会。我记得我最早的一个舞伴是个比我大七岁的一脸胡子的家伙，东北兵团回来的，自称祖上有匈奴人血统，是我们班长，我们缠在一起，都笨得要命，像那种上不去槽的牲口，马或骡子。但这里看上去不同，虽是同性之间，但温文尔雅，自然贴切，甚至温情脉脉。我看见两个女人在接吻，很美。后来又看见了男人之间，就像骡子和马那样，有着很长的胡须。我有一种被灭的感觉，就好像我接受了或者我凑近了我们班长，我听到我的胃尖叫了一声。

或许这同样是我醒来的原因？我梦见谁了？

窗外一种类似雾一样的东西正在升起。往事混乱。吸烟，一支接一支。渐渐地我看到了事物的轮廓，事物在夜晚也有轮廓，但那是静止不动的轮廓，而晨曦中的轮廓是变化的，甚至是诞生的。我看到白带一样的公路怎样从黑暗中脱离出来，一辆汽车由近而远，开得很慢，在转弯的地方消失在一片丘陵中。那是一片起伏的坡地，完全为草坪覆盖，坡地植被比柏油路从黑暗中呈现得要朦胧一些，因而也更宁静一些。我看不到绿地后面的事物，坡顶隐约有一件雕品，后面是天空。我猜那儿可能是个有纪念意义的场所，或者是个街心公园，我猜对了。

天已发亮，但城市还没醒来。我走出酒店，感到清爽。如果说西方人通过夜晚延长生命，那么东方人则在清晨观照生命，与自然同步。我喜欢早晨，因此我们生命中的混乱远远小于西方人。街上整洁，没有一个行人，零星的出租车停在道边上，洒水车的驶过使空气充满湿度，暖色调玻璃幕墙建筑构成了新区的现代性。坡地上的公园是开放式的，没有围栏，简明，具有抽象意味。我是唯一踏上公园缓慢石子路的人，我惊动了一些道路两旁矮树上的鸟，或者没有惊动，它们的鸣叫是欢快的，动人的，事实上可能与人无关。

拾级而上，通过一处人工水池和稀疏的瀑布，来到一片齐整开阔的水泥砖地上。是个小广场，两侧是构成风景曲线的黛色坡地，一张白色的圆桌，几把圆背椅，不像是给人坐的，像是静物，它们的亮度在早霞的阴影中显得十分特别。随着高度的上升，我接近了山顶上的雕塑。雕塑是金属的，气势宏伟，凌空欲飞，大致可能想象成鸟一类的事物——光线几乎是一瞬有了变化，一缕明白无误的霞光打在雕塑上，我不禁回过头，看见身后绯云漫卷，朝霞满天。太阳刚刚露出金边，在对面山坡黛色曲线上，须臾之间已露出半轮金盏，然后一跳，升起来了，连同一幅绚丽的逆光画卷。太阳虽然升起，但是对面非感光的山坡、草坪、中部开阔地，以及那组白色圆桌椅仍在大面积的逆光里，而山坡曲线之上一组高旷的几何框架式雕塑、方柱以及树团组成了一组透视感极强的逆光剪影，雨后形成的水洼正在感光，破碎但水天一色。我登上山顶，像雕塑一样感光。马德里已在照耀中，我差不多看到了她 15 世纪的灰白色建筑，街景，雕像，教堂，以及广场。

2. 时间戏剧

　　约讷河将把我带往另一个城市，在幻觉的一动不动的旅途上，我能记起一点尼斯的是那里的海水，我刚刚离开那座小城，那时天气不错，阿尔卑斯山伸向大海，卵石构成岸，因此海水非常蓝，比天还蓝。我曾在高原的拉萨河的蓝中照见过自己，在这里又发生了同样的事。我掬起海水，一如当年掬起拉萨河水，我想看看水到了我手上是否还那样蓝，是否还像宝石一样，结果发现了我的手指和掌纹，它们几乎被放大了，我无法形容，感到陌生。我不好说我的手变得有些女性化，但我确实觉得那像别人的手或者女人的手。我从黄昏看到夜晚，看到阿尔卑斯山的夜色对蓝色海水的入侵，女性化的尼斯凉下来，沉在黑暗中。我觉得任何一处海水都不像尼斯的海水那样不喜欢夜，即使邮轮和岸上的辉煌也不能改变海水的黯然失色。

　　街上，夜晚的美丽如同烟花的美丽，极尽奢华，被称作英国人或法国人的散步大道两侧酒店林立，光芒四射，灯红酒绿，所谓的天上人间大致如此。我承认我感到目眩，同时也知道这一切与我无关。我离开海滨，背对奢华，向偏僻山麓走去。我的眼睛渐渐变得安静下来，阿尔卑斯山下的小城在山脚展现出原有的朴素与真实，街角的啤酒桶，石径，漆黑的金属窗棂，寂静的酒吧，这一切都更吸引我。我走进一家小酒馆，要了啤酒，靠窗坐下。这里过往游客不多，游人都在海滨大道，在夏纳，因此这里显然是老主顾，甚至连背包客也没有。小酒馆古色古香，有吧台，靠窗的桌，雕花木格刚刚高过桌面，大体把客人分隔开来。

没有人注意我，东方人在小城已司空见惯。酒馆很老，以致我没看见一个年轻人，大多是中年人，他们坐在磨损的吧台上，饮酒，互相调眼色，显然是为了包白头巾的老板娘。一个显然喝了不少，舞动酒杯，神气活现，喋喋不休向老板娘说什么，拉老板娘的衣袖，后来竟跳下吧椅原地旋转起来，非常专业，不能小看这个人，说不定他是个舞台艺术家，至少曾经是。大约潦倒了，这人形销骨立，酒使人瘦，现在他是个十足的酒鬼。他转了一会儿回到吧椅上，拉老板娘衣袖，老板娘神清气定，倒酒，擦杯子，打酒鬼的手，看也不看酒鬼，就像舞台上一样。这正是我要找的，想看到的，这方面我已有相当的经验，我同样是个角色——我是说在别人的眼里。但我没发现这样的眼睛，我与小酒馆已融为一体，时间短暂而漫长。我希望有人在酒馆写作，比如马尔克斯或海明威或本地的诗人，但是没有，没有一个作者。

吧台靠门的另一个人，戴着细边眼镜，脑门很亮，不是年轻人，但神态干净天真，衣着得体，一直不说话，只是表情与周边有交流，非常谙熟的交流，显然也不是一天两天了。这是四个人中唯一读书人的模样，让我想起萨特或尤奈斯库还不太老的时候。不过我不认为他是个戏剧家，他顶多是戏剧中的人物。我们的左侧，也就是过道上，还摆了一套桌椅，它们本不在格局之内，却摆在了过道里，像是临时加的，离我大约一米的样子，一直趴着一个女人，半天都不动了，从侧面看她脸色暗红，头发鬈曲，她身后站着一个瘦弱的男孩，大约十一二岁的样子。不用说女人喝多了，这一点甚至从男孩的表情上也可以看出来。我觉得男孩像《词语》中的少年，看上去无奈，镇定，甚至冷漠。他的母亲在这儿喝多了，并且经常如此，他没有办法。就算事情至此，已足可以让我在旅途上闭目品味，比如古典的欧洲，文化的欧洲，甚或没落的欧洲。文化因没落才愈显其价值，而勃兴总是遭诟病，据说法国人从不把牛仔放在眼里。这是说不清的事，我更同情法国一点。

我继续讲这对母子。我记得当我的啤酒要到第二杯时，女人突然抬起头，睡了一大觉似的望着前方，眼底混浊，肤色很深，即使不喝酒也不是老板娘的白嫩皮肤，如果把头发梳一下仍是个有品位的女人。女人并未感到我注视的目光，当她做梦似的突然朝向我，我们相视，各有各的理由。男孩向女人指了指我，对女人说了些什么，然后女人对我说了句什么，我摆摆手。我不想招惹她，无论她是向我打招呼，还是问我是否能请她喝一杯。在她眼里我大概是那种典型寡味的东方人。女人摇摇头，拿起酒杯，酒杯空空如也，她发脾气地放下，又埋下了头，像刚才一样。我以一种平静观察着一切，也拒绝着一切，我让她感到不愉快。男孩与女人说的话无疑与我有关，但时至今日我不知他说了什么，我甚至猜测不出男孩能说什么。女人显然是由于男孩的指点才醉眼蒙眬地注意到我，男孩会提醒母亲让一个陌生人请女人喝一杯吗？如果不是，那么男孩的意思是什么？也许仅仅是让女人清醒一点？难道东方人看着就让人清醒？

女人埋头后并未再次进入梦乡，而是慢慢地向后滑，椅子发出了吱吱的响声，到了一定程度男孩终于出手，拉住了女人。男孩拽起女人，非常吃力，我看到男孩的脸都憋红了，应该有人帮男孩一把，那么多老主顾，但是没有。男孩把女人一条醉了的手臂吃力地放在自己肩上，搂着女人的腰开始向外走。其实我并非比别人冷漠，我发现在场的人甚至比我还若无其事，只是躲闪，没人伸出手。一个十岁男孩架着出了名的醉鬼母亲，我想这大概是事物的核心，是经常上演的生活。至于男孩的父亲，我想这里人比我清楚，不过我知道，现代的父亲似乎比战争时期失去的还要多。都去哪儿了？谁知道呢。

女人坐着的时候，醉态还不明显，一旦站起来头发散了一脸，跌跌撞撞，根本不能走路，途中又被桌腿绊了一下，突然向下倒去。那一刹那，我看到少年萨特拼出全力撑住了母亲，没让女人倒在地上，而是顺势趴在了邻近的桌子上。男孩真是了不起。现在，他面对烂醉如泥的母亲，一点儿办法也没有了。女人伏在别人桌上并越过了桌子，脸朝地面，两手无力地垂下，头发如瀑垂到地面。如果女人不是大醉男孩尚能扶着母亲回家，现在男孩只能向别人屈服。他转过身，迟疑地，向着吧台的男人们。他走到戴圆眼镜男人跟前，向男人说着什么。这种情形显然不是第一次，男孩大概求过所有的男人，我不认为每次都是无代价的，男孩绝望的但并不热切的祈求完全是听天由命的，显然是碰过壁的。戴眼镜的男人迟疑了些时候，不情愿地或者重复以前地下了吧台，与男孩走过去，很熟练地一同架起头朝下的女人。我想假如这个男人是男孩的父亲，这个有可能吗？那将是一个真正戏剧场面，那倒符合真正的荒诞精神。但日常就是日常，日常比戏剧更让人无奈。女人虽然醉了，但就在男人架起女人的那一刹那，我甚至认为女人是清醒的。我看到了女人血红眼睑中深黑的眼珠那样看着什么，我无法形容，我认为我看到了杜拉斯晚年的眼神。我一直目送着三个叠在一起的人。三位一体。他们过了十字路口，消失在一条小巷。我想，假如男人不回来了，如果不回来，那么他会是男孩的父亲？我期望是，但我觉得是比不是还悲哀。

我的想象尚未完全展开，就已看见戴眼镜的男人。他回到酒吧，像什么事也没发生一样，仍坐在原来的吧椅上，喝那杯马提尼酒或杜松子酒，而不是啤酒。我的戏剧精神再次回到现实，那个转圈酒鬼仍跳来跳去，追包着方巾的老板娘，神气活现，拉老板娘的手，被打掉，把杯子递上去，再来一杯。我似乎被感染，要了第三杯，品着时光以及我自己。我非但没有世纪末叶的感觉，反倒有一种回到世纪初之感。我觉得一切都没变，光阴，时序，布景，酒，光感。《等待戈多》是一个糟糕的戏，是一种纯文人形而上的挣扎。这里根本没人在等待，等什么呢？人们活着，平淡，孤立，极端个人，品着每一秒钟的生命，被每一个具体的想法、时态与细节引向时间深处。深处一无所有，像河流，带走一切，周而复始。

3. 呼喊与回声

丧失了母语，我和巴黎成了双方面的盲者，我们互不认识，白天一整天沉默的奔波之后，是夜晚的沉默。巴黎灯红酒绿，满目浮华，光怪陆离，但我却常常不知自己身在何处。我不知道哪是先贤祠、凯旋门、香榭丽舍大道，哪是圣心教堂、马德莱娜教堂。我究竟是在蒙马特尔高地还是在圣米歇尔大街？这些当然是书上的巴黎，我在书中熟悉它们，但置身现场我却茫然无知。我很想到圣米歇尔大街碰碰运气，我听说那里有许多旧书摊，早年的海明威经常去那里，甚至晚年在开枪打死自己之前还到了圣米歇尔大街旧书摊闲逛。我听说有一年海明威这头老狮子隐没在圣米歇尔大街旧书摊和巴黎青年大学生的人流里，结果被当时还默默无闻的年轻的马尔克斯发现。马尔克斯激动而又矛盾，不知道是该上前请求谒见，还是穿过林荫大道向老人表达仰慕之情。马尔克斯觉得两者都极为不便，情急之下，他把两手握成杯状放在嘴边，如同丛林里的壮汉站在人行道上朝对面喊道："艺——术——大——师!"这件事是马尔克斯自己说的,马尔克斯后来写道:"欧内斯特·海明威明白,在这一大群学生中不可能会有另一位大师的——海明威转过身来,举起手,亮着孩子般的嗓音,用卡斯蒂亚语高声喊道:'再见了,朋友!'这就是我见到海明威的唯一时刻,那时我游荡在巴黎街头,毫无目的和方向。"

另一则故事,我记得是在《读者文摘》上看到的:一对美国情侣来到巴黎,在一家咖啡馆看到了海明威打电话的侧影。两个年轻人决定请海明威过来喝一杯。这是典型的美国人的性格,结果,海明威真的被两个年轻人请了过来。海明威称赞了女士的美貌,呷了几口啤酒,说还有事,与年轻人告辞。两个年轻人非常激动,但令他们更为激动的是,结账时发现海明威已把他们的账付了。

两个故事说明了什么?显然后者比前者更朴素,更符合海明威的特点,但意义不同。马尔克斯是小说家——不是说我不相信小说家——但我认为马尔克斯显然虚构了一些东西。这当是马尔克斯的特权,他有权虚构任何事物,包括自传、回忆录、与某人的会面。某种意义上,在巴特看来写作已不存在真实与虚构的区别,一切皆为文本。不过在文本中指出哪些可能是虚构部分,我认为仍有意义。比如说马尔克斯见到海明威也许是真的,喊"艺术大师"是可能的,但海明威的回答呢?回答是一回事,需要回答是另一回事。如果马尔克斯需要回答,那么海明威就必须在马尔克斯的文章中回答，这就是文本。

但我认为不用说回答，就连马尔克斯的大声呼喊的回声可能也不会有。但十年后马尔克斯写出了《百年孤独》，海明威的回答就成为一种必然，因为它等于告诉人们孤独与回答存在于每个人的内心与幻觉之中。可以想象当年还处于茫然中的马尔克斯在巴黎街头是怎样孤独，他的国家在遥远的拉丁美洲，那里正饱尝着马孔多小镇梦魇般无人问津的战争、噩梦、残酷和军人统治。因为偏于一隅和文化的隔膜，他孤独的呼喊从没人听到，甚至根本没人有耐心倾听。那么当年的马尔克斯来到巴黎是要倾听西方，同时还是寻求西方的倾听吗？他太需要海明威的回答了，哪怕"魔幻"地回答一声。

我在巴黎没见到任何人，有时我觉得咖啡馆里坐着萨特或加缪，我坐在他们曾坐过的椅子上，但很快我就觉得这世界上只有我一个人。我找到了一个书摊儿，就在塞纳河边上，但书上的字我一个也不认识。我看到巴黎青年大学生了吗？没有，在我看来所有人都是游客，都是我不认识的字。

但是回到房间，回到书里，一切又熟悉起来。

4. 巴特之塔

莫泊桑站在铁塔上说，铁塔是巴黎唯一一处不是非得看见铁塔的地方。罗兰·巴特进一步说，在巴黎，你要想看不见埃菲尔铁塔，就得时时处处小心。这些话说得巧妙但华而不实，倒是法国人的风格。我见到铁塔是困难的，在飞机上和里昂到巴黎的火车上我都没一下见到铁塔。当然我最终还是见到了。铁塔不宜近看，还是远观或停留在明信片上比较好。近看太真实，太简单，我不喜欢铁塔，一点儿也不喜欢。当我置身于铁塔之下，我发现无论是我还是铁塔，都有某种东西开始脱落，我觉得铁塔丑陋无比。我的天空被巨大的穹窿笼罩，梦想的巴黎被铁条分隔，我不能说感觉自己像个囚徒，但我确实感到巨大的紧张、压抑，甚至愤怒。

没有灯照的铁塔毫无美感，就是一堆生铁，简单生硬，完全是由简单的几何逻辑构成了它的强大、繁复与极端向上的空间。由此铁塔甚至产生了一种不可理喻的或者说非理性的东西，正如一种抽象理性发展到极致就成为不可理喻，不可一世。铁塔绝不像它在明信片上那样与法国谐调，那是被各种辅助手段虚幻的结果。事实上铁塔在法国出现得十分怪异，我觉得铁塔某种意义上更像是德意志哲学的产物，铁塔是一种超越与疯狂的哲学，像尼采或瓦格纳的歌剧。我不知道卑斯麦或希特勒站在埃菲尔铁塔上是否感觉更好一点，但我知道后者的宣传部部长一到巴黎便上了铁塔，并大喊大叫。

铁塔不代表法国精神，至少它与法兰西文化无关。

我后来查阅历史，铁塔建立之初并非没有争议，事实上很多人反对铁塔，巴黎人不仅觉得它破坏了巴黎，而且还是不祥之物。法国人的天才在于他的本能与直觉，通常都是对的。从后来情况看也证明了铁塔是不祥之物，两次铁血战争甚至欧洲的被超越，很难说与铁塔没有神秘的联系。铁塔预示一条没有边界的指向，至今仍有某种精神想握住它，仍在起作用。拆除铁塔的动议在世纪之初一直不断被提出，有几次几乎已决定了。但随着时间推移铁塔获得了时间的许可，强烈的不满与愤怒中若干次几乎被动议拆除，但是动议早已销声匿迹，一切都不再被提起。法国人后来做的全部事情就是诠释铁塔，美化铁塔，改变铁塔，以致巴黎实际上存在着两个铁塔。

是的，法国人一直在做一项工作：试图改变铁塔或用语言重新建一座铁塔，使铁塔成为全人类的，而不再是异己的不祥之物。语言的铁塔行之有效，以致全世界都相信铁塔已取代巴黎圣母院成为法国的象征，精神的出口，某种通往天空的梦想的捷径。铁塔不再是怪物，成为典型的现代神话。

解构主义者巴特在结构铁塔时显示了他语言的天才，巴特不再纠缠铁塔本身对人类本能的伤害，而是转而对铁塔的功能展开了语言分析。首先，巴特在《埃菲尔铁塔》一文说，铁塔在诞生之前就已经存在于人们心中了。虽然这几乎是一句废话，但它的确带有一锤定音不容置疑的性质。我们为什么要去参观埃菲尔铁塔呢？巴特说，毫无疑问，是为了参与一个梦想，铁塔并不是一种通常的景物，走进铁塔向上爬去，沿着一层层通道环行，等于是既单纯又深刻地临近一种景象，并探索一件物体的内部，把旅游的仪式转换为对景观和智慧的历险。

巴特说："每一个铁塔的参观者都在不自觉实践着结构主义：巴黎在他身下铺开，他自动地区分开各个地点，但并没停止把各个地点联结起来，在一个大功能空间内来感知它们。他在进行区分和组合，巴黎对他呈现为一个潜在的为理智准备好的、向理智开放的对象，但他必须运用最后的心智活动亲自将巴黎结构出来。让我们在铁塔上看一看巴黎的全景图吧：你可以分辨出由夏约宫倾斜而下的山丘，在那边是波罗纳森林。但凯旋门在哪儿呢？你看不见它，它的不在，迫使你再一次审视全景，寻找这个在你的结构中失去的地点。你的知识在和你的感觉作斗争，而且在某种意义上这就是理智的含义：去结构。"

这是迄今为止我见到的对铁塔最成功的辩护，但我仍然不能同意巴特的观点。当巴特把铁塔当成巴黎的"眼睛"，巴特的确是杰出的，问题在于你是看铁塔，还是看巴黎？巴特难道可以只让人们借助铁塔"结构"巴黎而对铁塔视而不见？让铁塔也像人一样成为自身视觉系统的盲点？事实是当我还置身于铁塔之上，铁塔就已让我的视觉系统因震慑而目瞪口呆，我的"智慧的历险"更倾向于此时对铁塔的专注，抓住内心的反弹不放。我是固执的。我对巴黎并无研究的兴趣。夏约宫在哪儿，凯旋门在哪儿，波罗纳森林在哪儿，这对于一个匆匆的过客真的有意义吗？仅从巴特对铁塔的辩护，显然巴特仍是一个结构主义者。巴特的盲点显而易见，《埃菲尔铁塔》一文只对法国人有效。

5. 红磨坊

走进红磨坊之前，我一直认为红磨坊与面包有关。我不知道是怎样形成这种印象的，好像是在人们谈论法式面包时，听到过红磨坊这个词。那时我居住的那个城市已出现了多家装潢考究的面包房，不少是同法国人合资的。而且，谈论同法国人合资面包房的事在我身边就有几起，后来都不了了之。因此我的潜意识里大概固执地认为红磨坊是法国的老字号，就像我们的六必居、爆肚满、酱肘子。带着这种印象，我被带到了红磨坊，据说是来看舞蹈，我不太理解。

红磨坊灯红酒绿，光怪陆离，霓虹灯风车闪烁不定。风车是红磨坊的标志，它显得非常巨大，仿佛整个巴黎就是由它转动的。我看不出一点面包或酱肘子的迹象，豪华耀眼的装潢也没有一点面包房的影子。入门之后，宽敞的过厅似乎有无数种绚丽的灯光向我射来，两侧的招贴画舞女纷呈，大腿亮相，妖娆惑众，我不再想面包的事。来这儿的人衣着考究，存包，领牌，被侍者引领，像参加某种庄严的仪式。我有一种预感，我觉得这里是巴黎的一个重要入口，一个神秘的核心地带。我被带到古色古香的二门，二门是关着的，我走到跟前的时候它自动打开，里面的侍者把我接进去，门再次关上。在巴黎，作为一个过客，我一直有一种被拒之门外的感觉，现在我觉得窥到了一点什么。

座位是预订好的，还在比较靠前的地方。侍者带我到我的座位上，同桌还有另外三个陌生国籍的人，可能是法国人或英国人、荷兰人、西班牙人。我从来弄不懂他们，就像他们也常把我当成日本人、越南人或高丽人。侍者提来一篮子葡萄酒和香槟酒，示意我可任选一种。我要了一瓶香槟酒，这是我应得的。舞台很大，灯光空明，演出还没开始。

我不知道怎样称呼这里，是大型酒吧，还是剧场或宴会厅？总之，这儿不是一个单纯的场所，这里大体由三部分组成：舞台，围绕舞台的环形酒吧，剧场（阶梯依次上升，一直排列到黑暗的后部）。整个看上去大致可容纳千人观赏、就餐，座无虚席。我的位置距舞台只隔了三排餐桌。侍者穿行，不少人除了饮酒还在就餐，不时用餐巾抹着嘴。

我有点后悔要了香槟，我应该要葡萄酒。实际上这两种酒我都不想要，我实际上喜欢啤酒，想要扎啤，那种大扎的，像在爆肚满或东来顺那样的大扎。香槟太让我扫兴了，我又不是绅士。

不，我要啤酒。我招呼侍者，把香槟推给他，连比带画，怎么也表达不出啤酒的意思。后来突然想起啤酒是外来语，啤，我说，啤儿，比尔，屁尔——侍者终于点头了，收起香槟，不一会儿送来啤酒。

这时演出开始了。我感到一种满足。

音响轰鸣，震耳欲聋，大幕一瞬间被拉开，巨大的视觉冲击由于毫无准备感觉突然掉进另一世界。原来我以为舞台不大，结果幕一拉，场面如此宏大、绚丽，以致使观众的空间突然变小了，观众一下面对了欢腾绚丽的海洋：百名表演者像天女散花，像无数从壁画上走出的美女，她们向你微笑，向你歌唱，向你震颤，向你展示她们的羽毛，霓裳，乳房。特别是后者，如此盛开、逼真，让人难以置信。中间领舞者是一男一女，以这两个人间尤物为中心，展开为拥抱观众的宏大的由霓裳和敞开由胸部构成的整体造型，而布景具有古罗马的建筑风格，远景是希腊的天空和海洋，穹顶和两侧是铺着红地毯的楼梯，楼梯伸向观众，每个梯级上都站着各国古典风格的裸体造型，就像雕塑那样。但她们是真人，她们是生动的，鲜活的，眼睛和睫毛在眨动、传神，乳房和胯的颤动仿佛表明她们似乎正欲从历史建筑墙壁中走出来。她们是虚幻的，又是真实的，真实得无以复加。如此古典的大规模的霓裳、胸部、人体造型使整个舞台几乎成为一次大规模的装置艺术、一次复活了古典绘画建筑与雕塑艺术的盛宴。我不能不把她们的线条同卢浮宫联系起来，我刚刚参观过卢浮宫，脑子里充塞着艺术大师们对人体的沉思、痴迷、审美、歌唱和梦想。人体是文艺复兴与人文主义的核心，尤其当我看到德拉克洛瓦《自由女神引导着人民》原作，觉得德拉克洛瓦已把人体升华到了悲壮有力、感人至深、充满革命味道。而这里的人体造型表演与西方人体艺术传统可以说一脉相承，同时由于将人体公众化和现代化更显得热情洋

溢、神采飞扬——女人裸体从传统的画布和建筑物走上舞台
（事实上也进入了海滩）和公众，让人惊心动魄，也更让人热爱
人生。吃了酱肘子或爆肚满如果不欣赏人体，简直就是自戕
行为。

整体亮相后，每场演出不仅是歌舞，还有简单的情节，类
似歌舞剧或情景剧的片段，呈现出后现代的拼贴式的情境表演。
每个节目都不单纯，都加入了不同因素，甚至可以看到不同时
代的并置，可以能同时看到西班牙舞女热情粗放、日本舞女如
浮世绘、阿拉伯舞者刀光剑影展现出天方夜谭的爱情，而华尔
兹舞的庄严展现出欧洲宫廷的豪华与经典，同时还有桑巴舞、
恰恰、迪斯科、牛仔，甚至重金属的摩托车也驰上了舞台，摩
托车载着现代摩登女郎，风驰电掣……毫无疑问，熔古典与现
代、西方与东方于一炉，但一切又都是法国化的或红磨坊化的，
因为无论哪一个国家民族的服装，红磨坊都以惊艳的女性乳房
为整个花哨服装的视觉中心，并且事实上被重新设计了——无
论本来多么封闭的阿拉伯公主，还是同样严实的日本绣女，更
不消说奔放的西班牙女郎，本来就袒胸露臂的华尔兹，概莫能
外。至于我们古老的敦煌的飞天，本来只存在于壁画上，但在
这里成了真实的人体飞翔——她们不断沿着空中的索道飞向观
众，在人们头顶上掠过，散下一束束香花。人间所能制作出的
视觉快乐，在红磨坊可以说无以复加。这时候没有思想，也不
需要思想，对于一场视觉的盛宴，我们只要身体就够了。

在两组歌舞剧之间，常常穿插着一些幽默滑稽表演，让你的视觉放松一下，大笑一阵，不然眼睛太累了，眼睛会受不了。我不喜欢滑稽或魔术表演。我曾看过太多的让人发笑的表演，比如我们的相声。我不想在巴黎笑。然而没想到笑却找到我头上，一个卡通般装束的表演者这时走上了舞台，他的样子让人发笑，但我觉得一点也不可笑。他提着一只大箱子，挤眉弄眼，装神弄鬼，可以突然把自己放大、展开、然后又缩小。他的箱子总是无故落地，以逗人笑。但是没什么人笑。他不受欢迎，直到他走下舞台来到就餐的观众席上，才引起真正的注意。他欠身邀请一位男士，示意这位男士到台上，又邀请了一位女士。当他准备邀请第七个人时，看了一会儿，跨过前面两排餐桌向我走来。我以为是看中我旁边的女士，结果是我，我摆手，指旁边的女士，结果非要我起来。

我是最后一个被邀请者。魔术师抓住我的手，举起来，招摇过市地把我带上了巴黎的舞台。七个人站在灯光四射不可一世的舞台上。我最后一个上台，被放到了七个人的中间。七个人可能代了七个国家或民族，但也可能只是两个国家——中国和外国。在我看来，中国是那种可以相对于整个世界的国家，这样的国家为数并不多，甚至屈指可数。比如美国，或者还有俄国。后来我才知道邀我上台的小丑在法国大名鼎鼎，是法国著名的滑稽魔术表演大师，名叫 Eric. Boo，但当时我认为他不过是个小丑。他向在台上的每个人做了一个动作，示意模仿他，到我跟前时夸张地歪着头看着我，好像我有什么特别。我同样回报了他一个怪相。我对舞台并不陌生，上中学时我曾在上千人的舞台上表演过自己编导的相声小品，并获得过演出一等奖。我的面部肌肉可以说训练有素，即使多年后使用一下也并不感觉费力。Eric. Boo 做了一个稍稍复杂一点儿的动作，我的模仿引起了哄堂大笑。Eric. Boo 握住了我的手，把我从一排人中拉出来，又拉出一个金发女郎，我们两人各站一端。Boo 示意我们摇动手臂，我们摇起来。剩下的人被排成一队站在中间，一声哨响，我们开始摇臂，Boo 示意让他们跳起来。哨声越来越紧，我们越摇越快，台上跳得一塌糊涂，台下一片笑声。

表演结束时，我们来到中间，我与金发女郎握手，Boo 热情地拉过我和金发女郎，把我们的手举向观众，Boo 向我说了句什么，我也向他说了什么。但是什么呢，我们两人都莫名其妙，于是大笑。

大幕拉上又拉开，歌舞剧继续进行，真是美不胜收。散场的时候，一些人发现了我，向我致意，发出"OK"，我在巴黎的舞台险些一举成名。我走进了附近一家咖啡馆，只能说"一家"，因为我叫不上它的名字。我想要一杯杜松子酒或马提尼酒，但我无法开口。我只会说汉语，我唯一可选择的只能是啤酒，屁尔。我要了啤酒，我在想，红磨坊之于巴黎或世界到底意味着什么呢？

6. 阿姆斯特丹

　　水。音乐。建筑与秋天。雨把秋色点燃，因而更鲜艳、纯粹。建筑像树木一样，也有季节：阿姆斯特丹是欧洲北部的一片纯正的枫叶。我随季节到了荷兰，随秋天到了阿姆斯特丹。秋天像火，但雨把它打湿了，水与火构成了荷兰湿漉漉的亮色。我已经很累，荷兰给了我一份意想不到的安宁。

　　那就让斯宾诺莎安睡吧，让伦勃朗，让凡·高，让高更，让蒙德里安，让劳特累克，让塞尚。不打扰他们了，也不去想他们。我只想拥有一个纯粹的荷兰，一个陌生的但却是我个人的阿姆斯特丹。我懂得自然界的语言，也读得懂建筑的语言，我对语言不再有任何要求。在鹿特丹我渡过了莱茵河。因为就要入海，莱茵河的宽广让我吃惊，像武汉的长江一样宽，颜色也一样，甚至两岸的寥廓与空蒙也一样。

　　我不能想象荷兰这样美丽如风景画的国度，能容纳下这样宽广的大河。无疑莱茵河泛滥起来是可以吞没一个像荷兰这样的明信片般的国家的。但是没有，从来没有，也不能。荷兰很小，但因为莱茵河获得了一种宏大的胸襟和气魄。她的工业和贸易触角伸向全球，包括我的剃须刀与随身听都是荷兰生产的。

　　小国有大的气魄，而大国常名不副实。

　　是的，我越来越倾向小的事物，倾向于细节与内心，就像我昨天在贝特留斯山谷那样，一个人和清晨，和一条山谷，和山谷中沉睡的建筑。我在谷底散步，什么也不思，什么也不想，甚至不想这是一个叫卢森堡的地方。我只想深深地沉浸于自我，只想与幽深的石径与桥、早雾和流水相遇，只想进入谷底火红的枫林，进入那些秋天的果实，撇开一切相关的历史、文化和传说。我在谷中的石径上与一个卢森堡老人远远相视，两侧是尚在沉睡中的窗和门。我沿径而下，老人在下面，在细雨中靠着门板吸烟斗。旁边的门只开了一扇，很小的一扇门，另一扇还关着，碎石径泛着早晨特有的那种有过夜雨的白光。因为整个谷中似乎只有我和老人，当我们擦肩而过，就在我们相视的那一瞬，我看到老人在用目光向我致意——一个苍老的像是失眠了五十年的笑意。"您好！"我情不自禁地说。我相信老人也说了同样的话，他的嘴唇动了一下，这时，只要开口，无论何种语言，人类都能听懂。但是我们的确不能再说什么，我们只有各怀着内心的波澜擦肩而过。我觉得老人的笑十分长久，就像上帝的底片可以被重复洗印出来。我到了谷底，到了川流不息的贝特留斯河的一座桥上，就像现在我站在阿姆斯特丹的雨中，看着湿透的街景，运河，游船，两岸音乐般的建筑，老人失眠的微笑就在河上，河上的白光一如老人的白发。老人就是老人，就是一种存在，没有任何别的意义。

我上了一条游船，船上有大约五十个座位，但只有不多的人，多数座位空着。我喜欢那些空着的座位。游船在如网的河上航行，就像汽车在公路上。荷兰是个水上国家，阿姆斯特丹是个水上城市。阿姆斯特丹没有什么特别讲究的桥，不像塞纳河上的桥，有着那么多的人文积淀和历史钩沉。在巴黎我曾在塞纳河上试图找到米拉博桥，但其实也许我就在那座桥上，如果没有语言，我觉得巴黎的任何一座桥都可能是米拉博桥。或许荷兰也有这样的桥？但我不想再想这些。我愿桥就是桥，就是一种连接，一种简朴，像阿姆斯特丹的数百座普通的旧桥。还有什么比水更朴素的？桥也应该这样。但岸上的建筑无疑应是典雅的，暖色调的，像古典音乐，是室内的。欧洲的古色古香到了荷兰达到了某种极致，已有了北欧的某种宁静氛围。但她又是暖色的，没有极昼或极夜的那种静止与虚无。荷兰四季分明，时间生动而准确。雨后，夕光从教堂灰色尖顶打过来，照在城市暗色调的河上，红色准时地成为建筑的背景。特别是夜幕降临时，被古色古香建筑划分的晚景与城市初燃的灯火辉映在河上，那一瞬间，仿佛天火已燃了一个世纪，就要熄于世纪末叶。

欧洲是太安静了，安静得似乎只有等待，让人不安。

出　埃　及

冲动的河流

火车驶出开罗，城市灯火渐稀，窗外夜色茫茫。我睡眠不好，在火车上更无法成眠。尼罗河可能就在身边，却咫尺天涯，我看不见她。毫无疑问火车沿着尼罗河行驶，直到一个名叫阿斯旺的地方才会停下。那是火车终点，不是河流的终点，在埃及河流没有终点。尼罗河，从中学时代我就曾在地图上无数次想象她，现在她就在我身旁，可我仍要像在远在千万里之外的北京，像在孩提时代那样想象她。

夜晚我数次拨开疾驶的列车的窗帘，但是一无所见，我甚至只在窗玻璃上看到了自己的面孔，如同我在国内旅行常有的那样。白天已参观了古埃及博物馆，与公元前 3000 年的墓葬文明，数万个橱窗，一一会晤，说实话我的感觉并不好。金字塔是真实的墓地，而古埃及博物馆则像六千年墓地的盛宴，虽琳琅满目却让人窒息。即使到了金字塔下，我的感觉还是没好到哪儿去，反而耳边一再响起《尼罗河传》的作者埃米尔·路德维希说过的话："无论法老有多么长寿，多么强大，即使他大肆宣扬登极四次，尼罗河仍要比他长寿和强大一千倍。实际上现在只留下了三个雕像，第四个雕像上面的砂岩部分已倒在自己脚下。"这是真实的场景，是我看到的场景，晚上在驶离开罗的火车上回忆的场景。我更渴望见到尼罗河。

在失眠中无论如何我还是睡着了，一觉醒来，我见到了真正的埃及，我认为只有尼罗河才称得上真正的埃及。阿斯旺是个水边小城，尼罗河从城边静静穿过，岸上绿树成荫，古老的旅游马车在便道上奔驰，即使不坐上去，即使只在路边看着花哨马车奔跑的样子也让人高兴。阿斯旺小城因阿斯旺水坝驰名世界，在三峡大坝未建成之前它是世界第一大坝，坝高一百一十米，上游库区烟波浩渺，水天一色。大坝之下，飞流直下的尼罗河在远处同样安静，如同梦幻。伟大的尼罗河因一条人工的大坝仿佛把一个古老的梦分成了两个梦，人站在大坝上仿佛手挽两条不同彩练，跳一种两重天的造型强烈的阿拉伯舞。不久之后我在红海"一千零一夜"的舞台上还真看到了类似的舞，让我不禁想起站在阿斯旺大坝上的如梦如幻的情景。"一千零一夜"的阿拉伯瘦男子，身着色彩舞衣，随着音乐翩然旋转。当音乐的速度加快，舞者的裙摆也跟着飞扬起来，极像一张巨大落差的彩色的大伞；当速度转到最高点，裙子竟然分开成上下两层，上面那层慢慢上升，形成一个倒伞，包裹起舞者头部。

突然间，这伞又滑到舞者的手上，变成了名副其实的大伞舞！那真是千变万化，如幻如梦。据说这种舞蹈是由13世纪伊斯兰神秘教派哲学家所创，是为了冥想之用。透过单调、简单的动作，达到宗教的高潮与冥想之境。我不知道建造阿斯旺水坝是否受到这种古老舞蹈的启示，但是的确，我在大坝的风中感到了旋转，甚至在一种眩晕的飞速的如梦如幻的落差中产生了瞬间的冥想：我就是那个圆点。

阿斯旺的确让人冥想。

由于大坝的建造埃及的经济获益匪浅，但是也有代价，一种诞生于尼罗河的古老水文——时间节律，随着大坝耸起彻底不复存在，六千年的古老文明实际上到1970年大坝耸起才真正宣告结束。

公元前4000年，埃及人就把一年确定为了365天。在古王国时代，当清晨天狼星出现在下埃及的地平线上，也就是天狼星与太阳同时升起——天文学上称为偕日升时，尼罗河开始泛滥。泛滥的时间非常准确，简直就像钟表一样，古埃及人把这一天称为一年的第一天。那时观测天象的祭司清晨密切注视着东方地平线，就是为了找到那颗天狼星。

"啊，天狼星和太阳同时出现了！"

身材高瘦、脸庞黝黑、鼻子尖尖的祭司精神振奋起来，很快这一消息从下埃及传到上埃及，进而传遍整个埃及。那时尼罗河两岸的庄稼该收的大部分都收了，但还应该清理一次；勘界用的标志该埋的都埋了，但还应该检查一次。然后，**就静静**地等着那浩浩荡荡的尼罗河水携带着肥沃的泥土来吧。

与黄河、印度河、幼发拉底河同样孕育了古老文明的河流不同，尼罗河的泛滥极有规律，每年洪水何时来，何时退，古埃及人很快就掌握了。每次洪水泛滥都会带来一层厚厚的淤泥，使河谷区土地肥沃，庄稼可以一年三熟。但洪水之后，土地的边界全部被淹埋，重新界定土地边界需要精确的测量，于是在埃及产生了一个特殊的阶层——土地测量员，这些土地测量员就是现代测绘学的鼻祖。洪水是可怕的，自古以来，人们总是把洪水和猛兽联系在一起。然而，尼罗河两岸的埃及人民不仅不将尼罗河泛滥视为不幸的灾难，而且还虔诚地盼望其泛滥，并于其泛滥之时予以隆重的庆祝。那时人们喜气洋洋，河面上，无数舟楫荡漾，人们在船上唱歌跳舞。

但是这一切都已结束，水文的节律消失了。

天狼星照样升起，而河水已不再冲动。

阿拉伯人仍在跳舞或冥想。

会永远冥想下去吗？

阿加莎·克里斯蒂

阿加莎·克里斯蒂住过的酒店在阿斯旺享有盛名，据说住一晚克里斯蒂住过的房间比住总统套房还要贵，听到这个消息我一点也不觉得过分，一个小说家享有这样的荣耀我认为自然而然。当游人熙熙攘攘跳上甲板，当游船像当年的电影里那样鸣着笛离开码头，当酒店渐渐消失在岸上的视野里，我觉得所有的乘客都是电影中的乘客，虚构的场景与真实的场景重合，尼罗河在强大的电影力量下已是电影化的尼罗河，而古老的尼罗河似乎已退居为想象的背景，我相信每个上船的旅客都无法不想到那部伟大的电影，无法不既当真又戏谑地想到会不会真的发生一次惨案。特别对于中国人，在封闭许多年之后的开放之初，这部电影差不多是最先引进的一批，如果说它让中国人目瞪口呆有些夸张的话，那么每个观众都受到强烈的视觉与语言的冲击确是真的。许多人看过何止一遍，台词口口相传，比如：

无声就是默许。

悠着点儿。

女人最大的心愿就是让人爱她。

不，比利时人。

如果她睡不着觉，如果她走出了船舱，如果她看见凶手……

最经典的段落：

夫人们、小姐们、先生们、朋友们，该收场了！我——

赫卡尔·波洛现在很清楚地知道，是谁杀死了道尔太
太……

许多年前我大段地背诵着这个精彩的段落，我成为《尼罗
河上的惨案》众多发烧级人中的一个，那时是多么贫乏，以致
电影看过两遍之后就能大段背诵，那时我的脑子还充斥着大量
的样板戏的台词："天王盖地虎，宝塔镇河妖，莫哈莫哈，正当
午时说话，谁也没有家！"那时我们多爱背台词，所以当真正的
艺术被引进来，我是多么惊心动魄。那时我绝没想有一天自己
也成了作家，也像波洛和许多乘客那样踏上尼罗河的游船。我
与尼罗河有着某种想象的关系，特别现在作为克里斯蒂的同行，
我怎能不感到某种想象的冲动，我甚至提议北京作家团每个人
构思一篇同题材小说，但是应者寥寥。我们要在河上航行三天，
游船一如移动的酒店，窗下即河水，几乎伸手可及，窗外景色
宜人，风光无限。那时正午太阳下，尼罗河阔大平静，缓慢而
不动声色，岸上高大的油枣树或单棵或几株或十几株密集地聚
在一起，挺拔地伸向与河水同样颜色的没有一丝云彩的天空。
不远处就是沙漠、荒丘，以及看上去无人居住的古堡，这些都
是一个作家的想象空间。尼罗河因《尼罗河上的惨案》给了人
想象的张力，我相信没有一条河像尼罗河让人产生想象的冲动。
我在餐厅用餐，我穿过过道，我路过某人房间，我来到船舷，
上到甲板上，甲板上有躺椅、藤椅和藤桌供人休闲，当夕阳西

下，河水被染成火红色，甲板上的人也变成了红色，这一切都构成了我神神经经的遐想。

夜晚，枕水而行，枕水而眠，我从未睡在水上，这使我感到无限的奇异，我在构思我的故事，我在想种种可能性，浪漫的，古老的，恐怖的，甚至解构的，后现代的，我在想"惨案"的另一种可能性，譬如根本没有凶手，譬如像我这一样一个神神经经想入非非的人的确发现许多蛛丝马迹，但一切都似是而非闹出许多笑话，或者我杀了人，然后我开始调查自己……

三天的尼罗河航行，不断下船，参观了菲莱岛菲莱庙、未完成的方尖碑、拉美西斯二世神庙、埃德夫神庙、卢克索西岸的国王谷、哈特谢普苏特女王庙及哭泣的门农神像，最后是世界上最大的神庙群：卡尔耐克神庙和卢克索神庙。尽管一路饱览尼罗河两岸古埃及六千年的人类文明遗产，但是到了气势恢宏气象万千的卢克索神庙群，我禁不住再次掉进克里斯蒂的叙述圈套。《尼罗河上的惨案》一个颇具异国风光的场景就发生在卢克索神庙群，我还记得电影中那块柱顶的巨石怎样神秘松动、滚下以及落地的巨大声响，克里斯蒂是多么会选择谋杀的地点，这不过是一个枝节，但给电影或小说带来了怎样的观赏性，以致当我真的来到了卢克索，观赏和凭吊倒成为其次，回忆电影中的场景才成为主要。直到这时我才发现我必须警惕克里斯蒂了，如果说克里斯蒂使尼罗河名声远扬，那么是否在另一种意义上也"谋杀"了尼罗河？

沙漠之蓝

事实上，直到大巴在阿拉伯沙漠行驶了七个小时，直到沙漠上突然出现了一抹惊人的蓝，我的埃及之旅才算彻底告别了克里斯蒂。请想想吧，在大漠孤烟中行驶了七个小时，突然石破天惊出现了一抹蓝色的大海，那种激动的确可以让人忘记一切。那是红海，沙漠之蓝，蓝得恐怖，像另一个世界。

我曾想象红海是否真的是红的，为什么是红的。我想是否因为阿拉伯沙漠过于庞大，在太阳之下金光闪闪，以致把狭长的红海给映红了？在地图上我知道红海是狭长的，我知道她位于亚洲与非洲之间，连接了印度洋、地中海和大西洋，是海上交通要道，据说连郑和的船队也曾到过红海。我还知道红海的扩张之谜，红海是世界上最年轻的仍在生成的海洋。1978年11月14日，北美的阿尔杜卡巴火山突然喷发，浓烟滚滚，溢出了大量熔岩。一个星期以后，人们经过测量发现，遥遥相对的阿拉伯半岛与非洲大陆之间的距离增加了1米，也就是说，红海在7天中又扩大了1米，这种现象被称为红海之谜。

2000万年前，阿拉伯半岛开始与非洲分开，诞生了红海。现在还可看出，两岸的形状很相似，这是大陆被撕开留下的痕迹。非洲板块与阿拉伯板块间的裂谷，沿红海底中间通过，在近300万~400万年来，两个板块仍继续分裂，两岸平均每年以2.2厘米的速度向外扩张。现在红海还在不断加宽，将来有可能成为新的大洋。海洋地质学家解释说，红海海底有着一系列"热洞"，在对全世界海洋洋底经过详细测量之后，科学家发现大洋底像陆上一样有高山深谷，起伏不平，从大洋洋底地形图上，我们可以看到有一条长 75000 多公里，宽 960 公里以上的巨大山系纵贯全球大洋，科学家把这条海底山系称作"大洋中脊"。狭长的红海正被大洋中脊穿过，沿着大洋中脊的顶部，还分布着一条纵向的断裂带，裂谷宽约达 13~48 千米，窄的也有 900~1200 米。在裂谷中部附近的海水温度特别高，好像底下有座锅炉在不断地烧，人们形象地称它为"热洞"。科学家认为，正是热洞中不断涌出的地幔物质加热了海水，生成了矿藏，推挤着洋底不断向两边扩张。

但是红海为什么是"红"的呢？

明明是蓝的，而且在我看来由于沙漠的映照红海比地中海还要蓝，比印度洋还要蓝，比中国的三亚，比任何一处海水都要蓝。有的海水远看比较蓝，但一到近处就显出了灰或绿，但是红海不同，我到了她近处，甚至把红海水捧在手里感觉还是那样蓝。下榻的酒店就在海边上，酒店可能考虑到沙漠之后对海的渴望甚至把酒店建成"U"字形，将一湾蓝色的浅海揽入了怀中。清晨，我来到酒店的外海（我只能这么说），沿着石砌的甬道散步，红海的涛声在远方呈现着两种极致的单纯色：白色与蓝色，并且分布得层层叠叠，几乎提示着另一种水文时间。有人比我还要早，远远地我看到两位穿着鲜艳的女士，一个是徐坤，一个是赵凝，她们可能与太阳同步，太阳一升起她们就到了海边。让我惊讶并羡慕不已的是，她们每人手里都拿了一个小本，像小女生似的面对大海写字，毫无疑问在写诗，哪怕可能不是诗，但她们向大海敞开了自己，她们就是诗人。

红海之"红"也许就是当初命名她的人的一种感觉吧。

或许就如诗人们常有的感觉。

说不定就是女诗人。

漂来的房子

说吧，漂来的房子是一种隐喻，还是现实？

　　漂来的房子最早叫没有窗子的房子，它出自四十年后我哥哥同我的一次谈话。四十年前我父亲乘一列小火轮把我们全家从乡下接到北京，先到了天津码头然后转道至北京。我哥哥在形容那列小火轮时说它是一间没有窗子的房子，当时他十岁，我还没有出生。我显然不在船上，但我始终认为我是在船上的，乡村的小火轮像在我哥哥脑海里一样，一直也在我的脑海里。不同的是，我认为是漂来的房子，我认为我们所有人都是漂来的。没有窗子的房子，漂来的房子，前者大概是一种隐喻吧，它暗示了我哥哥五十岁以后一种无以名状的东西。就算是没有窗子，我想大概总应该有个窄门吧。我想门是开着的，能看到河上的风景。

哪一条河，是运河吗？

不，是半截河，河北省的一条古老的河，四十年前甚至三十年前还可以通航，但像它通往的著名的白洋淀一样，如今河已经干了，现在它只是一个村子的名字。半截河的邻村宁庄是我的故乡。另一个邻村叫诗经村，我不知道它和《诗经》有什么关系，但肯定有关系。我虽然并不出生在宁庄、半截河或诗经村，但我认为我来自那里。也许我在另一条船上。漂来的房子或没有窗子的房子里坐着我城里的父亲，乡下的母亲，以及我十岁的二哥，七岁的姐姐，十三岁的大哥。我大哥水性好，受不了船上的闷热，一直站在船尾的窄门处。后来我二哥也站在了那里。两个乡村少年对于未来感到不安，他们要永远离开他们的河流和村子了。他们的父亲一直在教育他们，城里人有哪些规矩，他们应该如何如何。我母亲听烦了，同我父亲吵起来，以致行前发生了到底还去不去北京的危机。我母亲说他们并不稀罕北京。北京是我父亲的梦想，他为终于就要实现这一梦想非常自豪。一次不安的不愉快的航行是他始料不及的。船到白洋淀时起风了，我父亲叫我两个哥哥回来。他们回来了，坐在黑暗里。

他们不想离开？

一直想离开，但到了船上他们开始感觉不安。事实上我父亲也同样感到了某种不安。离开故土总是让人不安的。我父亲十三岁离开故乡，正好是我大哥这时的年龄。虽然我父亲与我大哥离开的背景如此不同，但同样具有背井离乡的性质。也许我父亲理解了孩子的不安，因此起风之前他一直站在他们身后，不再教训他们。我哥哥在向我描述那次航时行时说，父亲在他们回到船内后，再次讲起1925年他的离开，以及我们这个家族更早的离开。由于我父亲的讲述（一代代的讲述），我和我哥哥从记事起就感到我们来到这个世界不是偶然的，我们一直生活在遥远的记忆里，几乎没有真正意义上的童年。我们的年龄似乎远远大于我们实际的年龄。我们不是七岁、十五岁、二十四岁，从一生下来我可能是五十岁、七十岁，源远流长，一直甚至可以追溯到山西省洪洞县的大槐树下。我父亲说，几百年前，我们宁氏先祖四兄弟在山西洪洞县大槐树下背井离乡。我们的祖籍是山西人，是历史上最早加入的最大一次移民行列的家族。几百年前，天下一统，连年战火，中原人口锐减，新朝皇帝下令相对安定的山西人向内地移民，山西各地移民集中在洪洞县大槐树下，向河北、山东、安徽、江浙进发。

据我们的笔录，你哥哥后来曾重返山西。

是。几百年后另一次大规模的移民。那是1968年，我哥哥从北京出发，宿命般踏上了先祖的移民之路。那年他二十二岁。我哥哥说 1968 年的北京站站前广场一如当年古老的大槐树下，成为亲人送别和哭声的海洋。我母亲、姐姐、父亲，还有我，我那时十岁，在站前广场挥动着手臂。我们，还有更多像我们一样的人，至今不会忘记那最后时刻一声尖厉的汽笛声："哭，哭——"火车叫送行的人哭，本来多数人都还忍着，这下叫哭，所有人都一齐哭起来。母亲儿子扶车牵手而行，汽笛撕心裂肺。杜工部有"感时花溅泪，恨别鸟惊心"之句，那时没有汽笛。鸟都惊心，汽笛又该如何？

三十年后我读到后来疯了的诗人食指当时写的《这是四点零八分的北京》，像杜甫的《春望》一样，我认为《这是四点零八分的北京》同样是我们诗歌史的不朽之作，同样是一个时代的重要证词：

这是四点零八分的北京
一片手的海浪翻动
这是四点零八分的北京
一声尖厉的汽笛长鸣

我的心骤然一阵疼痛，一定是
妈妈缀扣子的针线穿透了心胸
这时，我的心变成了一只风筝

　　风筝的线就在妈妈的手中

　　线绳绷得太紧了就要扯断了
　　我不得不把头探出车厢的窗棂

　　我再次向北京挥动手臂
　　想一把抓住她的衣领
　　然后对她亲热地喊
　　永远记住我，妈妈啊北京

　　这首诗写于 1968 年 12 月 20 日，我部分地引了这首诗。

　　食指是那个时代的天才，代言人，他记录了我们时代的离乱与惊心。1998 年我在沙河精神病院见到了大诗人食指，像我哥哥一样他已不再年轻，但神志不错。离乱仍刻在他脸上，像历史见证。随着时间推移，我后来在更多人脸上看到了 1968 年，1957 年，1925 年，1851 年，直至我的海门先祖离开山西大槐树下的明朝初年。我父亲说，我的先祖宁海门当时只有十四岁，与宁江门等三位兄长被绳索牵着，与更多人捆在一起，玄衣青裤，离开大槐树下，走在长长的黄烟四起的移民队里。

　　你能确认海门是十四岁？

是一代代传下来的。家谱上也有记载。我父亲听我太祖父说，移民官员为防止中途有人逃跑，把所有人用绳索串联起来。我们这一门是海门。海门是四兄弟中最小的一门。最小的一门最先与大哥、二哥、三哥在现在的河北省河间县城被强行分离。十四岁的少年宁海门得到了大哥宁江门的一套四书五经和一副纸墨笔砚，我父亲说，江门要海门不忘读书写字，记下家世，将来太平，每门提一部家谱重返山西故里。

据我们对县志的了解，这一想法始终没有实现。不过，你是否扯太远了？

如果我的年龄无法确定，就没有称得上远的事物。四百年算什么？对于每一个中国人四百年都不算什么，一千年也不算什么。你们说的县志我不予信任，如果你们据县志裁定事物你们会像县志一样荒谬。随你们便吧。真正的记载在民间，在心灵，在代代离民的血液，在母亲和祖母的夜晚，在刚出世的婴儿的摇篮里。事实是，江门的想法部分地实现了。我母亲说，1951年春天或者秋天吧，一个中国近代史罕见的和平年景，江门后人出现在河北境内。他们一行七人，从安徽过来，骑着马，一路寻访，为首的是一个干部装束的人，五十多岁。我母亲说看上去是个不小的干部。那时我父亲不在家，他在北京，已经有一份产业，开了一家织布厂。我父亲不在家我母亲抱着我姐姐，牵着我四岁和六岁的哥哥出来迎接江门的人。县上早就有报信儿的来，说安徽江门后人千里迢迢去山西祭祖，先到河北来看望海门，这件事在我们各个村子引起了轰动。数百年来这个村子没有一天不在谈论当年大槐树的事，即使日本人占领了这个村子，四十五次烧过这个村子，杀了数十名族人，但人们甚至在地道里用土枪瞄准日本人的时候，还在谈论江门和海门。江门的人来了，据说为首的人也是个抗战英雄，宁庄全村的人出来隆重迎接，我大伯把江门一行迎请到了宁氏家谱祠堂。江门先祖牌位赫然在目，我大伯把一部完整的海门近二十代宁氏家谱交给了江门的人，江门的人施大礼跪接了。江门的人说，江门的家谱只记了几代，很早就中断于战火，但他们的子孙牢牢记住了他们是大槐树下的人，他们的先祖是宁江门。他们寻访过另两门的踪迹，没有一点音信。现在他们看着一代一代一支一支大树般的海门总谱，不禁热泪纵横，他们说，还去山西干吗，不去山西了，就认这儿是祖了，说罢大哭。

你父亲当时没有赶到？

我父亲在北京非常后悔没能参与这百年一遇的隆重大礼。江门一行到了河间县城村里人才得到信，通知我父亲为时已晚。后来我父亲问了详情。我父亲说江门与海门有特别的恩情，当年江门把四兄弟中仅有的一套书和一副纸墨笔砚留给了十四岁的海门，显然是把希望寄托给了最小的弟弟海门，事实上也尽其可能把更多的财物留给了海门。海门最小，最先与兄长分手，生离死别，无依无靠，情之所至，江门长兄如父，义薄云天，不顾未卜的前程，倾其所有，给了海门所能给予的一切，三位兄长毫无异议，前景因此更加难料。血浓于水，大义凛然，这是我们这个民族中最古老也最优秀的文化传承。我父亲是五个兄弟中海门情结最重的一个，由于生活所迫，像海门先祖一样他也是十四岁时走向了异乡，十六岁开始挣钱养家，他走南闯北，义字当先，在外无论多苦，只要有一点钱就寄回老家给我的祖母。我祖父在我父亲七岁那年离开了人世，后来差不多是我父亲在外挣钱支撑起了乡下一大家人，不仅供养了他的两个弟弟在30年代的河间县城念完了初中，后来还买了地产，盖了三处院子。我父亲一直有一种悠远的无以名状的感恩思想，或许他认为他就是海门。1972年他的长孙出世，家人为长孙的名字争论不休，我父亲虽没多少文化，但他早已想好长孙的名字，他一锤定音，为长孙取名宁海鹏。按理说先祖"海"字发端，后人应当名讳，但我父亲执意如此。多年以后我们兄弟才猜度到了我父亲当年多少有些可笑的深意：海门的人要重新开始，鹏飞天下。

海门二十代家谱传下来是个奇迹，请出示给我们一份。

我想不能，或者以后可能。1978 年、1989 年以及 1997 年
我分别三次问过我母亲关于家谱庙和家谱的下落，我母亲说六
百年的家谱庙毁于"文革"，它被强行拆除后砖瓦檩木哄抢一
空，被族人盖了猪圈或院墙。宁氏家族总谱毁于年轻人的大火。
我母亲说村里的年轻人疯了，不但拆了邻村民国大总统冯国璋
的坟，也拆了自家的庙，造了六百年的反。所幸的是一些分支
谱系被一些顽固不化的老人收藏起来，幸免于火。那时千年文
化，命若游丝。1968 年我母亲回乡了一次，送我外祖母的骨灰，
在一些老乡亲那里她看到了部分族人收藏的分支家谱，完整的
已经没了。我母亲说，现在大家要是凑一凑兴许也能凑出一
套——这已是 1997 年，我母亲终临前一年最后一次提到家谱。
我想做收集的工作，但我母亲说村里已有人在做这件事。我哥
哥对此不以为然，他说，即使收集起来，又有多大意义？已经
分崩离析，至少心灵上的谱系已难以收集。浩劫之后的风化是
难以避免的，而且还会进一步风化。我哥哥是悲观的，他说没
有哪个古老文明最后能逃出分崩离析的历史命运。他的悲观让
我不寒而栗。

关于漂来的房子你是否还要补充？

我曾提到我母亲上船之前同我父亲吵了一架。我母亲在农
村妇女中是个具有独立品格、敢作敢为的人。一方面与她的天

性有关，另一方面也与抗击日本人的那场战争有关。我母亲比我父亲小近十岁，他们是完全不同的人。1987 年我姐姐返乡，在中共河间县委档案室查到了我母亲在抗日战争中珍贵的历史资料。作为那个时代敌后的传奇人物，一个拥有短枪的劳动妇女，她被载入冀中地区抗战史册是必然的。我母亲"红莲"的名字在 1957 年她上船以后和她上船以前一样，许多年来一直被故乡的人们传诵。但事实上她光辉的历史早在 1945 年就结束了，到她上了我父亲的船算是正式画上了句号。而我想谈的是她 1945 年以前的历史，这与十二年后那间漂来的房子看上去似乎没什么关系。

泰州·答问

公元 1298 年，7 月或者 9 月——这无关紧要——意大利旅行家马可·波罗在对热那亚那场战争中被俘，关进了热那亚监狱。马可·波罗与比萨作家鲁思同监，他们年龄都已不小，两个同监犯闲来无事，神聊度日，马可·波罗向鲁思不无炫耀、不无添油加醋讲述了他漫长得有些可疑的中国之旅。此前马可·波罗曾留居中国十七年，受到过忽必烈汗的接见，在中国扬州和其他一些地方做过官。马可和鲁思出狱后，两人合作完成了《马可·波罗游记》，据比萨作家鲁思信誓旦旦地在文中说，马可是这样描述泰州的：泰州城不大，但各种尘世幸福极多，有许多船舰，大河上帆樯林立，有极多的走兽飞禽可供野味……显然，泰州作为一个水城给马可·波罗留下了强烈的印象，或许比他的家乡威尼斯感觉还要好得多。不过极多的“走兽飞禽”似乎又解构了泰州作为一个水城的印象，那应是一种原始而生动的景象，更接近草原或森林地带。飞禽还好说，但是什么样的走兽呢？显然不是指家常的猪牛羊，否则不能称之为野味。类似的疑点在那部《马可·波罗游记》中并不鲜见，或许这是马可在狱中神聊的结果？或许当年马可已经老了，某些他到过的城市发生了叠加？或者为了证明东方的传奇效果？

——或许马可从没到过中国。那不过是一种神聊，一种道听途说。不过是把一切都安到自己的头上，显得更真实，是盛行于欧洲中世纪的叙述策略，它与同时代我们的书场还不太一样。在我看来，鲁思并不是作家，真正的作家应该是马可·波罗。鲁思无疑参与了想象，但同马可·波罗相比，他只是个记录者。

当然，你有理由怀疑《马可·波罗游记》的真实性，而且你也应该听出我刚刚谈到马可·波罗的某种口吻。我用了"聊天"、"炫耀"、"添油加醋"这样一些词汇，说明我对那部游记同样有挥之不去的疑虑。是的，马可·波罗是否真的到过中国，学术界历来都有置疑，许多疑点都表明他似乎没来过中国。如果这一点最终被肯定，那么几乎可以同时认为《马可·波罗游记》事实上是一部虚构文本。但是困难之处在于：如果把这部游记定义于虚构性的文本，它所显示出的真实又远远大于被用来证伪的疑点，比如马可·波罗在狱中对泰州作为水城的描述就非常真实，即使字数上也超过了对走兽的描述。它足以证明马可·波罗的确来过中国，否则那些真实的描述来自何处？

——即使马可·波罗没到过泰州，他也仍来过泰州。

你的意思是说，马可·波罗是否来过中国这一点并不重要，重要的是他是否说出了真实，哪怕是部分的真实？

——是的。

你从未到过泰州，据说来泰州之前你对泰州一无所知，如果不是王干（江苏人）的邀请，你甚至不知泰州在江苏。就算有王干的因素，你对泰州还是一片茫然，据说还是临行前你才查了一下地图，发现泰州毗邻扬州，你一下想到"烟花三月下扬州"。你借助扬州想象了一下泰州，感觉不错。你认为当时对于你用扬州来诠释泰州就可以了，但实际上你也并没来过扬州。你的想象主要是和李白那句诗有关，那句诗让扬州千古流传，妇孺皆知，成为沉淀在中国人血液里的重要的文化因子。的确，"烟花三月下扬州"这七个字让人浮想联翩，随着脱口而出，眼前便展现出了一派烟雨楼台画舫佳人的南方景象。你认为泰州既然毗邻扬州，应该大体上也差不多，为此你感到愉悦。但很快，你又觉得这种愉快并不可靠，为什么？

——这是文化基因所引起的瞬间幻觉所致，它构成了潜在的文化思乡症。某个时候，一碰到某句诗，我们便不由得想起古中国的景象，因为我们从小就被那些古典诗句塑造。但事实是古老的中国已不复存在，某种意义上的中国只存在于文化之中，而不存在于现实之中。我说过我没到过扬州，但是假如我真到了扬州，根据以往的经验，我认为我多半会相当失望，更何况我需要借助扬州来想象的泰州？实际情况是：当我还没移开地图，愉快已经消失，我忽然想起许多年前的一幕情景，确切地说十五年前，我曾到过苏州、无锡、常州，在我看来它们不仅仅是地名，也是中国南方的文化符号，但十五年前它们让我非常失望。那时的苏、锡、常虽经济上生机勃勃，一派繁荣，但城市景观杂乱无章，毫无特色，到处是乡企厂房，铝合金门，机动车，劣质马赛克的房子，雨锈斑斑的玻璃墙，我几乎被一辆摩托车撞倒。我觉得到了虎丘或拙政园可能会好一点，结果在穿越了大面积的杂乱无章的时尚建筑后，拙政园并没给我带来愉快之情，相反它像标本一样被夹在无限大的杂乱无章之中。正是在这个意义上我否定了我的愉快感觉，我对泰州之行没有任何期待。结果到了泰州，当然出乎意料。到泰州的当晚，我们在凤城河景区的"陈庵"用餐，当整个宏大的水岸灯光、烟树朦胧、亭台楼阁、画舫桥涵分布于夜色的景深中，我觉得好像突然被空降到了时间之外的某个地方。

时间之外是什么地方？听上去有点费解。

——不是现在，肯定也不是未来，我越来越不喜欢未来，我所说的时间之外应该是古代吧。在夜色中我觉得看到了中国，我好像被空降到了马可·波罗时代，或者应该比那个时代还要早。凤城河水岸大气、宁静、优美，应该是宋朝，对，宋朝，特别是北宋，是范仲淹的《岳阳楼记》或晏几道的"落花人独立，微雨燕双飞"的时代。我想到唐人张继的《枫桥夜泊》："月落乌啼霜满天，江枫渔火对愁眠。姑苏城外寒山寺，夜半钟声到客船。"凤城河水岸几乎制造了这种文化幻觉，简直让人难以置信设计者如此大规模的制幻能力。景区的叫法也许并不恰当，因为在我看来它不是通常的景区，它是泰州历史故有的组成部分，而且事实上，所谓"凤城河景区"也是在泰州原护城河基础上建造起来的。有原来的旧护城河框架，所以恢复旧制的水岸不生硬，不做作，水岸不是城市的补充、点缀，而是像古代一样具有环城的效果。据说从空中看，泰州护城河的分布形状像一只展翅的凤凰，因此泰州又名凤城，护城河亦名凤城河。我看到一份资料称，凤城河全长6.7千米，水域面积达到了83.8万平方米，平均水面宽约110米，呈四方形，把整个老城区包围其中，形成了一个水包城的特色空间格局。环城河畔分布了30多个历史文化景观，一切尽显"州建南唐，文昌北宋"旧制的文化辉煌。这一切怎么能称通常的景区呢？水岸就是中国曾经的存在。

我注意到了你当时惊讶的神情，我记得当时有人打开窗子，你们一下看到外面的夜景，好像突然看到了仙境，纷纷放下杯盏，到了外面。市政府副秘书长、景区管委会主任刘宁现场介绍景区的灯光设计，讲了怎样邀请了全国五大灯光专业设计公司对凤城河两岸做灯光设计，怎样聘请全国各位专家选定设计方案。你当时啧啧称叹，并且好像有点神不守舍口中念念有词。能说一下你那会儿念念叨叨的是什么？

——陈逸飞。中国遗韵。不断重复陈的一幅画的名字。

《浔阳遗韵》？

——是的，但我当时念叨的好像是《南浔遗韵》，后来才知道错了，应该叫《浔阳遗韵》。

这倒无关紧要，关键你的感觉是对的。

——刘介绍得也很好。刘看上去年龄不大，但满头华发，很有风度，不像现代官场上的人，像古代的士大夫。当我们这些"新散文"作家后来在石舫上讨论"新散文十年"时，刘的发言让我惊讶。"新散文"即使在文学圈内也是小众概念，正如"新小说"概念一样。刘是官场中人，非文坛中人，但在听完我们如此"专业"的讨论后，他的发言竟然一点不"隔"，好像此"道"中人一样。他总结说：现实的复杂性和价值观念的多元性导致了散文写作不可能再像过去主题单一，主题不能单一，形式自会被打破。这话说得多好，就算是总结别人发言，但关键他听懂了，理解了，这非常不简单。就这点而言他比许多散文家不知强多少。刘主政景区不过短短两年，凤城河差不多发生了时光倒流的变化，刘同样是一道风景。我认为像许多历史掌故一样，刘会因为创建凤城河水岸被泰州记住。历史上泰州记住了不少有作为的士大夫，这里是文人士大夫荟萃之地。前面提到的范仲淹和晏殊就是如此，据说范、晏都在泰州做过官，后来都做到了宰相。比如重修的望海楼后面有一座"文会堂"，宋式歇山五开间建筑，恢宏大气，堂内东西两侧墙壁各有两块大型青石浮雕，左侧是"五贤唱和"，右侧是范仲淹与滕子京唱和的场景。范、滕友情交厚，当年范仲淹在泰州监西溪盐场，滕子京任泰州军事通判，两人时有唱和，滕子京取"以文会友"之意，在署内修筑了"文会堂"作为唱和处所，文会堂成了士大夫文人荟萃之地。

似乎还应提到孔尚任。孔也在泰州做过官，你们这些专业文人、散文家或小说家每天就餐的"陈庵"，孔尚任曾在此居住，并在这里完成了传世之作《桃花扇》的写作。孔尚任在泰州做官做得很有趣，甚至是中国历史上最有趣的官。孔是山东曲阜人，孔子的六十四代孙，康熙南巡时，被荐举到御前讲经，大受赏识，由布衣一跃而成了国子监博士。1686 年秋天，孔以一个小小的学官出任钦差大臣，来泰州协助工部侍郎孙在丰治理淮南七邑的水患。孔尚任初到泰州时，怀着感恩图报的心情，拯民于水火的愿望，后因官场治水方案发生分歧，孙在丰的治水方案被否定，受到降级处分，孔尚任也因此悬置于泰州。孔先后由风光的州署迁居了五个地方，越迁越冷清，竟至被迫迁至废庙陈庵。当时的陈庵破败不堪，只剩下一座"藏经楼"与两侧厢房，连围墙也没有。栖身于破庙之中，孔尚任出无车，食无鱼，甚至一日三餐难以维持，只好减去中午一餐。最后竟然一天只吃一顿，最后这位钦差无奈之下只有向别人索米、乞米、告贷，当掉"朝披夜复足"的老羊裘以支付仆人的工钱。有孔尚任诗为证："自顾披裘人，不合养群仆，环我素衣裳，灯前苦迫促，抱裘典千钱，割爱亦云毒。"（《典裘》），你说他的官做得有趣没趣？

——非常无趣。

孔的官做得一塌糊涂，甚至有别他的先祖孔子，简直是官场之谜。再怎么说，孔尚任也是个皇帝点的治河钦差，再受冷落何至于此？显然是孔自己的原因，或者要不就是写《桃花扇》写得？

——这可以肯定，他写《桃花扇》肯定把脑子写坏了。

就算不提《桃花扇》废了孔的仕途，他那份清苦和执着对你们这些文人作家有什么启示没有？

——你最好别跟我提这个。

为什么？

——当世作家有资格谈这个吗？有一个算一个。

包括你？

——包括。

道德文章是题外话，还是那句谚语说得好：让上帝的归上帝，恺撒的归恺撒。"新散文论坛"落户石舫，并在石舫召开了非正式会议，而石舫就坐落在陈庵西侧。石舫曾是史上记载的"孔尚任观戏"的地方，《桃花扇》曾在此首演，而今"新散文论坛"落户石舫有什么特别的意义吗？

——没什么特别意义，仅仅是偶然。

新散文在看待风景——比如具体看待凤城河景区——与传统散文有什么不同？如果让你写一篇关于这凤城河景区散文的话？

——新散文主要是思维方式不同，思维方式不同会给相同的事物带来不同的发现、视角、感觉、情绪，以及表述上的不同。不同并非易事，事实上并不存在天然的不同，没有锐意出新就没有不同。

虚构是散文内部一个讳莫如深的问题，每个写散文的人都有无法遏制的虚构的冲动。但虚构天然是小说的权力，是散文与小说的分水岭，因此传统散文从来对于虚构问题要么讳莫如深，要么大声拒绝承认，总之，认为"虚构"是散文的红字，散文的耻辱。而新散文不仅公开倡导虚构是散文的权力，而且标榜是自身的主要特点之一，这种姿态是出于叛逆吗？

——多少有叛逆的因素，但不是主要的。虚构是人类的天性之一，在这个意义上，禁止散文虚构就如同禁止天性一样荒谬。第二，散文的虚构与小说的虚构完全不同，小说是故事形态的，散文是精神形态的。在新散文看来世界是精神的碎片，因此散文无论是否以虚构的形式重组或构筑这些碎片都是真实的，就精神而言，无所谓虚构或非虚构。刚刚张锐锋、祝勇所说"散文的虚构主要是修复性的虚构，就像修复一只残破的陶罐一样"，我认为也非常准确。第三，无论承认也好不承认也好，散文的虚构性是一个自古而然的事实，既然这是事实，为什么要遮遮掩掩而不把它作为一个散文的天然的权利呢？

散文自古而然存在着虚构，这个判断是否过于自信？

——如果范仲淹的《岳阳楼记》是虚构之作，这还不够自信吗？

《岳阳楼记》是虚构之作？！

——当然。范仲淹并没到过岳阳楼，但他却写了《岳阳楼记》，这难道不是虚构吗？

范仲淹没到过岳阳楼？这简直是新闻。

——谁都有孤陋寡闻的时候。应该是 1046 年，7 月或者 9

月——这无关紧要——范仲淹在泰州做官的唱和老友滕子京邀老友为其形象工程岳阳楼写一篇《岳阳楼记》。滕原本想要范的生花妙笔记下重修后的岳阳楼的空前壮观的规模形制，以显示自己的政绩。可结果范对重修后的岳阳楼只以一般的"增其旧制，刻唐贤、今人诗赋于其上"寥寥数语敷衍之，且连登临岳阳楼所观之景也以"前人之述备矣"一笔带过。作为散文大师和滕子京的好友，范仲淹竟然不顾友人所嘱，也不顾这类记物体散文的体裁特点，不仅对岳阳楼的盛景不加记述，反而将其写成了一篇类似登楼赋的借物咏怀的抒情散文，并且还能使友人满意，使历来的研读者对其文题不符一无所察，原因何在？奥秘何在？

范没到过岳阳楼！

——是的，范没有见过重修后的岳阳楼。不仅当时未见，就是此前此后都没有到过岳阳，更不用他说见过洞庭湖了。范对岳阳楼和洞庭湖的了解是滕让人送来的《洞庭晚秋图》和前代名家有关洞庭湖和岳阳楼的诗文，因此他只能避实就虚，扬长避短，将文题不符巧妙地掩饰起来。《岳阳楼记》开宗明义点明友人嘱托自己作文，却不说自己不记岳阳楼是因为没有见过岳阳楼，而是"前人之述备矣"，有前贤的诗文，自己再记自然属于多此一举。滕没有文集传下来，但他为求《岳阳楼记》而写给范仲淹的信保存在方志里面，信的名称叫《求记书》。《求记书》的最后一段话很关键："谨以《洞庭秋晚图》一本随书赍献，涉毫之际，或有所助。"滕不但在信中详细介绍了岳阳楼的历史和现状，还附送一幅图供范仲淹参考，这明摆着没有要求范仲淹亲自来一趟岳阳的意思。滕的这种做法，在宋代也是常见之事。滕在岳州除了请范仲淹写《岳阳楼记》以外，同时请了好友尹洙写《岳州学记》，请了欧阳修写《偃虹堤记》，时间都在庆历六年，即 1046 年，7 月或 9 月——这无关紧要。范仲淹、尹洙、欧阳修三人的文章都求到了，但书信往来均证明三人均未到过岳阳。范仲淹未到过岳阳、洞庭湖，却在《岳阳楼记》中写有："予观夫巴陵胜状，在洞庭一湖。衔远山，吞长江，浩浩汤汤，横无际涯……登斯楼也，则有心旷神怡，宠辱偕忘，把酒临风，其喜洋洋者矣……不以物喜，不以己悲；居庙堂之高则忧其民，处江湖之远则忧其君。是进亦忧，退亦忧。然则何时而乐耶？其必曰'先天下之忧而忧，后天下之乐而乐'乎。噫！微斯人，吾谁与归？"如此情景交融，意真意切，《岳阳楼记》是否虚构之作还重要吗？虚构减少了一丝一毫这篇千古佳作的价值了吗？

你这样说让我想到刘宁主任介绍的重修望海楼的相似情况。凤城河核心景区望海楼重修于 2007 年，刘宁主任代表泰州市人民政府约请范仲淹第二十八代孙范敬宜（《人民日报》前总编辑）撰写《重修望海楼记》。范敬宜先生没来过泰州，因为身体原因也没为撰写《重修望海楼记》亲临泰州。据刘宁主任介绍，他到北京带给了范先生一些泰州和重修望海楼的有关资料，范先生正是根据这些材料写下了激情澎湃的《重修望海楼记》。范敬宜先生虽没有登上望海楼，却也与其先人范仲淹"登斯楼也"有异曲同工之处："予登乎望海一楼，凭栏远瞩，悄然而思：古之海天，已非今之目力所及；而望海之情，古今一也。望其澎湃奔腾之势，则感世界潮流之变，而思何以应之；望其浩瀚广袤之状，则感孕育万物之德，而思何以敬之；望其吸纳百川之广，则感有容乃大之量，而思何以效之；望其神秘莫测之深，则感宇宙无尽之藏，而思何以宝之；望其波澜不惊之静，则感一碧万顷之美，而思何以致之；望其咆哮震怒之威，则感裂岸决堤之险，而思何以安之。嗟夫，望海之旨大矣，愿世之登临凭眺者，于浮想之余，有思重建斯楼之义。"未到泰州而"登斯楼也"，且一连"七望"大海，其情真意切、比兴言志的确已无关乎是否来过泰州。从这里也可看出，散文的虚构的确和小说不同。而范先生之前尚有一插曲，原本泰州方面邀请了余秋雨先生撰写《重修望海楼记》碑文，余欣然允诺，写了《望海楼新记》。余年富力强，到了现场，但据说因种种原因，余的现场望海之作被泰州方面退回，因此才复求范敬宜先生。余倒是没虚构，却被退回，十分有趣。虚构与非虚构是个过于复杂的问题，特别是想到《马可·波罗游记》之马可·波罗可能并没到过中国，问题就更加复杂。那么最后一个问题，关于我们之间的谈话你认为是虚构的，还是真实的？对话者是谁？他真的存在吗？还是另一个你？

　　——我并不存在，正像你不存在，同时我们又都存在。

　　这就是散文，或新散文？

　　——或者也是关于泰州的散文。

　　散文可以是任何事物？散文即自由？

　　——是的，是。

鲁院之维

八里庄：2010

鲁院已成过去，并且越来越远，越来越陌生，如果不是我在走远，就是它在走远，或者我们共同在走远。我们互为远方。从没有单一的远方，远方都是双方面的，并且是背道而驰。新鲁院我不认同，我的时光在老鲁院，每次去新鲁院就像走错了地方，太新了，简直对我是否定。记忆中某个早晨，中午，黄昏——这无关紧，对普通人而言，具体的时间没什么意义，越具体越没意义——还是说记忆中的某一天吧，当我走进那个现在已经消失的八里庄鲁院，成为一名有点似是而非的学员，我绝没想到这个绿荫浓浓、闹中取静的院子——连同它的摊点密布污水横流恶味扑鼻的周边环境——很长时间后还让我难以忘怀。最初，我记得让我有些尴尬的是，总有人问我："你怎么也来学习了？"有一次在电梯里碰见张清华，他来讲课，他就是这么问我的。我比他年龄大，我想至少他是在这个意义上发问的。

这样的问题并不好回答。许多讲课老师都是朋友。此外，过去我也多次来鲁院讲座交流，朋友或老师的惊讶总是令我们双方都尴尬，不好意思。我呢，总是作揖，打恭，好像对不起人家似的。课上，我不敢直视他们，怕形成干扰，突然短路，笑场。课间得赶快有失远迎地过去打招呼，不尴不尬地寒暄，十分热情地闲扯。

如果是陌生人上课我就踏实得多，自在得多，幸福得多，比如何光沪先生的课，我做起学生别提多像是早年的我自己了。何先生修长，发白，仙风道骨，内里却盛装着一个启蒙的灵魂，中西合璧，人类之良知，无以言表。再比如牛宏宝先生的课，他那种程式化的又是内心的讲述，清晰地划定了作为个体的人之尊严的坐标：从笛卡儿到斯宾诺莎、康德、尼采、海德格尔，作为思想史上"人"的来历与定型异常清晰（显然，这个"人"的思想谱系与中国迥异，似乎中国从来就是另外一回事，在一种历史惯性的框架里，就"人"的概念而言一些基本的东西依然缺失）。还有王瑞芸的课，那种女性的柔性与文明，有何光沪老先生的风采，又前卫又感性，可谓文明之菁华。还有王晓鹰的课，那种戏剧人的激情，明亮，对灵魂追究的透析与深度，如此完美地集于这位戏剧家一身，让人看到在精神异常浑浊的当下人还有何种可能性，还可以如此纯粹、透明。

但是，即便如此，我认为我们从自身所获仍多于课堂。就我个人来说，鲁院首先不是一种学习，不是与教师有关而是与我们自身有关。我认为鲁院首先是一种生活——甚至不是所谓的学习生活——就是生活本身。换句话说，如果不是从学习的角度，而是从生活的角度看待鲁院，那么鲁院就是一种关乎个体的特定的维度，它因暂时性而具有某种实验性，是抽离的封闭的，同时又是内部敞开的，是固化板结的日常生活隐然裂开一道缝儿，出现一扇门，门内有墙，房间，食堂，活动室，植物，三五人小坐的亭子，如聚雅亭——甚至现在许多医院也有类似的亭子，同样坐的人也并不多；有短而整齐的植物墙，春之花，秋之叶，冬雪，夏雨，风，垂直的阳光。院子不大，有民间的狭小局促之感，但相对枕于内心生活的人已是足够的空间。事实上，来这儿的人多数不怎么活动，除了一日三餐，短暂的散步，终日就是在各自房间孤立地凝思文学，一动不动，像雕像。不，他们当然不是某一类患者、康复者，但也不同于常人。这些人因为长期在精神边缘工作，精神都多少的有些个出位，他们超出常人的敏感，狂妄，不安，自卑，自虐，自负，自我膨胀，自我天真，自我浪漫，自尊，自爱，顾影自怜，而另一部分人除了内心拥有上述全部特点，表面上永远是麻木的，无表情的，好像天然就有着很硬的面甲，其面甲和硬度堪比穿山甲，或类似无动于衷的沙漠类动物。通常，很难想象穿山甲也有痛感——但它们的确有痛感，那么，这个院子里相当部分体格健壮表情木然的学员就是这样。它们无动于衷的矗立常常是最大的存在，很想打碎这些面具，但很难打碎，即使偶尔打碎了它们，它们一旦合上依然强大。因为它们，这里不同于康复中心，但也更像康复中心。使它们康复，就是使它们更接近笛卡儿以来人的表情，人的正常活动。

当然，对更多心灵活跃、情绪鲜活的人来说，这四个月，突然，每个人不再是平时的自己，但也不是新的自己，是，又不是，这非常艰难，也非常奇特；某种意义，我不想说鲁院是个舞台，但事实好像的确如此；所有人不是在演戏，却又像被扔在舞台上，生活或演出就这样迫切而寂静地开始了。

时光与舞台

时光与舞台，很多时候，舞台中心空空荡荡。人都在干什么呢？如果某个时刻鲁院是可视的，可以看到所有人都在一个立面上，每个人都有一个相同的房间，每个人都是同一个人。鲁十三是安静的，整齐，无声，像哑剧或现代舞一样，像模特一样，只有相同的表情，无秘密可言。所有人都在阴影与侧光中陈列，构成了集体的阵容，陈列与其说是个人的孤独，不如说是集体的孤独。

谁到舞台中心表演点什么？哪怕有人在"等待戈多"？但是没有，很长时间都没有，中心空空荡荡。这当然是不正常的，不必然的。必然的是：终于有一天有人出场了，必然的不是孤独一人，而是双人舞。舞台中心——圆形光柱从斜上方打在缓慢舞者身上，没有人就有这样的追光。这多少让人意外。但是，毕竟出场了。当然是爱，哪怕是短暂的爱，瞬时的爱。从短开始，哪怕不走向长。本是两个独舞者，但他们慢慢无声地走到一起，什么也不用说，甚至不需要相互的注视，就是跳，各自望着同一方向，或不同方向。他们沉默的肢体表达着时间之冷。两人根本不在乎阴影中有多少沉默的眼睛，他们的孤独如同一个人的孤独，非常感人。

平时，一楼大厅飞舞的乒乓球始终是"舞台中心"的音响，是打击乐，一段时间，它甚至成为鲁十三的主题，似乎鲁十三只有乒乓球，没有别的。乒乓球喧嚣，快乐，叫嚷，以至叫声最后变得弯曲，就像时间在宇宙的深处弯曲一样。当然了，后来，乒乓球变得正常，不再表达变形的孤独与荷尔蒙——看起来热火朝天实际非正常的体育活动，是这两者最初的合法存在。

但是乒乓球必须正常，而且一定会正常，否则我们就不正常。是的，很长时间我们是不正常的，甚至没人看出乒乓球不正常，似乎乒乓球表明了"团结紧张，严肃活泼"，就像经常在军营墙上所看到的那样。

记不得是哪一天了，忽听到有人评价鲁十三，说鲁十三是历届高研班学员学习最模范的一届。模范这词最初在我听来如此刺耳，如此荒诞，因为在我看来，如果说一个精神病群体变成了人之模范，我认为一定是另一种精神病的发作，这里有着极内在的颠覆。作家虽非精神病病人，但是作为模范也是对自身意义的抽离，如果不是颠覆的话。

我不喜欢"模范"这个词，特别不喜欢，模者范者，是某种标准的产物，如果称五楼大教室整齐的一排排桌椅为"模范集体"，我认为是可以的，但若说坐在上面的人也是，那就非常荒诞。而且也不准确，至少一楼大厅叫声已经弯曲的乒乓球运动就不模范，它听上去有时觉得让人恐怖，让人心慌，乒乓球都打疯了，不，乒乓球一点都不模范！

同样，由于某种原因，我在班上的"角色"很长时间加强着桌椅式的模范。最初几个月，我与人接触不多，我不住校，许多同学很久以后还叫不上名字。我被封为学习委员，所做的不多的事情也异常严肃、模范：我按要求发言，点评同学作品，主持沙龙，讲症候式写作，讲无意识，拉康，现在回想起来那阵子我比来上课的许多专家老师还严肃。我这张老男人的面孔几乎就是鲁十三给外人的印象。我没打过一次非正常的具有隐喻意义的乒乓球，我面目可憎。

但我内心并不是这样的，事实上所有人也都不像他表现出来的样子。我佩服鲁十三舞台上公然的"双人舞"，他们无畏地公开了自己，他们跳，不管别人，尽管在巨大的集体的孤独之中，他们仍显得孤独。世界缩减为他们两个人，别人的存在都已无意义，而世界比如鲁院，因他们而有了某种意义。那么后来，一场雨把我们带到了南方之后，我的情况开始有所不同，在这个旅行的不断移动的集体中，我潜在的或者另外的样子脱颖而出。换句话说，旅行的暂时性与总是处于动的状态中让每个人都更具有了不得不具有的"表演"性，因为每个人都不得不比平时更多地暴露在别人面前。而且旅行中既然不能像平时那样关在房间里，既然无法隐匿与自闭，那就表现另一个自己。这个自己不尽真实，但却是自己努力能做到的。一个人能在群体中游刃有余地表演真实的自己，这个人就是天才。我不行，我看到许多人也都不行，我甚至一直都可以在别人面前看到自己如何表现：我看到自己在火车上，在雨中，在世博园，在餐厅，在场馆，我与我的同学在不断更换场次的"舞台"上走走停停，我看到自己有时表演得不错，有时不在状态，非常想逃避，想让重影的自己变成结结实实的一个，就像一个人在自己的房间里。我不想给别人孤僻的不合群的样子，但我常常想：管它呢，我就想这样。但是更多时候我屈从了别人的目光，成为一个让别人可以接受的自己。我一个历练了数十年的人都如此，更何况别人？

雨中，世博园

要是没那场雨，世博园会充满太阳下的汗味，据说我们来之前上海的太阳每天都将摩肩接踵的人晒得大汗淋漓，人们闻到的甚至已不是汗味而是肉味。以致我们被告之：世博园现在已不再是世博园，而是"肉博园"。不过上帝是捉摸不定的，我一到上海天气就开始变化，雨降了下来。虽然上帝赐予我的那场雨不大却恰到好处，足以把一切打湿，让一切都湿漉漉，一切玲珑剔透。

到处挂着成串的雨滴，树上，建筑物上，路灯上，座椅的边上。人还是像传说的那样多，未见少，上帝给予了我一场雨，不大可能再让游人少一些。我想我已经很特殊了，我不能要求太多。不过还好，人再多雨中的世博园也没有一点汗味。雨中的世博园，一切都湿漉漉的，到处挂着雨滴，树上，建筑物上，路灯上，座椅的边上，我闻到了植物发出的涩涩的香味。到处是伞，美丽的伞，移动的伞，几十万张伞，从没见过那么多伞。伞是很小的东西，小东西一旦无限重复也会变得无限的大，某种意义上伞才是世博园中最盛大的建筑，比任何一个场馆都宏伟、壮观。伞出人意料地与奇形怪状、标新立异的园内建筑构成了无比复杂的几何关系，各种区别又重复的色块布满了不规则的宏大的空间。而伞下的个人与庞大的伞构成的世界又是一种怎样孤立的关系？

鲁十三正好是五十二人，阴阳各半，刚开学时甚至院长（当然不是医院院长）都拿如此巧合的数字开过玩笑。但这个整齐的数字并不意味着正好可以临时组成伞下两人世界，虽然这种可能性要多于其他团体，但毕竟不能是有组织的安排。怎么办呢？怎么组合呢？已到世博园大门口，五十二个人不可能同步走，因此很快就会像鱼消失在大海中的鱼群里。这如同某种实验：考验着每一条鱼的选择。无法多想了，被推着鱼贯而入。开始是一大群，很快就被冲散，变成三五人，两三人，两个人，直至有人完全走散只剩自己一人。十几个小时你很难地在几十万人中找到五十二个人中的一个，那种巨大人群中的孤独感几乎是恐怖的孤独，恍惚的孤独，怀疑自己，也怀疑整个世界的孤独。但就我而言曾在西藏那样空旷的地方孤独惯了，我倒不惧怕孤独。我倒是担心与某个不恰当的人走在一起，以至走上一天，那可就惨了。我因此宁愿一人。我正是这么做的，很快我就脱离了所有人侧身而去。我不想多逛，因为内心足够丰富我可以在某个地方坐上一整天，看人流，看一张张不同又相同的面孔。我总是想起聂鲁达的一句诗"我承认，我历尽沧桑"，这诗像是说给我的。

我没有打伞，在雨中越发有一种沧桑感，如同记忆，另一个空间。我去的场馆不多，觉得没有哪一个场馆是必需的，而且，像我这样深谙世事的人哪儿还有什么是必需的？碰到什么场馆，选择或不选择，然后继续在雨中行走。近十个小时的时间，不算长，也不算太短，时短，时长，不是很确定。爱因斯坦的时间还远不是完全的心灵时间，他的理论相对心灵还差得很远。不过后来算算，我在雨中虽然进的馆不太多，但每个馆都很恰当，很棒，后来回想起来都应是必去的。比如芬兰馆、匈牙利馆、西班牙馆、丹麦馆，我们见识了不同的东欧与北欧的纯粹，这些场馆的风格让人心地异常干净。

芬兰馆的纯度一如芬兰湾的纯度，我在大面积单纯的蓝色背景上驻留，如同在这个国家纯净恒定的情绪中心驻留，这个国家信奉这种纯蓝，国民的内心一定又单纯又幸福。馆内所有的哪怕实用的设计都含有心情：一个弯曲，一种弧度，一种款式，一种光泽，都那么贴切，又有距离。我们的国度似乎永远不会有这么纯净的心情，幸好世界还有，让我感到片刻的安宁。匈牙利馆是我女儿在那儿学习的国度，自然要进去。同样简洁精致的设计，创意总是围绕原点，不偏不离，力量单纯又完整，容不得任何杂质——东欧与北欧有着一致的东西。馆体由管风琴造型的空间构成，木质，纯色，高低错落，几乎感到内部的奏鸣，你在任意一个局部空间坐下来，都仿佛置身在音乐之中。

不同的是西班牙馆，这个国家永远是邪门的，不安的，与东欧北欧的简洁纯净风格完全不同，甚至也与整个欧洲不同。西班牙似独立于世界任何地区，是世界上少数自身可以构成世界的国家，因为她一向为全世界提供想象力，是世界想象力的前沿，看看她产生的人物：毕加索、达利、塔皮埃斯、高迪、塞万提斯，都是人类巨大的怪才。如果没有西班牙，我想人类的想象力将大打折扣，活力也会减弱很多。西班牙馆再次证明她的不安的巨大的怪才，整个馆体为弯曲的蟒蛇造型，与其他馆相比这已是恐怖的神秘的甚至歇斯底里式的不同，而金黄色的无穷无尽又首尾相连的鳞片又仿佛是想象力错乱与辉煌的交织，可是走近一看这么吓人的东西竟是普通的苇席制作。苇席，乡村，田园，瞬间解构了这个庞然大物的怪诞与不安。西班牙就是这样，无论多么疯狂内心都是柔软，童心的，普世的，与人类文明不隔。不像我们，也有些神奇怪诞的想象力，但仅仅是神奇怪诞，没有普世的灵魂。我们的魔幻文学最终缺的也是这个，应该因此获得启示。

在西班牙馆排上两个小时队是值得的，仅仅感受她的外表已让心灵飞翔。她不是故意震撼你，震撼是她的本性。甚至就连入口也非常特别，进入馆内开始是一大段黑暗弯曲的蛇形通道，游人分组进入、停留、等待。前面黑压压的，但是不知不觉间空间突然一道闪电，一声巨雷，在照亮整个蛇形空间时人瞬间也被更新，成为怪异空间的一部分。接着又是黑暗，闪电与黑暗如此反复交织，慢慢地在无限黑暗的上方，垂下一组吓人的布满光感的骨头，不断有闪电打在上面，不断有雷鸣。聚光下的骨头如此精美，但是越精美越恐怖，无疑是人骨。西班牙人真是邪性，为什么要用人骨呢？突然就有了洪水声，周边粼粼的弯曲的墙上布满了变动不居的多媒体的洪水，以及哗哗的响声，整个空间因洪水浑黄的暖色亮了许多，这时一个穿黑色紧身衣的西班牙女郎跃上 T 台，在精美的人骨之下开始旋转。不错，是卡门，是弗拉明戈，是响板，是女人直刺黑暗之心的狂放，一如一个国度一贯的神秘与狂放。这只是进入场馆的序曲，随着黑衣女人的弗拉明戈突然定格，序曲结束，人流继续前行，登堂入室，进入更大的主要空间——蟒蛇张开的巨腹。

依然黑暗，依然无法想象整个空间。但是就在黑暗的中心，在光线倾泻之处，一个明亮的完整的婴儿头惊人又如此美好地呈现。婴儿头异常巨大，没任何事物比得上它的体积，而他又是小小婴儿！婴儿微笑，眨动天真又悲悯的眼睛，简直像老人一样，特别是眼睛闭上那一刻的无辜与慈祥，人类所有的同情都展现在其悲伤的慈祥上，那种真与善，无以复加。我对自己说，我也像他闭一会儿眼睛吧。我闭上了，在双重的黑暗中，我聆听到远方的打击乐，最初的弗拉明戈，我在铭记一种无法言喻的人类最初的时刻，我感到通灵。

从西班牙馆出来，走在缩减的世界中与无限扩张的数十万人众之中，走在几乎停下的细雨中，已无任何孤立感。在路边，在希腊馆外面吃昂贵的馅饼。彼时已是黄昏，人造的欧洲街边，细雨，铁艺桌椅，镜头一样的视野，桌对面一对恋人因为分食一张馅饼，你一口我一口，非常甜蜜。我觉得是不是别太像树上的小鸟了？他们太幸福了，我想两个人一人一张馅饼是不是更优雅更古典？但是一切都不可能再回到 19 世纪，规矩一旦被打破再回去就是守旧。但有些事物为什么是永恒的？比如此时的夕阳？街灯尚未亮起，西班牙馆尖锐的鳞片却似乎已燃起金碧辉煌的灯光：巨蟒不再恐怖，变成夜晚的童话。希腊，西班牙，这两个国家我都去过，时光可逆，我仿佛在重返这两个国家。

乌镇，仿真生活

乌镇，风清水秀，乌瓦白墙，水边人家。西塘也是，大同小异。但我对西塘的印象远好于乌镇。我的印象毫无疑问带有相当的主观成分，对于相似的事物，心情往往决定着对象，就好像晴天与阴天决定着海滨一样。一般你不能说青岛、大连或北戴河谁更漂亮，但天气原因它们之于偶然的个人差异是极大的。而心情也像天空的云一样有时难以确定，一个偶然因素，一个小小的差异会让心情瞬间阴晴突变，所见景物也瞬息万变。上海世博园出来，第一个地方便到了茅盾的故乡乌镇，之后到了西塘。为什么不先到西塘再到乌镇我不知道，仿佛乌镇有什么特别的不同，仿佛别无选择。

是的，从眼花缭乱、个性张扬、千姿百态的上海世博园出来，回归古朴自然的中国古镇，徜徉于水墨般的东方水乡无疑是一种需要，而古朴的乌镇，宁静的水面，陈年木屋，小桥，廊棚，倒影，的确让人有种心灵的洗涤与洗涤之后的依怙之感。在双重的水边我长长地吐出了口气，仿佛把光怪陆离的世博园呈现出的大千世界吐个干净。我年轻时喜人为的东西，中年之后东方崇尚自然的文化基因使我回归传统中国的文化血液，骨子里的唐宋让我对江南古镇有种根性的兴奋，觉得让世界慢下来的只有中国或沉淀水乡里的中国文化，才有可能。

但接下来的感觉却突然相当不对，以至于心情大坏，似乎刚才是一种幻觉，一种乌托邦。随着一字长蛇的人流我看到了什么？看到了古镇人的生活，被展示的被参观的日常生活，以至于我突然有一种在动物园看到人类自身的感觉。这种感觉让我对自己怀疑起来。这种生活因为长期被参观，与游人形成敌意，每人面对游人都十分冷漠，目中无人，又不像参观动物园。

显然为了强调古镇古老的日常生活气息，在这里生活着的人成为一个旅游项目，被要求长年过着一种橱窗般的生活。这种生活在不宽的河两岸可清晰地看到，恍如《清明上河图》的一角，却又不是。而在小街两侧洞开的门窗内，更是可以近距离地直视小镇生活。在自然的情况下，这些门或窗应是关着的，虚掩着的，特别是当青石板街上或河上来了那么多熙熙攘攘的游人，就更应紧闭。

日常生活无最起码的私密，人会变成什么？就是我眼前的人，是人，又非人，我看到窗内正在做饭的人都木呆呆地、机械地、无动于衷地忙着什么，特别是他们的眼睛，简直是一种冷漠的呆相。在鲁迅笔下我非常熟悉这种冷漠的呆相，它们是我们文化中最可怕的一种东西。这种东西在今天并未消失，且变种流传，我们的生活处处都有这种冷漠呆相的影子。有时我很想冲眼前视我为无物的人大吼一声，但我知道吼也没用，顶多他们的眼睛偶或划过你，让人浑身发凉。是的，他们非常可怜，简直不忍心看他们。同样他们又何尝愿看如过江之鲫瞪大眼睛的参观者？他们浑身印满目光，他们是旅游项目，某种

"演员"，真人"秀"。他们知道他们的分分秒秒都是钱，似乎只有钱能安慰他们。但同时他们毕竟是人，一个"钱"字怎能代替经年累月表演着自己的他们？于是冷漠便成了常态，既敌视游人，也敌视自己的生活，冷漠是某种东西的平衡。

他们多为老年人，也有年轻人，但都称得上是老演员，功勋演员，有时他们偶然毫无理由地抬一下头，看看无数盯着他们的目光，很茫然，很空洞，但更多是视而不见。如果木雕也会偶然抬头，正是他们，但事实上木雕也比他们强，因为木雕是有确定属性的，你和木雕之间有着人和艺术品或商品之间的契约。但你和他们有什么契约？如果萨特在这里相信会自叹弗如，比存在主义戏剧更冷漠的戏剧在这儿每天都上演着：你看你的，我干我的：淘米，洗菜，做饭，吃饭，如厕，休息，吸烟，看电视，捡一枚地上的针，看上去真的是在生活，但如果他们是生活，游人就不是。游人是，他们就不是，或者，都不是。实际上因为看到自身的镜像，参观者其实也是被参观者，其颠覆感是双重的。

也许我不该这么认真，不就是玩玩看看吗？想那么多干什么？可想是我的职业，没办法。我在想：到底什么决定了这种观赏与被观赏的生活？为什么会有这样经年累月的真实的表演？真实如果被表演还是真实吗？人们究竟想看到什么样的真实？为什么对"真实"的东西那么渴望？真得不能再真了，然而这种真与假又有什么不同？

我没上所谓的乌篷船。许多人上了，我没有。我走得很快，如同一片叶子飘过。我这颗一刻也停不下来思想的头颅太重，重到有时必须敲一敲，必须喝大量的酒。我喝了酒据有的同学说蛮率真的，好像我平时不怎么真实。我因此喜欢酒，喜欢忘形，喜欢酒后对酒桌上说的一切茫然无觉，喜欢走样儿却并不完全变形。在世博园，我见到德国馆外形很有感触，那种扭曲、变形，非常生硬，却仍没改变其强大的内在的逻辑性、秩序性。我不喜欢德国，如同不喜欢德国足球。我喜欢芬兰、匈牙利、丹麦，喜欢东欧与北欧的小与纯净，喜欢西班牙的诡异与童真，唯独不喜欢德国人的理性的钢筋，哪怕变了形。但事实却是：无论我多么放纵，内部都布满了德国式的理性钢筋，唯独酒能使我多少有些例外。

不过，即便酒后，我的所谓的率真是否一种更深刻的不真实？那真的是我吗？是否一个分裂的我？人内心的边界与深度是无法最后洞悉的，正如真相无法最后洞悉。换句话说，真相一如真理是没有止境的。"但如果真相是无止境的，那么是否也可以说真相是不存在的？"我在《天·藏》里这样追问过。

我的头又重了，总是这么重，这样下去也许我会成为中国最重的头。但即使如此，我知道我的头也不如诗人陈原的头重。我有时同情他，如同情自己。我与陈原的区别在于，他的头总是垂于夜晚，他与整个时间为敌，而我还时常混迹大庭广众。因此他是诗人，我是小说家。鲁十三还有若干或明或暗头重的人，这使鲁十三无论已表现出多少才华都仍然深不可测。

诗与人

1

没有小说之前诗歌与戏剧已存在千年。在古希腊，戏剧像诗一样并存，一样辉煌，很多时候两者是不分的，诗歌即戏剧，戏剧即诗歌，或干脆叫诗剧，可见诗歌与戏剧是一种怎样古老的传统。一个文学团体，一种文学生活，具体说一种像鲁迅文学院这种暂时性又人数众多的文学生活，如果没有诗歌与戏剧的存在，没有对文化传统遥远的致敬（哪怕只是一种程式，一种仪轨，比如类似祭祀的遥望），我们就是无源之水，就会来历不明，谱系不清，无法远足，最后不知所踪。我们就会看起来每天都在创造但实际上没有文化根系，因此总是流于浅表与某种水平的无限重复。小说相对诗歌与戏剧不过是近几个世纪才有的新品，当然它发育得如此雄壮是古老诗歌与戏剧始料未及的。但殊不知，所有伟大的小说语言上来自诗歌，灵魂上来自戏剧。然而我们当代的小说家——哪怕是一线的小说家——很少看到这点。很多人很有才华却无根系，以至一代代耀眼的谎花凋谢却不自知。许多小说家财大气粗，漠视诗歌，睥睨戏剧，却不知自身的贫乏。

很多时候，我也是一样。特别陶醉在创世般的小说写作的时候，常常以为自己是上帝，可以创造一切。很多年了，很多时候我已不记得自己还曾是个诗人。直到有一天，接到林秀美的短信，要我发几首诗给她，说要搞鲁十三诗的诗歌朗诵，我还是没很快回忆起自己曾经的诗人身份。我给林秀美发过去了两首早年之作，重整旧作时小有波澜，但很快也就淡忘了。中年易感，易逝，水过无痕，对很多小的触动很是麻木。据说老境更是如此，及至最后的阿尔兹海默综合征即老年性痴呆。自然规律，由它去吧，呆了也没办法。朗诵会的日期我倒是一直记着，只是一直不能确定自己是否真的与会。诗歌早已离我远去，许多年了，诗歌如同初恋，有美好但已太远。我甚至没稍稍想象一下鲁十三诗歌朗诵会的情景，只是浅浅的，以为就是在平时的五楼教室，一些诗人同学简单地朗读一下自己的诗。此外，更深层的无意识也更深地制约着我：我想，诗是非常个人化的，特别是现代诗，通常都是冥想通灵的结果，不适合朗诵，只适合私下秘密地交流。

我知道班上有一流的诗人，如陈原，黄金明，我和他们都有过交流。出于对诗的尊敬，我觉得他们通灵的诗最好还是处于秘密生长的状态，而一个简单的诗朗诵形式盛不下他们的诗。如果非要朗诵他们的诗，那应该是一场祭祀。所以直到朗诵会当日我还在犹豫去不去，我最后想：就算支持一下林秀美，还是去去吧，去去就回。结果，六月三十日，下午二时三十分，当我步入五楼大教室，感到非常意外。我看到了许多人的兴奋之情，这兴奋即包含着同我一样的意外。意外，总是诗给人的东西，这种东西朗诵会还没开始即已显现。

2

首先会场让人耳目一新，五楼教室布置得严肃而多彩，醒目的喷绘背板一看就是精心制作，十分打眼，而清晰的背景音乐已描述出一种天界氛围，桌椅摆放一如祭祀：有饮品，鲜花，食物，一切都安静有序。而一切都包含着劳动，无声的筹划与工作，不知谁在做这一切，仅仅林秀美吗？这且不算，最让与会者想不到的是组织者制作了塑封粉底的诗歌朗诵文本，每人一册，文本非常文雅，精致，好像唱诗班人手一册《圣经》一样。这一切都让我想到林秀美，四个月来，模糊的诗人林秀美一下在我眼里清晰起来。

一个集体，如不经事，所有人都是模糊的，不确定的，只有经事这个人才清晰起来，如同焦距一下调准。我后来才听说很多事都是林秀美自己出资弄的，如朗诵文本、背板、鲜花。我不知道林秀美的动力来自何方（她是个诗人，这不用说），她这种执着的以一人之力做事情的风格，让我由衷地钦佩。我们生活中缺少这种激情又执着的人，事实上，鲁十三有着相当大的惰性、麻木不仁的力量。无论出于性格、年龄、地域、境遇，或种种更为隐性的原因，鲁十三从一开始就存在着可怕的无动于衷的东西，一种一动不动的蜥蜴或穿山甲的力量。不过从另一方面说，这种可怕的吞噬的东西也激发了一些人，我想这其中就有林秀美。也就是说，没有那种强大的沙漠般的惰性力量，也很难激起另一种生命的反对，事情的吊诡之处也往往在此。我不知道要不要感谢那种惰性与麻木，但我知道它随时随地都是强大的，因此每一次迸发的生机力量都有突然性，都像是一次起义。

林秀美主持，这个女诗人，诗歌起义者，颇为大气，那一天她赢得了所有人的应有的尊敬。我看到了打印得好好的诗歌，捧着透明的文本，我字斟句酌地朗诵自己三十年前的诗歌，如同朗诵历史。

很久以前，1980年，我在上大学，开始写诗。三十年了，相对鲁十三年轻的同学三十年前不就是历史吗？三十年前，鲁十三的一些人还没有出生，如今是我的同学。另外，就算70后的中坚，三十年前更多的人那时不过几岁，刚会跑，或是刚走入校门。鲁十三这个班就是这么奇特，多种年龄荟萃，光阴很乱，时间很乱，却又是奇妙复杂的融合与共同体，构成了一种五彩缤纷时间可逆的立面。

1980年，我风华正茂，二十一岁，向往远方。我那时不可思议的年轻，天真，写诗，我记得那个时代的初春，我是说，1980年那个初春，我和我那时代的同学坐火车对八达岭长城有过一次造访。我记得已是夕阳西下，应该返城了，可我们不愿离去，不愿上火车，不愿与一种东西分别。我们几十个男女同学（同样年龄很混乱，两代人在一个平面上，很像现在的鲁十三，那时我是最小的，就像刘辰希一样），我们在八达岭山间公路上手牵着手，边走边跳，跳的是当时流行的十六步，一种迪斯科的前身，我们所有人相连，一字长蛇，过往的所有的卡车司机都慢下来看我们，山间火车的乘客也伸出头看我们，看一个时代的早春，看刚刚解冻的大地，看成人怎么学着像孩子一样走路，一样快乐，看自己已逝去的青春，还有许多说不出的东西。早春，3月，静穆的北方山峦，荒暖的沟谷，积雪依然很盛，一派白色世界，但同时也正慢慢融化，慢慢地，溪水汩汩，荒草如烟——荒草仿佛不用泛绿生命就已被唤醒。我们跳，唱，喊着节奏，从八达岭一直到了康庄，到了火车站。走了几个小时现在已经忘了，反正上夜行火车时记得已是晚上十一点多钟。在火车上我们都累了，困了，但诗却醒了。回到大学后一个晚上，一气呵成写下了处女作《积雪之梦》。1982年发表于当时文坛的四小名旦，上海的《萌芽》杂志。此时此刻，手捧《积雪之梦》，一切都想起来了，当年二十一岁的诗人现在站在三十年后的台前，不仅穿越了自己的时间，也穿越许多人的时间，朗读《积雪之梦》，80年代的早春：

> 如果我融化了，
> 那就是说：土地不会再沉默。
> 而我，我会歌唱的。

我将奔流——
我把深刻的激动告诉田野，
告诉灌木丛。

我将用歌声，
唤醒那些沉埋的心灵
拱破冻土，勇敢地站出来，
同我一路奔走、歌唱；
我懂得土地
被压抑的渴望和梦想。

我走到哪里，
哪里就会有生命、成长和歌唱；
就会有绿色的手帕
在枝条上飘扬，
从一棵树到另一棵树，
从一支琴弦到另一支琴弦，
像手指奔跑在琴键上，
沿着密林小路的旋律，
优美地流淌……

而我也会成为劳动一天之后

人们解脱疲劳和汗水的池塘。

即使在迢迢无期的大路上，

当褐色的开拓者快要昏厥，

驼铃即将喑哑，

我也将是——

最令生命激动的喧响……

因此，我坐在高高的山岗上，

每日把太阳思念、遥望。

我听到了自己的声音，听到了那个时代的声音。我知道，所有人也都听到这来自早年的北方山峦的声音。我看到了什么我的同学也看到了：荒草，山谷，雪，流水，长城，火车——如同现在印度的火车。朗诵后不久，年轻的班主任陈涛——涛哥特地走过来，说他有点激动，好几次都要流点泪什么的。我没想到他这个几乎是80后的人这么说。他一向沉稳大气的样子有什么抑制着，看得出他一定要把他的心情告诉我，他的年龄让我有些恍惚。

（"我承认，我历尽沧桑"，我再次听到聂鲁达。）

我的另一首诗《响尾蛇的情歌》，由修白同学朗诵。《响尾蛇的情歌》是我诗歌生涯的最后一首诗，发表于1998年的《诗刊》。

从1980年到1998年，我写诗差不多二十年，虽然我不是个好诗人但诗歌给我的东西太多了。有人说一个三流的诗人可以成为一个一流的小说家，但即使一个一流的小说家也无法成为一个二流的诗人。我认可这样的说法。修白的朗诵真挚，清晰，传递出一种生命颤抖的东西。我给修白献花，以诗人的身份拥抱修白，这是诗歌不可或缺的一部分。

我喜欢接下来的《给女儿的摇篮曲》《我可不可以透支明年的雨水》，喜欢《留恋的围墙》《赞美诗》《感觉之外》，喜欢《黄河，千年的想象》《长风满怀》，喜欢《我不信任时间》《秋天适合自己安葬自己》。这些诗或诗人自己朗诵，或同学朗诵，风景各异，都属于鲁十三。

3

《秋天适合自己安葬自己》是陈原的代表作，他在山东开青创会，本来由施院长战军兄朗诵，结果战军兄也去了山东，临时改由萧笛朗诵。我喜欢这首诗，主动申请与萧笛一同朗诵。我们大致分了一下，没任何练习就上场了。这首诗让我们很快进入状态，并完全纳入到它本身的节奏与意绪，我甚至为我阴沉有力清晰的声音所感动。我朗诵的是这一节：

　　　　我给自己送一个棺椁

　　　　棺椁的盖由我自己来合

　　　　偶尔的路人啊

烦劳你们费一点力气把棺钉砸响

躺在这里面

我才发现自己真的累了

我蜷缩自己 不再打开从未折叠过的四肢

四肢啊 保持好你的折痕吧

不要再有走出去的渴望

啊 多么幸福的睡眠

多么美丽的死亡

安息吧 我的心脏

我已经把自己安葬

　　当我读到"躺在这里面/我才发现自己真的累了"，我觉得陈原兄喊出了人类内心最深刻的声音，我能体会到一种无法言喻的东西。这种东西不仅老年人有，中年人有，甚至年轻人，甚至包括我们的儿童期，都有这样的声音，是一种普世的生命的感喟，一种祈求，一种无法言状的忏悔。我不知道为什么，这首诗让我想起里尔克："主啊，是时候了，夏日曾经很盛大……如果此时没有房屋，就不必建筑，如果此时孤独，就永远孤独，就醒着，读着，写着长信，当着落叶纷飞……"所有的好诗都是通灵的，属于无法祈达的上帝，都是与生命的另一世界进行的交流。"安息吧 我的心脏"——读原兄这句，我是嘶哑的，我觉得我抵达了最近的自己，身体与心完全同一。我和萧笛以不同的但都同样的发自肺腑的阴性与阳性的两种声音送到每一个人的耳朵里，我甚至能看到人们眼睛中的我们。我们为自己也为所有的眼睛——内心的安息地而朗诵，天籁般的朗诵。诗歌附了体，是诗歌本身在朗诵，好的诗歌都有这种功能。

不仅我和萧笛，那天所有同学的朗诵都有些附体，都声情并茂，都听到了一个与往日不同的自己。大家一个接一个，后来连没列入朗诵的人也开始即兴朗诵别人的诗，一种出其不意的整体情绪的高潮悄然降临。朗诵会后诗人王必昆在其博客上写道："2010 年 6 月 30 日下午，鲁十三诗歌朗诵会。朗诵了宁肯、黄金明、王必昆、赵瑜、王保忠、陈原、曹蕙、郭个、林秀美九位学员的二十四首诗作，其中大部分系鲁院学习期间创作。白描、成曾樾等二十四位师生作了激情朗诵。朗诵节目结束，几位学员又自告奋勇上台即兴朗诵，成为临近结业的歌唱，相聚四月的高潮。"除了王必昆提的人，我注意到朗诵者还有李绵星、方丽娜、沈念、尹德朝、李洁冰、李丽萍、计文君、于东田、杨怡芬、周瑄璞、杨帆、杨则纬、刘辰希、萧云。我点了一下，与会人数近四十人，几乎鲁十三的全部。气氛，品位，都如此整齐。说实话如果没有后面突然冒出的《〈雷雨〉外传》，这次出其不意的诗歌朗诵会无疑就是鲁十三的一个漂亮句号、毕业前的高潮。事实上王必昆在博客中已认为这次朗诵就是鲁十三的高潮。但话说回来，如果这真的是鲁十三的高潮，虽然完美，但也不能不说有着某种让人还不太满足的遗憾，那就是：鲁十三太严肃了，太精英了，缺少浑然的世俗的大手笔的奇峰突起。

当时离结业已经很近了，不过还有一个星期多一点，谁也没想到仅仅过了两天，排演《〈雷雨〉外传》的疯狂的想法就被疯狂地提出。这才是鲁十三！真正的鲁十三！被某种东西压抑了很久的鲁十三。很显然，鲁十三诗歌朗诵会的成功激发了鲁十三最后的潜伏已久的创造力。鲁十三的高手们不甘于一场通常的毕业晚会，要别开生面，大手笔，大制作，冒险，要排一场大戏，一场以《雷雨》为框架的戏剧综艺。关键是时间短暂，这点最疯狂，只一个星期时间，这可能吗？根本不可能，就是专业演出团体也不可能，但是对某些头脑没什么不可以的事。

说干就干，没二话，一些人悄悄地不顾一切策划着这件事，比如盛可以、杨帆、于东田、刘一澜。那个酒后的晚上，在鲁院门前的烧烤摊上（烧烤摊是鲁十三晚上聚会的场所，许多天后，鲁院人去楼空，盛可以独自守着空楼，常常一个人在烧烤摊上升起炊烟，即便东田升天之后。我佩服可以，她是鲁十三的具有西班牙风格的能量所在，她曾在文坛刮起旋风，自然也会在最后的鲁十三），先是盛可以找到杨帆谈联欢会的事，后来东田、一澜（蓝妹）相继加入进来。四个人均不同意搞普通的联欢晚会，觉得那太没劲了，认为搞就搞大手笔的，有创意的，最后竟然决定排《雷雨》，还"外传"。事情就这样突如其来形成，甚至不管能不能搞成，几个人就开始分派剧中角色，谁谁演什么，怎么导，剧本怎么弄，"传"大体在什么地方。没人知道这几个人在那个傍晚做着什么梦，那时候一些人还沉浸在前不久的诗歌朗诵会成功的余绪里，比如我，我甚至还在想在毕业联欢会上朗诵陈原的伟大诗篇《我不信任时间》。我太喜欢这首诗了，朗诵这首诗我会飞起来，让许多人飞起来。但就在这时候我被策划进去，我还不知道。

戏与人

1

当你被别人策划之时，你用不着想生活在"别处"，因为你已经被在"别处"。如果是一分为二的舞台，可以同时看到一边人们在谈论"我"，一边"我"在自家小区的甬道上散步。戏中戏，戏外戏，人无时不在舞台上，不在舞台的转换中：从最初的鲁院门厅清冷的双人舞，到大门口活色生香烧烤摊的另一个舞台，同时在这个舞台又想象另一个舞台，一切都已从最初的单纯变得无限的复杂，而时间则越来越是并置的。只要是过去的时间，只要时间可逆，时间就不再有先后，时间就是旋转的共时。卞之琳的一首诗最好地说明了戏剧时间："你站在桥上看风景/看风景的人在楼上看你/明月装饰了你的窗子/你装饰了别人的梦。"为什么后来有了《盗梦空间》，就是基于这一点。

是的，那时我在小区散步，忽然接到了来自烧烤摊上的一个神秘的短信："我们散步归来，几个人议论排《雷雨》，想让你演周朴园。"我当然不知道与我在不同空间并置的烧烤摊之舞台上发生了什么样的疯狂的事，没多想，便回了一个："你要演繁漪我就演周朴园。"觉得不过是玩笑，说说而已，没想到立刻得到肯定答复："行，就这么定了。"我依然觉得是玩笑，我很轻率，对方当然也很轻率，谁怕谁呀。此外因为尽管《雷雨》大名鼎鼎，我对剧情实际上依然模模糊糊，知道繁漪与周朴园，但已忘记两人什么关系，还理所当然地认为就是罗密欧与朱丽叶、梁山伯与祝英台、李自成与吴三桂之类的乱七八糟的关系，所以才跟杨帆开了玩笑。

没想到第二天，也就是星期五，7月2日（8日首演），长得像小眼睛李永健的"蓝妹"正式打电话给我，邀我演周朴园。因为有约在先，我没犹豫的余地，只好当即答应。事后我才知道蓝妹当时非常惊讶，以为可能得做半天我的工作，没想到我这么配合。当日下午，剧组成立，演员到场，就在三楼小会议室。我到时东田、可以两位导演已开始说戏。

我大体明白了，竟然不是排我想象中的某个片段，不是演个小品，而是排整本的《雷雨》！还要加"搞"加"传"，这是真的吗？我难以置信！更难以置信的是，居然没有一人表示异议，指出有人刚才说了一堆梦话，反而好像别人早预谋好了，就我蒙在鼓里。我非常紧张，后悔，觉得是在和一群睡梦中的人打交道。我注意到演员并没到齐，并没完全落实。我想退，但说不出口，而且已退无可退。因为剧中核心的"繁漪喝药剧情"已被"搞"成逼迫看书（《天·藏》）情节，我若退戏就不好"搞"了。但是又一想，这也太颠覆我了，不仅拿我的新书开涮，还要俺自己来涮自己，亏她们这些疯子想得出来！

我诅咒于东田，诅咒盛可以，杨帆的短信，简直就是下套儿！但我毕竟已修炼了五十年，功夫不比法海弱。我不动声色，"道貌岸然"，已在戏中。但谁是我的真正的导演？我不完全同意是上帝。但是谁呢？这是个太晦涩的问题。

会后，当晚八点，剧组第一次排练，在五楼教室后部。我像草一样不能自拔。我从未晚上到过鲁院，对五楼后部非常陌生，我看到一些电子设备，台球案子，道具，好像纽约地下电影中某个场景。难道这是过去她们经常活动的地方？常在这儿的人脑子肯定奇奇怪怪的，如果再酗酒、吸烟、打台球，嗯，感觉很棒，就是一切都太迟了。两个疯子，我是说盛可以和于东田，怎么刚刚醒来，才想起干点事？东田导演叼着烟，把整个剧本念了一遍，一边念一边招呼大家随时篡改，加"传"，加"搞"。我这才知道那些"破坏者"是如何毫不留情地对待经典的，理解杜尚如何理所当然地给蒙娜丽莎加上两撇男人的胡子，巴塞尔姆如何把七个小矮人与白雪公主变成自己的子女。她们的想法很不错，才气逼人，绝对让许多男人自叹弗如。但问题是，这一切是否太晚了？都是否来得及？这么多内容，别说演，背都背不下来。越精彩我反倒越没信心，当然，没一个人知道我的内心在崩溃。许多年了，我经历了太多这种不可能的事，顺其自然吧。

2

我必须像周朴园一样无论面对何种难堪都要"控制、冷静、矜持"，泰山崩而不变色。就这个意义而言，我很中国，很传统，演周朴园倒也合适！演，非演，现实，非现实，——在我这儿有一种绝对的同一性。串完一遍，剧本由东田晚上加班加点不睡觉统筹搞定，因为明天就要发给大家，各就各位，正式排练。第二天是周六，休息日，还要来鲁院，这在我是从来没有的事。上午我到不了，家里有事，只能下午。下午酷热，顶着大太阳上鲁院。我同样从来没这么密集地去过鲁院，剧组人见了我很新鲜，表扬我，说平时难得见我，现在真是不一样，天天来鲁院。可我想，这么几天时间，我再不来行吗？东田给了每人一份打印的外传剧本，挺多的纸，拽在手里我又没信心了，我哪儿背得下来。我与杨帆（饰繁漪）对词，念，一来一往，念过就忘，心里觉得可笑，这哪儿能上台呢，根本上不了。与周瑄璞（饰侍萍）对词也同样，毫无信心。导演分头说戏，不时在改词。长案上堆了若干电脑，打印的剧本，还有食品、饮料、西瓜、红酒。我不知道酒是怎么回事，直到下午排完，晚上再来，盛可以倒酒才知道今天是可以的生日。

一瓶酒，一个纸杯，大家围着条案祝贺可以。没有蛋糕、烛光，生日在排练中度过。可以成为东田的助手，忙前忙后，串词，加"传"，始终在场，我感到惊异。在鲁十三最后的日子可以挺身而出，并甘当配角，始终负责，让我刮目相看。我前面说过，不经事是不能准确看出一个人的，事总是在修改人。我觉得被套牢了，有苦说不出，几次想打退堂鼓，但是因为可以的无畏介入而宽慰。付出一点吧，我对自己说，看看可以，你没什么可说的。有人在大手笔塑造鲁十三，让鲁十三 high，飞，是多么让人生敬的事。而且，演出如果一旦成功，就会非同凡响，值得一搏。失败了也无所谓，一场闹剧同样可构成一次别致的"联欢"。

此外，除了被可以宽慰，更让我刮目相看的是东田。差不多四个月了，应该说对东田非常不了解，读过她一个小说，场景感和内在的纵深力量给我留下她作为小说家的印象，但作为上海戏剧学院的教师我始终无从感觉，这方面她始终是不清晰的，仿佛鲁十三舞台阴影中很深的人，这种人在鲁十三大有人在。不过正因为阴影的存在，一旦走出，来到灯下，往往具有突然性。东田便是如此。从剧组成立那天起，东田好像一下换了一个人，好像从一个士兵突然一下就变成了一个将军。鲁十三藏龙卧虎，卧虎藏龙，就是这么神奇，只要某个阴影中的人稍稍迈出半步，这个人就会焕然一新，就像变魔术似的。东田的整个姿态都具有大家气概，所有人都得听她的，所有人都发自内心地叫她导演，而不再是于东田。有时即使是盛可以的某个建议也会当即被她否决，更不消说我和其他"小演员"了，东田那种专业感，指挥能力，那种娴熟的调度，那种应付各种情况的果决，有种天然的让人服膺的霸气，大家之气，连我这老法海也被她完全征服。我像小学生一样听任摆布，一招一式，唯唯诺诺，老夫何曾被别人这么摆布过？一切都毫无头绪，时间紧，觉得越来越不可以，东田却不急不慌，指挥若定，说戏一板一眼，加上盛可以的配合调度，一切竟然在混乱中按部就班进行。东田与可以两人合起来可被看作是一对标准的现代女狼狈，这两位如果想干点什么没什么干不成的。剧组的繁漪、侍萍、周萍、周冲、四凤，以及我这个德高望不重的周老爷，像她们的偶具一样被导来导去，被自己总是出错，总是记不住词弄得羞愧难当。说实话，经常地，我会涌起某种"屈辱感"，"不适感"，甚至"荒诞"的感觉，本来就要轻轻松松毕业，怎么忽然就卷入了这样一个紧张的不确定的总是被失败所威胁的群体？

3

有一次，大清花饭局，结束时，禁不住向繁漪抱怨自己被套牢，似乎我之套牢与她有关。杨帆只嫣然一笑，什么也不说，似乎麻木不仁，似乎无动于衷，这个聊斋中的女子让我愈觉自己荒唐，自作自受。其实我也是喝了点酒才抱怨一下，平时对词我认真着呢，有剧组照片为证。我上了年纪，我是老同志，记不住词是我最大的问题。一个"演员"总是在台上想着下面的词是什么，还怎么"表演"？但导演却一点不急，一遍遍排，一遍遍说戏，如何演，什么表情，什么动作，插什么"搞"的歌，头绪很多，所以和通常一般的背课文还不同。

不过，无论如何，必须把词背下来，其他都好办。周二，我一个人在家下了狠功夫，差不多用了一天时间把我和繁漪与侍萍的台词大声背了一遍，这时如有人窥探，我肯定就跟神经病似的。因为这番功夫这天之后多少有了点信心，觉得离解脱的路不远了。周三，最后一天排练，周四就演。这天的排练从教室后部挪到了前台。导演坐镇，可以提词，杨怡芬画外音，并与蓝妹饰嚼舌的女仆和男仆。开始的戏多是对手戏，场上演员不多，逻辑清晰，还比较好。周朴园是一家之主，多是群体戏，演员多，应对多，环节多，真难为我这老爷子了。

所以还是出错，还是忘词。忘词就笑场，让人气短。好在繁漪比我好得多，能在戏中拉我一把。与侍萍的对手戏还好，因为就两个人，逻辑清晰，内容单纯，好记，比较上戏。如果说杨帆的扮相很"本色"，那么瑄璞的扮相同样"本色"，两个人的戏感让周老爷也很有戏感。繁漪的冷艳神经质让我霸气十足，觉得非拿出法海的气势镇住她不可。瑄璞的真挚从容让我多少有一点慈祥，声音不由得沉稳。有一次，排练中，当周朴园把瑄璞的桌牌拿给瑄璞，瑄璞捧着自己的桌牌唱一支插曲，戏排完了，瑄璞的眼圈一时竟湿了。看到自己的桌牌她真动情了，她那么朴素易感，我没想到，那一刻我觉得她就是侍萍，比侍萍还侍萍。

瑄璞与杨帆给人的感觉虽然很不同却又有相似之处，她们都有一种内在的感伤的东西，杨帆是一种冷硬的宿命式的感伤，瑄璞是一种从容的朴素的感伤。她们谁更应该关心一下谁呢？我真说不好。而私下她们的确惺惺相惜，甚至"相知相爱"，这在瑄璞后来博客的文字中有趣地表现出来。最后一天，七月八日，终于到了。上午，剧组联欢演员最后总排。肖睿拿来专业的演员服装，上装后感觉颇不一样，好像一下从业余变得专业，同时又增加了一层紧张感。

这天，教室模样大变。最后的一天，最后的狂欢，"鲁十三《〈雷雨〉外传》首演暨结业联欢"蓝色会标悬于黑板上方，演员头像、集体合影均在上面，一切像剧场又非剧场，社会实践的幻灯片滚动播放，每个人都看到了四个月中的自己。音乐在播放，人们已就座，只待开场。无法看见后台，演员们紧张忙碌，在作最后的准备。就要上场，因为太紧张了，杨帆被什么绊了一下，一下跌倒，脚上蹭掉一块皮，幸好丝袜没破。大少爷周萍（沈念）赶快到宿舍拿来创可贴，问题暂时解决。繁漪忍着伤痛为周老爷化妆，描眉，上唇膏。理所当然，我是老爷，周大老爷！另外，她也该侍奉我一下，她的一个短信让我付出多大的代价！

两点三十分。座无虚席。一切就绪。

涛哥讲话。东田坐镇台侧宣布 OK，开始。

杨怡芬画外音，据说她曾差点儿当了海上广播员，念白有专业水平。四凤（杨则纬）上场，非常青春，自然，擦拭茶几，没任何笑场，开场很好。鲁大海（曾剑）上场，有笑声，是既陌生又熟悉的笑声，刚刚好。两人的对手戏有正常的笑声，之后是李洁冰的京剧清唱，综艺框架显现出来。之后周冲上场，杨怡芬、蓝妹画外音。萧云新疆舞，非常棒。

繁漪款款上场，画外音，人们看到一个苍白神经质美丽的女人，地道的繁漪，没任何笑声。接着，大少爷周萍（沈念）上场，周朴园上场，侍萍上场……戏入佳境，非常完整，直到高潮。

最后，是大师林权宏充满静气和动感的棍术，铿锵有致的伴乐，谢幕……

实况演出比每次排得都要好，简直难以置信！演员入了戏，观众也就入了戏，反之观众入了戏演员演得会更好，会忘记是在戏中。而且观众与演员的那种交互，那种你说出的话你的表情与观众的反应的一致，让我非常惊异。是的，不错，是观众的专注，笑，再专注，凝神，再笑，给了角色控制观众最大的信心。六天，从神奇的排练到成功的演出，没人能想得到。包括谢幕，都是那样专业，那样情不自禁！鲁十三创造了奇迹，从未有的奇迹，以后也不太可能有的奇迹。

全体起立，合影，白院长激动地手持话筒，讲话：

"上帝眷顾你们，你们这么多才多艺！"

"上帝眷顾鲁十三！我会永远记住你们，会永远怀念你们。"

"你们预热得太慢了。"

白院长颤抖地遗憾地以至无法表达。

至此，鲁十三最后完成了自己。至此，鲁十三的一切都变得立体、相互关联，以往鲁十三所有的认真、严肃、品位——那些研讨、沙龙、诗朗诵、乒乓球、太极、对写作技艺的孜孜以求，都获得了独立又相关的完整意义。鲁十三以一场戏结束了更长的自身的一场戏——四个月的戏，颇有意味。

上帝眷顾我们，这话不是轻易说出的。

并且永远怀念我们，这话太重了，却可以理解。

一切都获得相互的照耀与映衬，相得益彰，大师、大手笔、大气象就该在这种交融与照耀中产生。学与识永远不该脱离生命本身，学与识是对生命的楔入，被楔入的生命应该反哺学识，照耀生命，让生命之花（哪怕是恶之花）灿烂。鲁十三的戏剧与诗歌就是让生命之花怒放了一回，灿烂了一回……

这生命之花大家都看到了，它不仅是几个角色，是整个鲁十三。

鲁院：文学的现场

诗，戏剧，两颗古老皇冠的明珠，鲁十三以自己的方式撷取了。似乎与教学无关，与要求无关，但说到底又怎么能说无关呢？在鲁院，没有不相关的事物，一切都是相关的，因为一切都与创造相关。只是某种相关是建立在氛围中的更深层意义上的，即鲁院不仅仅是课堂，是五楼的教室，它同时还提供了更为重要的生命与文学交互的场域：文学生活化，生活文学化，在生活中体味文学，在文学中体味生活；生活与文学几乎共生同一，如同一种行为艺术，一个机位固定的长镜头——是真实，又具有一定程度的表演自己的性质。这是任何一所大学甚至艺术院校都不可能实现的，但在鲁院却成为了四个月的可能。四个月，来自不同省份的五十个一线的诗人、散文家、小说家、编辑（主编）、批评家，一届又一届，在这个抽离的场域成为最活跃的文学现场。还有哪里或什么地方、哪一家杂志或出版机构能称得上文学现场？现场三大要素，时间、地点、人物，鲁院可谓条件齐全。当然，毫无疑问，就意识形态的初衷而言，这个现场的存在是有规约性的，但就像这个过渡性时代（后极权时代）许多事物一样，主体与客体乖离，正如股市常见的乖离。也就是说，任何事物都有其自身的律令性与自反性，而奇妙的是它又必须以被它拒绝的东西为其存在的前提。这在我们这个诡异的时代并不荒诞，相反很正常。而文学的真谛：爱，同情，自由，独立，思考，抵抗，批判，真，善……这一切来于自身又怎么可能脱离自身？这里的一切都可以说与此相关，包括课程设置，教师选择，比如我们前面提到的何光沪的课，牛宏宝的课，王瑞芸的课，王小鹰的课，这些课都直指人的核心，时代的核心，文学的核心。在这样一个复杂吊诡的时代，对别人作任何简单的或单向度的价值判断只能意味着大脑简单。凡是喜欢断言的人、一言以蔽之什么的人，不是内心充满暴力就是头脑简单，或二者兼而有之。温和，理性，明辨——总是被甚嚣尘上的简单所遮蔽，所蒙尘，以至难以清晰的面貌立于当世。

事物总是相辅相成，相映成趣。前面，许多小节，我竭力回避严肃地谈论了四个月鲁院场域的丰富性、暂时性与实验性，现在我谈及了鲁院严肃的教学。这时候谈鲁院的严肃性，即只有在丰富性与实验性的基础上谈鲁院的严肃性，才有严肃性的完全意义。失去前者，鲁院的严肃性将大打折扣，缺少根基，而有了后者，前者的丰富性与实验性才有所附丽，二者共生，不可缺一。我的意思是，作为文学的现场鲁院，它除了提供一个文学发生学意义上的"舞台"，一种精神与生活双重的维度，其另一特征便是提供理性与知性。然而，鲁院并不是一张传统的经院的面孔。经院扼杀生命，扼杀创造，让灵感甚或灵魂消失。经院与"现场"正好相反，经院通常指的是过去的静态的东西，指的是与创造性生命无太大关系的知识积累，而现场是"用学"共生，是与过去和未来都相关的正在发生中的事情，是"前台"，而非无边无际的"后台"。因此，这里设置的课程不是漫长的教科书式的，而是高速的讲座式的。讲座具有现场性，交互性，富于启迪，生发，对写作者而言，还有什么比角度多变的讲座式教学更适合的呢？每天都是不同的老师，不同内容的讲座，每个老师讲得再精彩也只讲一次，没有第二次机会，因此每个老师讲的都是自身研究领域的精华，都是知识节点，同时带着各自的体温。体温很重要，没体温的知识是死知识，有体温的知识是活知识。试想一个教师讲一本教科书会有体温吗？会传感生命吗？而讲座是可能的。讲座看起来是孤立的，但一系列的讲座却构成了一个跨越极为广阔的知识网，今天是欧阳自远的宇宙星空，明天就可能是叶舒宪的中心与边缘的文化人类学，今天是电影，明天是后现代音乐，今天是舞蹈，明天就是军事，今天是绘画，明天就是宗教，四个月大体有四十个跨学科跨领域的顶尖高手来讲座，简直让人眼花缭乱，应接不暇。文学创作不就需要海阔天空眼花缭乱吗？没有海阔天空眼花缭乱怎么可能有活跃的迸发的文学现场？四个月——我们仅仅经历的不同体温与面孔的老师就已打开我们的生活空间与想象空间，而非单纯的知识空间。在这里一切都针对着特殊的写作者群体，一切都为了创造而设，这种教学思想应该说是煞费苦心。这样的教学（竟然是规约性意识形态的产物——事物之复杂吊诡可见一斑）怎能不唤起最易感群体的激情？怎么可能不发生诗歌事件，戏剧事件，心灵事件？怎么可能没有面对古老西子湖的口占？怎么可能没有向传统文化的致敬？怎么可能没有向文学的边界与可能性发起的冲击？

  经常性的学员作品研讨会，是教学思想的重要内容，并且形成了某种文学批评风格。这种风格最大特点就是批评的现场感，写作的内部性。没有语言的空转、意义的滑动、生搬硬套、削足适履、大而无当，这个场域的批评不存在这个。这里的批评植根于现场、作家、作品，针对的是文学内部，创作内部。这里的批评形式也完全不同于社会上的研讨会，要立体得多，有效得多，及物得多。首先是作家之间的直觉性的批评：或争论，或对话，或交锋，甚至常常面红耳赤；然后是嘉宾的专业批评（有的比较好，有的比较庸常，让人感到没有进入文学创作内部，没进入文学现场语境，还是社会上那一套）。最后，是郭艳老师颇具理论背景的评点梳理、施战军院长感性精准的点穴式批评。

  施战军、郭艳两驾批评马车构筑了鲁院特有的批评风格，他们的风格体现在学员作家身上。他们发现并确认作品价值，指出局限与可能性，厘清理论背景，针对写作内部发言。这当中记得最清楚的是他们对我在鲁院期间出版的长篇小说《天·藏》的评点，虽风格不同，却都同样洞幽。比如非常重要的一点是，郭艳从后现代理论背景上发现了《天·藏》的"启蒙"价值，一般认为后现代是对启蒙的质疑与解构，郭老师看到问题的复杂性，看到了《天·藏》中"某些类似启蒙时代的理性之声"，"因为作者本身对现代后现代社会文化较为深入透彻的理解，这种启蒙在去魅的同时又完成了复魅"。"去魅即是重新唤醒理性思考、冥思和精神对话在人类生存中的重要性，复魅则是在这种理性的精神对话中，不再认为科学的、哲学的、思辨的甚至怀疑论者的精英和超验地位，反而赋予神性更加超拔的精神意味。"（以上引自郭艳博客）由此可以看出郭老师的思辨与洞幽达到了怎样的维度。而施战军那天同样清晰、准确地谈到了《天·藏》的巨大理性（与盛可以巨大的感性相对照）、作品场域的普适性、超地域性——即《天·藏》这样的小说放在世界任何一地都适合，以及《天·藏》所含的"天机"——因此也可读"天藏（cáng）"。这些都让我深思，时时回味，觉得头上有一片天空。

鲁院是价值发现之地，对于一个作家，一个写作者，还有什么比对其价值的发现与辨析更为重要的？而来到鲁院你就等于来到价值发现之地。很多时候你已写出相当出色或有个人特点的作品，如果你还没被发现或被同行认可（相当多学员没得到真正的发现），那么到了鲁院这个文学发生学意义上的现场，你不被同行发现就被老师发现，反之亦然。总之，任何发现都会成为鲁院的发现。比如在短篇小说创作上已有相当境界的王保忠、李进祥两个人，在文坛一直默默无闻，说实话，过去我完全不知道这俩兄弟，而当我读到他们的作品我是那么的惊讶，感叹，他们的品质、心态、技艺以及所透露出来的精神背景和支撑，读过之后久久挥之不去。在鲁院研讨会上他们价值凸显，一下成了明星。从他们身上我看到了中国文学的深水区（他们代表了一批人），其价值会慢慢显露，迟早会水落石出，显示出这个时代曾经有过的伟大的存在。

代表鲁院风格的还有那些年轻的领课教师，他们朝气、儒雅、风度翩翩，一代年轻学人，让人想入非非，他们引进老师，开始和结束的介绍与简评虽然短暂但完整精当，颇富形式感。形式有时就是内容，形式意味着一种自信，甚至一种未来风范也未可知。还有，我不能不再次提及鲁十三的沙龙，我主持多次，我曾讲过的"症候式写作"，前面我不愿谈，曾说自己因此加重了鲁十三的模范与严肃，现在讲情况已全不同，不仅不再觉得自己是一张模范如同桌椅的面孔，事实上因为有了那些沙龙、讲座、研讨会，我的点评，我的面孔已变得更加丰富，不仅仅与周朴园、诗歌朗诵、西湖三叠、世博园有关，也与整个鲁院之维有关。我的面孔，或者鲁十三的面孔，应该由毕加索或达利设计，它们具有立体与梦幻性质（当然，鲁十三的面孔是难以复制的）。那么鲁院的面孔又是什么样的呢？场域，作家，教学，批评，四位一体，一届一届，已历十三，构成了时间中的文学的现场与鲁院的面孔。

现场相对未来意味着什么？毫无疑问，历史。

酒会

当然要有酒会，最后的晚餐，历来如此。但是今年似乎有了最后的戏剧的成功，有了意外的高潮与落幕，一切与往昔有所不同。本来酒会并非安排在今天，院方根据情况及时作了调整，将联欢会与酒会放在一起，如同导演作了最后调整。

鲁院本身是一个舞台，四个月一出大戏，角色基本相同，内容基本相同，只是演员每次不同。有趣的是，演员的不同使相同的戏每每十分不同，每每都有或大或小的意外溢出。鲁院传统的毕业酒会一般都在贵州饭店，到鲁十三改为了华都饭店。这也说明对鲁十三而言一切都充满了变数、神秘与戏剧性。

带着对自身的惊异、挥之不去的戏剧精神、高潮即落幕离场的复杂心情，步入金碧辉煌的华都饭店宴会厅。华都饭店坐落在东部酒店区域，灯红酒绿，奢华大气，对比鲁院周边的民间气息，烧烤摊的烟火，污水，光膀子喝酒，一切都有登堂入室的极致之感，一切都仿佛告诉鲁十三：这是最后的日子，笑，哭，饮，倾诉，离别，随便吧，一起来吧，尽兴吧。即使一贯对一切都满腹狐疑的顾飞也在后来的博客里稍稍放下了解构的姿态写道："临散伙的前一晚，学校把大家拉出去聚，说放开来喝。同学们果然很放得开，喝着喝着，有人唱歌了，有人跳舞了，有人拥抱了，还有人哭了，主要是女生哭了。这是一次类似春晚的大聚会，有人模仿杰克逊，有人跳着维吾尔；左边是慢三，右边在蹦迪。那边还有排着队伴奏的，唱爱江山更爱美人，唱深情吻住了你的嘴，却不能停止你的流泪，这一刻我的心和你一起碎……这个场面非亲历不能想象，欢乐，离愁中的欢乐。我和小胖子当忠实的观众，抱头大笑。小胖子说我爱死我的同学们了。"这家伙说到底还是爱鲁十三。是，那个晚上每个人都放下了最后的矜持，最后的底线，不喝酒的人也开始喝酒，少喝的开始多喝，笑哭两股混乱又快意的力量在身体里乱窜。我来鲁院后已喝多过多回，这一次当然、毫无疑问要喝多。但即使我喝多了也没忘记"西湖三叠"，三叠今天没能进入戏剧联欢演出的空当让我觉悟得有点遗憾，我认为它会给戏剧联欢增色。但自三叠发生以来，似乎它总是不能被接纳到鲁十三的整体，好像只属于几个人。的确，三叠太出离集体，太让人不可企及。遗憾也不算什么，遗憾自有动人之处。但现在，是时候了，必须重现三叠。今天放开一切，做想做的。我们重现了，排成一排，就像当初在湖边。没多少人听我们的，大家都多了，都在执着地展示着自己，都在那么天真地敬酒。

我当然喝多了。有人在哭。好像有人在告诉我说杨帆在哭。我立刻有种醒酒的感觉，回头找杨帆，感觉又回到戏中。是，一切仿佛并没结束，只不过一切看上去都有些重影儿，戏与现实重叠，自己与另一个自己重叠。杨帆显然已经哭了多时，显然还喝了酒，而她平时是不喝酒的。她的高脚杯中有着红色残液，一如脸上残存的泪迹，并且是双重的泪痕。那么我是谁？也有些重影儿？时而能对上自己，时而对不上。现在，就在我写这篇文字时，我已回想不起来我当时对杨帆说了什么，但我记得一到她身边就开始跟她喋喋不休地说，我端着杯子，认真，特认真，滔滔不绝，完全是醉态。我想我在谈戏中情景？戏外生活？周朴园如此关心繁漪，戏中可不是这么回事，那么到底是戏里还是戏外？我记得她一直不说话，一直听我说，听得很认真，简直是在谛听，或者什么也没听。说着说着又想起侍萍，对了，侍萍呢？想侍萍就有了侍萍，同样就像说要有光，就有了光。我们去找侍萍，我们三个人不知怎么仿佛就像云一样聚在了一起。我们都已离开了座位，怎么离开记不得了，总之，我们好像是在舞台上，我们在途中相遇，一下都把手伸出来，头碰头，搂在一起。我们喁喁而谈，还是主要是我说，对繁漪说完对侍萍说，对侍萍说完对繁漪说，完全是醉态。不过偶尔也会醒一下，我记得有一次一下抬头一看，看到大庭广众，看到众目睽睽，我不知道是怎么一回事，又好像有人在哄我们。

音乐响起，舞曲响起，或者早就响起刚刚听到，我邀繁漪跳舞，她不跳，我拉她起来，边跳边滔滔不绝。后来又跳了迪，与同桌的娜娜跳，后来如何结束的已完全记不清，也不知怎么就上了大轿车，不知怎么回的鲁院。能记得的就是又在鲁院烧烤摊上接着喝酒，啤酒，白酒，完全乱了。虽然已完全不醒人事了，但神奇的是居然就是不倒，而且，居然有一刻知道自己手机丢了，记得有人帮我打我的手机，是关机，说明真丢了。丢就丢了。接着喝，说了许多话，想说什么就说什么。后来有人问我，你知道你那晚都说了什么，我说不知道。

喝到什么时候不记得了，记忆一鳞半爪，残缺不全，记得最后所有人都走了，只剩下我和烧烤老板喝，不知怎么老板喝上了，记得后来突然意识到不对才起身回家。没有倒下，几次要倒，没有，坚持，天旋地转。不知道走了多长时间，突然发现天亮了，酒就有些醒了，而且突然发现自己就站在自己家门口。

手机丢了，似乎是个隐喻。九点钟急起，参加毕业典礼，代表学员发言，念《鲁院的意义》，仍不是特别清醒。这一天是7月9号，全体告别的一天，我的手机丢了，和所有人失去了联系。那一天，对我而言，没有任何告别的信息。只能在家里看虚拟的班博，看到安昌河，那么大的脸，哭得那么灿烂，那么难看，那么崩溃，那么震撼，我觉得安昌河的脸也是我的脸，所有人的脸，眼睛禁不住一片模糊，崩溃，大哭，如此快意，笑，在泪中大笑，在笑中飞……结束了，鲁院……结束了……长达四个月的行为。

跋： 几点说明

《我与新散文》那个序八年前就已写好，现在看似乎也还不过时，至少作为一股锐气仍有现实性，所以还是愿意原封不动放在前面。同时也想借此对这个集子所选篇什再交代几句。写散文经年，也写过不少传统写法的散文，但基本没往这个集子里放。这样做想表明两个意思，一是写所谓"新散文"的人同样会写传统的散文，说明"新"并不否定"旧"，也否认不了。"旧"是散文的常数，散文的主河道，"新"是变数，是主河的支流，最终都要汇入主河。另一个想表明的意思是，虽写传统散文，但这个集子里基本上一篇也没有放，想凸显一下"新"，因为"新"委实不易。然而，所谓的"新"真的就"新"吗？其实也不过是讲了一点变化，一点形式而已，说到底也没什么新鲜的。太阳底下哪有新鲜事？这样一说也算给自己找了个台阶，否则真要有人劈头问，脸也是要发热的。

集子大体由三个部分组成，一是西藏部分，是本集的主体，也是所谓"新散文"运动的发轫之作。另一部分，虽写国外旅行，如《虚构的旅行》，仍延续了西藏的那种在场的风格。第三部分将"对话"引入散文，如《漂来的房子》《泰州·答问》，主要的考量是，"对话"作为一种体式主要属于戏剧和小说，能否也属于散文？当然，这里的"对话"还不同于小说人物的对话，也不是叙事散文中的对话，而是把对话当作一种结构来运用。用一种自问自答或虚拟的对话构成体式，展开表达。

　　另外，熟悉我的长篇小说《天·藏》的读者，或许会熟悉集子中的西藏散文，会发现许多散文篇什被整体地放在了小说里。如果仔细对照，读者还会发现这些散文事实上构成了《天·藏》的底色，甚至结构，是小说的发动机，所有的小说味道都生长在这些散文里。换句话说，没有这些散文就没有《天·藏》。然而，这些散文一旦生成小说，也不再是原来意义上的散文，小说也不再是原来意义上的小说。如此而言又要扯到"新散文"上。"新散文"的一个重要特征就是浓重的心灵性，通常有一个心灵的视角，客体往往通过心灵（意识活动）的折射与映现，感觉与心理成为重要或主要表达对象。这些听起来像是小说的特点，但实际上是小说从散文那里拿走的，"新散文"不过是从小说那里拿回。这样一来，散文与小说在心灵的意义上就有了某种亲缘关系，某种隐秘的通约性，而我的散文进入小说甚至生成小说也就自然而然了。

2012 年 11 月 10 日于云居